JN002758

ナビ

Rx

グリンデルト
アングレイヴィス
エクルーズローダー

幻想侵蝕《げんそうしんしょく》

〜引きこもりな私の単騎探遊〜

縞白
イラスト　SNC

新紀元社

Contents

第一章　第一次侵攻と、ファンタジーになった私の日常

Ａｃｔ．１　プレイヤー契約と第一次侵攻

〈有資格者との接触に成功〉

どこから響いてきたのか分からないが、声が聞こえた。

スピーカー越しのような響きの、落ち着いた低い声。

〈これよりナビゲートを開始します〉

しかし目の前にあるのは、ふよふよと空中浮遊する、青く光る丸っこい謎の物体だ。

さして広くはないが、一人と一匹が暮らすにはちょうどいい２ＬＤＫのマンションの部屋。

ある日突然現れたソレは、ポカンとしている私にそう言った。

（なんだコレ？　新型のルームランプか？）

訳も分からず一方的に言われた私が思った、それへの第一印象。

この時の私には、そこから何が始まるかなど、知りようもなかった。

――――二〇XX年三月二十日。

世界各地で同時に起きたその異変は、『幻想侵蝕《ファンタジー・イクリプス》』と呼ばれるようになる特殊な災禍である。

上空に浮遊する無数の結晶体が出現（半透明、色彩・形状複数、接触不可、正体不明）。

世界各地に黒い霧の塊のようなものが出現。そこから無数の『モンスター』が現れ、周囲にあるものを無差別に攻撃。

同時刻。

世界中に「ナビゲーター」と名乗る謎の物体から、あなたは有資格者である、この闘争に参戦する『プレイヤー』になるか？　と問われた」という人々が現れる。

その中でも「プレイヤーになる」と答えた人々は、モンスターに対して現代兵器以上の攻撃力を持つ武器や、反撃を受けても軽傷で済む防具を手に入れ、さらに攻撃・防御・補助に有益な『スキル』を取得。

　これらを駆使してモンスターを迎撃した。

　それから約一時間後。

　モンスターが湧き出し続けていた黒い霧の塊が、ナビゲーターの上位存在らしきものによって封印されたとの通知《アナウンス》があり、その場所に教会への入り口を思わせる壮麗な扉、『門《ゲート》』が設置される。

　以降、そこからモンスターがこちらの世界に出てくることはなくなり、逆にプレイヤーがゲートを通ってモンスターの跋扈《ばっこ》する特殊な空間、『ダンジョン』へ入ることが可能になった。

　時は少し戻り、ゲート設置のアナウンス後。

〈次元の亀裂が『＊＊グ＊＊＊ィス』により封印され、設置されたゲートが正常に起動。侵略者《インベーダー》による第一次侵攻の終了が宣言されました。お疲れ様です、Ｒｘ《レクス》〉

　つるりとした質感の球体に、描かれた丸が二つと四角が一つのシンプルな顔。球体の上には猫耳っぽい三角形を二つ、下には細長い尻尾をつけた珍妙な物体。

　自称『ナビゲーター』、略称『ナビ』。

　ふよふよと空中に浮かんでいて、揺れる尻尾の先端はぷっくりとした星型になっているソレが、高層ビルの屋上に不法侵入してライフルを構えたままのプレイヤー『Ｒｘ』、私に言う。

「まだモンスター残ってるから、終わりではないなぁ」

　そう答えながら、スコープ越しにモンスターを発見すると同時にライフルのトリガーを引き、一発で仕留められたことを確認。さっと体を起こして場所移動。

　この戦いが始まってからずっと発動させているスキル『隠密』で姿を隠したまま、スキル『跳躍』でビルからビルへと飛び移る（ナビはルームランプみたいに青く光っているが、モード変更、という設定変更でナビゲート対象である私以外には見えないようにしてあるので、一緒にいても『隠密』の邪魔にはならない）。

　狙撃後は速やかに場所を移動して、位置を特定されないようにすべし。

……って、前に読んだマンガで、スナイパーの心得として教官キャラが言ってたのを思い出したので、やってみている。

そのおかげか、敵《モンスター》にも人にも、今のところ私は見つかっていない。たぶん。

〈戦闘の継続意志を確認しました。それではこれ以降の戦闘についてナビゲートします、Ｒｘ。第一次侵攻中のモンスター討伐と、終了後であるこれより先のモンスター討伐では、取得できるものが変更されます〉

「ああ、モンスター倒すと『ランクポイント』とかいうのが得られる、って言ってたやつ？」

通常の人間ではありえない速度で行った私の場所移動に、当然のように付いてきたナビと話しながら、またライフルを構えてモンスターを探す。

『隠密』の派生スキルである『心眼』のおかげで、モンスターは私の視界に〝世界の異物〟として浮かび上がるように視える。

その視界の中に、先ほどのモンスターより硬そうな大型を一体発見。

スキル『心眼』と、武器『ライフル』から派生したスキル『鷹の目』で弱点っぽいところを探り、三発連射。

まったく同じ所に三発食らった大型モンスターは、ぐらりとよろめいてその場に倒れると色を失い、ハンマーで叩き壊されたガラス細工のように砕け散った。

私はその半透明の破片がとけるように消え去るのを見ることもなく、再び場所移動。

それに追従しながらナビが説明を続ける。

〈ランクポイントを得られるのは第一次侵攻中のモンスター討伐だけです。現在は通常時の設定に戻っており、モンスターを討伐することで得られるのはドロップアイテムと『Ｅ《エニー》』、武器、防具、スキルの経験値のみとなっております〉

それだけ得られるなら対価としては十分なのでは、と思いつつ、初めて聞く名称が出てきたので質問。

「エニー、って何？」

〈モンスターを倒すことで得られる通貨の単位の略称です〉

「ああ、通貨の単位か。……ん？　略称？　じゃあ正式名称は？」

〈その情報は当機のデータベースには存在しません〉

ふうん、とつぶやいて、次の場所でまたライフルを構えてモンスターを狙撃。場所移動。

「そういやさっきからたまに、視界の端になんか文字が流れてくわ。今のはドロップアイテム『レッドボアの牙』取得、『レッドボアの肉』取得、２３０Ｅ取得、だって。スキルの経験値がどれくらい入ったかのアナウンスは無いみたいだね」

〈スキル経験値の取得についてアナウンスが流れることはありません。同様に、新たなスキルの取得や派生があった時にも、アナウンスが流れることはありません。定期的なステータス確認を推奨します、Ｒｘ〉

親切なのか不親切なのか、よく分からない設計だ。

そんなことを思いながら次のモンスターを狙撃、撃破、その場から離脱して場所移動。

「ドロップアイテム『ポイズンウルフの毒爪』取得かぁ。……ねえナビ、このドロップアイテムって、何に使えるの？」

〈道具屋で売却してEに替えることが可能です。加工屋で有益な道具を作る素材として使うこともできますが、加工屋への依頼にはEが必要です。他にもプレイヤー自身が生産系スキルで有益な道具に加工して使用することも可能です〉

「マジでどこまでもゲーム仕様なんだよなぁ……。しかし、生産系スキルか。そういや私のステータスにも『調理』と『裁縫』と、そこから派生してるスキルがあったような気が……」

なにしろナビとプレイヤー契約をした時、インベーダーの侵攻がもう始まっています、とか言われて急かされたもので、自分のステータスについては必要最低限のチェックしかできていない。戦闘に関係なさそうな『調理』と『裁縫』なんて、一瞬で頭の隅にやってしまったほど、久しぶりのガチ大特急で準備を整えたので。

普通の人の歩む道から外れた無職で引きこもりの私だけど、いきなりこの世界に攻め込んできたインベーダーとかいうモノに、無抵抗で殺されるのは嫌だ。

と、いう訳で今もせっせとモンスター狩りをしている。

「ま、その辺は後でステータスの見直しする時に考えればいいか。じゃあこれからしばらく残党狩りするから、ん～、あと一時間経ったら教えてくれる？」

〈はい、Ｒｘ。アラーム設定、一時間。カウントを開始しました〉

「ん」

短く答えて、またトリガーを引く。

ナビが言うところの『第一次侵攻』が始まってから、すでに一時間半近くが経過している。

本来の私は、三年引きこもって体力も持久力も気力も最低限の状態なので、この侵攻が始まってすぐ参戦し、そこからずっと戦い続けるなど不可能だ。

しかしナビゲーターと契約して『プレイヤー』になったことで、プレイヤー装備時には身体能力が向上し、生理現象が一時的に停止、さらに痛覚が鈍くなり疲労を感じにくくなる、というサポートを受けている。

そのため今も戦い続けることが可能だ。

ただし、一時的にマヒ状態になっているだけで、実際には私の体はエネルギーを消費しているし、動いた分だけ疲れている。

おそらくプレイヤー装備を解除した瞬間、一気にそれが戻ってきて、動けなくなるだろう。

だから感覚的に「これくらいが私の限界」と判断したあと一時間で、プレイヤーとしての行動時間を区切ることにした。

ちなみに、ライフルなんて生まれて初めて持ったけど、使い方はソフトをインストールされたみたいに〝体が知っていた〟ので、ド素人の私でも問題なく扱えている。

「そういえば、ナビ。このゲームって、誰のためのゲームなの？」

〈その情報は当機のデータベースには存在しません〉

ゲーム、と言ったことに否定は入らないのか。

　ふうん、とつぶやいてスコープに標的を捉え、トリガーを引く。

　中型が近くに集まっていたので、連続で撃ち抜く。

　終わったら、場所移動。

「それじゃあさ、ナビ。プレイヤーって、死んだらどうなるの？」

　プレイヤーは身体能力の向上によって、死ににくくなっている。

　けれど生命維持に必要な臓器に致命的な損傷を受けたり、大量失血すれば普通に死ぬ。

〈プレイヤー装備とそれまでに取得したアイテム、Ｅが消失。担当ナビゲーターも機能を停止し、消失します〉

「みんな消えちゃうのか。そうなると、死んだらその人がプレイヤーだったかどうかを判別するのは無理だろうね」

　戦闘開始当初からビルの屋上を自分の位置と決めている私の眼下にあるのは、あちこちから煙が上がり、瓦礫の山と化した市街地。

　統率されている様子のない、滅茶苦茶に暴れるモンスターと、それに対抗しようとする人々と、倒れたまま動かない人達から流れ出る血。

　対抗しているのは警察や自衛隊だけでなく、体格のいい一般人もそれぞれに武器となるものを持ってモンスター達に応戦している。

　しかし、彼らが倒せるのは小型モンスターだけだ。

　理由は簡単。

モンスターに対しては、プレイヤーの武器以外の物では、ほとんどダメージが入らないから。

大型のモンスターにはゾウ並みの巨体で蹴散らされるから、中型のモンスターの突進を警察官や自衛隊員が持つ盾でかろうじて受け流し、あまり効果のない銃撃で牽制するのが精一杯。

だがそれも、今はもうほとんど弾切れになっていた。

もちろん、地上には私以外のプレイヤーがいて、中型、大型のモンスターは彼らが片付けている。

それでもすべてに対応するのが困難なのは、最初の一時間で無限湧きしていたモンスターの数が多すぎたからだ。

私も場所移動を繰り返しながらひたすらにトリガーを引き、そのたびに視界の端をアナウンスが流れていく。

――ドロップアイテム『アーマーベアの皮』取得
――ドロップアイテム『アーマーベアの爪』取得
――320E取得
――ドロップアイテム『レッドボアの大牙』取得
――230E取得
――ドロップアイテム『グレイトウルフの牙』取得
――ドロップアイテム『グレイトウルフの肉・上』取得
――350E取得

――ドロップアイテム『アイアンスネークの尻尾』取得
――２１０Ｅ取得
――ドロップアイテム『ビッグラビットの角』取得
――１５０Ｅ取得
――ドロップアイテム『レッドボアの肉・上』取得
――２３０Ｅ取得

ｅｔｃ……、ｅｔｃ……


「うわぁぁぁぁっ！」

ちょうど近くで悲鳴が聞こえたので、流れ作業のように（敵がいる）と認識した。スコープで敵を捉え、トリガーを引こうとした、瞬間。

瓦礫の中に倒れた男性に向かって剣を振り下ろそうとしている敵《それ》が、人の形をしている、と気づく。咄嗟に銃口をわずかにずらしたが、指はそのまま一動作を最後まで終えてしまった。

……おおう。

考えるより先に体が動いた結果、人を撃ってしまった。

自分でも意外なほど動揺はない。というか、動揺していない自分にやや戸惑っている。

ともかく、ここでじっとしていても、どうにもならない。

スキル『隠密』が問題なく発動していることを確認してから、さっと下を見て状況確認。

私に撃たれた男は倒れてはいたが、撃たれたところを手で押さえてうめいている。咄嗟に銃口をずらして急所は外したし、無事とは言えないが生きてはいるようだ。

襲われそうになっていた人も、今は瓦礫の中から立ち上がっている。

それらを確認すると、『跳躍』で場所移動してまた別のビルの屋上に着地し、ナビに聞く。

「ナビ。今、私、人を撃ったんだけど」

〈Ｒｘが撃った相手はプレイヤーでした。重傷を負ったようですが、致命傷ではありません〉

ギリギリ殺人罪は免れたようである。

そうか、と頷いて、しかしナビの言葉に引っかかる。

「プレイヤー〝でした〟？　なんで過去形？」

〈あなたが撃ったプレイヤーは、資格を剥奪されました。このため、現在はプレイヤーではありません。よって、Ｒｘへのペナルティは発生しません〉

「えええええ？　資格の剥奪？　ペナルティ？　そんなのあるの？」

〈あります、Ｒｘ。資格の剥奪は、プレイヤーの禁則事項への抵触によるものです。ペナルティの発生は、プレイヤーの注意事項への抵触によるものです〉

「注意事項《イエローカード》でペナルティ、禁則事項《レッドカード》で資格剥奪、かぁ……。それで、禁則事項とか注意事項とかって、具体的には何があるの？」

〈その情報は当機のデータベースには存在しません〉

「えええぇぇ……？　プレイヤー資格に関わる重要情報がナビに入ってないとか、このゲーム、クソゲーなのでは？？？」

マジかぁ～、と思ったところでナビに設定していたアラームが一時間経過を告げた。

見計らったかのようなタイミングだが、ちょうどいい。

引きこもりにしてはよく戦ったし、あとの残党狩りや怪我人の救助は他の人に任せて、家に帰ることにした。

もう大きいのはだいたい倒されているから、たぶん大丈夫だろう。

それよりも何の準備もなく長時間、突然の戦いで酷使することになった私の体が、プレイヤー装備を解除した瞬間、どうなるのかが心配だ。

一気に疲労が押し寄せてきて倒れても、一人暮らしだから助けてくれる人なんていないし。

自分でどうにかするしかない。

私はいつでも撃てるようライフルを持ったまま、深いため息をついた。

「はぁ～。なんか最後ので一気に疲れた気がする……。雪姉さんのご飯用意して、私もお風呂とご飯タイムしよ。まあ、私の体が動いたらの話だけど。あ、ナビは充電切れたりとかしないの？」

〈Rx、当機は充電を必要としません。よって充電切れもありません〉

「えー。一人称「当機」なのに、ナビは自分のことロボットだとは思ってないの？」

〈当機がロボットであるか否かについての情報は、当機のデータベースには存在しません〉

「その返事多すぎない？　当機くんのデータベース、じつはめっちゃメモリ小さいのでは？？」

そんな話をしながら、一人と一匹と一機で暮らすことになった、マンションの部屋へ帰った。

Act.2 引きこもり歴三年の私と、情報収集

「うぬぅぅ〜〜。筋肉痛ぅぅ〜〜……」

第一次侵攻の翌日、私はコタツにもぐってうめいていた。

プレイヤー契約をしたことで身体能力が強化され、常人以上の動作ができるようになったが、元が運動不足の引きこもり。

なので戦闘ハイで動きまくった結果、プレイヤー装備を解除した後で一気にきた疲労と筋肉痛が鬼畜レベルの辛さ。

予想はしていたが、帰宅して装備を解除した後、床に倒れてしばらく動けなかったほど。

できればベッドでお布団にくるまってぬくぬくしていたかったのだが、お猫様の世話人にそんな贅沢は許されない。

今日も今日とて朝の五時半に顔面乗っかりという「朝ご飯の時間よ」とのご命令（物理）を受け、筋肉痛で壊れかけのロボットみたいになりながら、どうにか朝食を用意。

……したのだが、そこまでで体力が尽きたので、そのまま近くにあったコタツにもぐり込んで電源を入れた。

お布団に戻るよりコタツの方が近かったし、少し待てば暖かくなるから、しばしの寒さは我慢することにしたのだ。

ちなみに私が「雪姉さん」と呼ぶ我が家のお猫様「雪柳《ゆきやなぎ》」は、朝ご飯の催促をしたくせに用意し

たカリカリを一口も食べず、コタツの中でぴったりと私にくっついてのほほんとしている。

雪のように白く美しい毛並みに黄金の眼のお猫様は、今日も自由に我が道をゆく。

あの顔面乗っかり攻撃はなんやったんや……

お腹空いてないなら、早朝五時半に突撃してきた意味は……？

筋肉痛でギシギシ軋む体に難儀しつつ、深いため息をついて苦笑する。

それでもコタツの中でぴったりと寄り添う小さな体の、やわらかな温かさを愛しく思ってしまうから、私はお猫様の世話人なのだろう。

とはいえ、私達が一緒に暮らすようになったのは、三年前からなのだが。

雪柳は元々、私の両親が飼っていた。

しかし三年前、両親が突然の事故死。

一人っ子だった私は専門家の人達に相談して諸々の手続きをすると、両親が住んでいたマンションの部屋を解約し、遺された雪柳を引き取って、ペットを飼える2ＬＤＫのマンションに引っ越した（防音完備、二つの部屋の間の扉にペットドア付き）。

そしてついでに、当時働いていた会社を辞めた。

転職先のあてもなかったけれど、とにかく当時は父と母を一度に亡くしたショックで無気力になっていて、雪柳の世話をするついでに自分の食事を喉に流し込むのが精一杯、というありさま。

とてもじゃないけど、ブラック企業化しつつあったグレー企業で働くだけの力なんて、無い。

私が働いていたのは、高校を卒業してすぐ就職し、堅実な経営をする社長のもと、頼りになる先輩達に恵まれた良い職場だった。

　しかし社長が急病で入院し、そのまま療養のため引退して息子が社長職を継ぐと、だんだんと雲行きがあやしくなっていったのだ。

　なのに、先輩達は先代社長に恩があるからと辞めないし、私も先輩達に恩があると思っていたから、一人で逃げ出すみたいに辞められない。

　そんな流れで、経営が徐々に悪くなってブラック企業化していくのを感じながらも、ズルズルと働き続けていたのだ。

　けれども、先輩達には申し訳ないが、もう当時の私にはあの会社で働く気力も無かったし、未練も無かった。

　退職の挨拶と私物の片付けに行った時、新社長がスカウトしてきたとかいう人事部長にグチグチと嫌みを言われたが、何を言われたかも忘れてしまった程度には、すべてがどうでもよかった。

　それから、三年。

　一年目はただただボーッと過ごしては、雪柳に「ご飯の時間よ」攻撃を食らい。

　二年目はちょっと動けるようになったので、猫用のオモチャを作るために手芸をやりはじめて、うっかりぬいぐるみ作りにハマり（雪柳と同じカラーリングのぬいぐるみを作りまくったし、他の動物のぬいぐるみやバッグ、ポーチ、コースターとかも作った）。

　三年目は猫でも食べられるおやつを作ろうとして、ついでに人間用レシピにもハマった（時短とか、作り置きおかずとか、お菓子とか、薬膳とか、圧力鍋の有効活用レシピとか作りまくった）。

そんなこんなで、現在の私のステータスは「二十六歳／女／独身／無職」。

付き合いのある親族はおらず、高校時代に色々あって連絡を取り合うような友人もいない。

だけど、とりあえず今日も生きている。

……うん。私、雪柳のおかげで生きてる気がする。

まあ、だから呼び名が「雪姉さん」なんだけど。

いつもお世話になっております。

「ん？　ナビ、今のコレ、なに？」

じんわりと暖まってきたコタツの中でぬくぬくしていると、スキル『心眼』が作動した時のような感覚を〝受けた〟ので、ナビに聞いてみる。

〈他のプレイヤーが近くで探査系のスキルを使っているようです〉

ずっと空中をふよふよ浮遊している青いルームランプ……、ではなく私のナビゲーターが答える。

「ああ、他のプレイヤーのスキルを受けるのって、こんな感じなんだ。探査系スキル、ねぇ……？　私の『心眼』とはだいぶ違うやつっぽいな。『心眼』は視るスキルだけど、これはコウモリが音波反響で位置把握するのに近い感じ？　何かを発信して、反響を受信してる的な。いやでもなんか、物質はスルーして、生体反応だけ探ってる、ような気がする……？　となると、熱源探知機の方が近い……？」

〈はい、Ｒｘ。あなたの『心眼』とは異なるスキルが使用されています〉

「そのスキル名は？」

〈当機がその情報を提供することはできません〉

そう、と頷いて、少し考える。

「ナビはこのスキルで探知されるの？」

〈モード設定によって判定が変化します。現在の設定では、当機のナビゲート対象であり、契約者であるＲｘのみが当機を認識、対話することが可能。よって他のプレイヤーの探査系スキルで当機を探知することはできません〉

「ああ、そういえば昨日、その設定にしたんだっけ」

言われて思い出す。

目立ちたくないので自分はスキル『隠密』を常時発動して、ナビには他の人に見えないようモード変更させたのだ。

そういえば、私の持つ探査系スキル『心眼』にはモンスターが浮かび上がるように視える他にも、視界の範囲内にいる生き物を「人」「猫」「犬」など、それぞれのカテゴリーで察知できる機能があるのだが。

そのカテゴリー判定によると、ナビは「鳥」だった。

一人称は「当機」、形状は新型のルームランプっぽいナビが、鳥。

共通点は「空を飛んでいる」くらいなので、正直（いやいやいや。いくらなんでも無理があるのでは？）と思うのだが、『心眼』は「それは鳥」と認識している。

どうしようもないことだし、どうでもいいことなので、あんまり気にしてないが。

ついでに他のプレイヤーに付いてるナビゲーターも「鳥」認識だけど、居る場所も動作も形も、笑えるくらい鳥じゃなさすぎるので、ちょっと観察すればすぐ分かる。

今、私のとは違う探査系スキルを使っているプレイヤーも、そうした特徴からナビ経由で潜伏プレイヤーを探しているのかもしれない。

「他のプレイヤーに見つかるのも面倒だし、急にルームランプみたいなのが同居することになったら雪姉さん驚くだろうから、その設定継続でよろしく」

〈はい、Ｒｘ。現在のモード設定を維持します〉

話が終わったところで探査系スキルの範囲から外れたことを感じ取り、う~ん、と伸びをした。

他のプレイヤーが早朝から探査系スキルで何を探しているのか、については嫌な予感しかしないのでスルーしておくことにして。

まだ六時だが、二度寝するには昨日あったことが刺激的すぎて、目が冴えてしまっている。

「とりあえず、今日やることは情報収集だな。……それじゃあまずは私のご飯タイムにするか」

コタツから出て、朝の涼気にぶるっと震えた。

三月中旬とはいえまだまだ冬の寒気が残り、けれど桜の蕾はほころびつつある、そんな日。

私はパジャマの上にモコモコの上着をはおって、キッチンに向かった。

それから筋肉痛がおさまるまでの三日間ほど、私はマンションの部屋でのんびりとステータスのチェックや情報収集をしていた。

「うーん……。政府から国民の皆様へ、プレイヤー契約をした人は行政機関へ申請をしましょう、ねぇ……。とうとうニュースから飛び出してCMまで流し始めるとか、本気ですなぁ。そのうちプレイヤー目撃情報に賞金出します、とかやりそう……」

申請する気ゼロの私は今、数日前に作ったドライフルーツ入りのスコーンをモグモク食べながら、ミルクティーを飲みつつテレビを見ている。

引きこもりな私の情報源は、テレビとインターネットの二つだ。

テレビのニュースで報じられる情報はそこそこ信用していいだろうが、国営放送局は確実なものしか報道しないので、現段階でプレイヤー関連の情報はほぼゼロ。

民放は偏りや過剰表現がある印象が強いので、今のところ情報源として使うつもりは無い。

「『プレイヤー』という存在の出現」

「プレイヤーを補佐する『ナビゲーター』の存在」

「すべてのナビゲーターが先日の災禍を『第一次侵攻』と呼称した」

国営放送局が報じるプレイヤーと侵攻についての情報はこれだけで、あとは、

「各地の被害状況」

「事後処理に自衛隊も出動し、現在懸命な救出活動が行われている」

「現在判明している死傷者と行方不明者の数」

「全国の教育機関が政府からの通達により休校」

「まだ討伐しきれなかったモンスターが残っている可能性があるため、ライフラインに関わる職種以外の社会人に外出自粛を要請」

「モンスターを見かけた場合は、安全を確保してから警察に通報するように、との首相から国民への呼びかけ」

「物流は止めないよう対策しているので、食料品などを過度に買いだめしないように、との内閣官房長官からの呼びかけ」

　以上が主な内容で、被害情報を更新しつつ、ニュース番組のアナウンサーはこれらを繰り返すだけになっている。

　なので、テレビは政府の対応や世間の反応、世界各国の動向を知るために使うものだな、と判断した。

　ちなみに日本政府の対応としては、

「外出自粛の要請と、買いだめ行為の自主規制のお願い」

「プレイヤー契約をした国民の確保（民放でもＣＭ流し始めた）」

「各国首脳との緊急会談で、この事態に連携して対応していくことを確認」

「第一次侵攻の後処理の経過報告（瓦礫の山と化しているゲート周辺では、今も行方不明者の捜索が行われており、二次災害の危険があるので一般人は立入禁止。……なのだが、現職の警察官や自衛隊員でプレイヤーになった人達が、ゲートを通ってダンジョンの探索をしているらしい、という真偽不明の情報がインターネットにあった）」

　以上がニュース番組で報じられている。

　まあ、政府がプレイヤーを確保したがる気持ちは分かる。なにしろ第一次侵攻は、プレイヤーがどれだけモンスターに有効な兵器となるかを見せつける、デモンストレーションのような状態だった。

　このため日本だけでなく、世界中の国家機関がプレイヤー確保に必死になっているらしい。海外派遣されているアナウンサーが時々ニュースに出てきて、各国がプレイヤー確保のためにどうしているか、という話を伝えている。

　そうして冷静に仕事をしている人々がいる一方、インターネットでは大騒ぎだ。

　こちらは情報の精度なんて求める方が間違っている世界だから、全部「ふーん」と流し読みして大筋を見る。

　すると現在のネットの世界では、

「第一次侵攻ということは、第二次侵攻もあるのか？　という不安や恐怖、それへの政府の具体的対応が報じられないことへの不満」

「この災禍が異次元からの侵略行為によるもので、海外では『幻想侵蝕《ファンタジー・イクリプス》』、あるいは略して『イクリプス』と呼ばれつつある」

「プレイヤー契約をして第一次侵攻で活躍したが、その後、急にプレイヤーとしての資格を失った人が複数いる（資格喪失の条件については、今のところ確定的な情報は無さそう）」

「第一次侵攻より後にプレイヤー契約をした人はいないらしい（侵攻後に契約した、という自称プレイヤーの発言は複数あったが、彼らは他の人に「それなら契約したナビゲーターの写真を投稿しろ」と言われると消えるので、信憑性はほぼゼロ）」

などの話が主流であるようだった。

あと、プレイヤーが他のプレイヤーに向けて情報交換を呼びかけるために立ち上げたサイトがあったらしいが、ほんの数時間で削除され、履歴さえ辿れなかった、という怪談みたいな話もあった。

もしこの話が本当のことなら、サイトを立ち上げたプレイヤーはどうなったんだ……？

インターネットの世界は本当に玉石混交だなぁ、と思う。

Act. 3 ステータスのチェックとスキルの確認

筋肉痛がおさまるのを待つ間、自分のステータスのチェックもした。

調べ方はストレートに「ステータス・オープン」と言うだけ。

空中に半透明の画面が出てきて、そこに自分のステータスが表示される。

ちなみにこのステータス画面は呼び出したプレイヤー本人にしか見えないようになっているそうで、プライバシーが保護されていることにちょっと驚いた。

親切なのか不親切なのか、よく分からないシステム設計だ。

それはさておき、現在の私のステータスはというと。

プレイヤー名：Rx
ランク：7
武器：第3段階　タイプ『ライフル／黒』
防具：第3段階　タイプ『敏捷・ステルス優先／黒』
◆武器スキル
●『ライフル』レベル5　→『鷹の目』レベル3
◆防具スキル
●『消音』レベル5
◆装備品
・―
◆補助スキル
●『隠密』レベル8　→『心眼』レベル5　→『遁行』レベル1
　　　　　　　　　　　　　　　　　　→『鑑定』
　　　　　　　　　→『隠蔽』レベル3　→『分身作成』レベル1
●『跳躍』レベル8　→『二段跳躍』レベル1
　　　　　　　　　→『滞空延長』レベル1

●『スキル探知』レベル1
●『裁縫』レベル4　↓『傀儡作成』レベル1　↓『仮想人格憑依』レベル1
　↓『護符作成』レベル1
　↓『アイテムドロップ率アップ』レベル4
●『調理』レベル3　↓『特殊効果付与』レベル1
　↓『アイテムドロップ率アップ』レベル3

以上。

私の感想は「え？　プレイヤーのレベルとか、ＨＰ・ＭＰの数値とかは無いの？」だ。

これまでの流れがあまりにもゲームっぽかったし、ナビにライフルの弾丸は私の精神力だと言われて（ああ、ＭＰ消費で撃てるのね。リロードしないでいいって、便利だな～）と解釈していたので、まさかその表示が無いとは思わなかった。

「ナビ。ライフル撃ちすぎて精神力を限界まで消費したらどうなるの？」

なので、第一次侵攻後にステータスを再確認した私の最初の発言がこれだったのは、当然のことだろう。

〈精神力を限界まで消費した場合、プレイヤーは意識を失い、戦闘不能状態になります。当機はそれを推奨しません、Ｒｘ〉

ナビは淡々と答えたが、そんなの私だって嫌だ。

戦場で意識不明とか、二度と起きられないやつじゃないか。

撃ちすぎには気を付けよう、と強く思った。

次に気になったのは、ランクという項目。

第一次侵攻中のモンスター討伐はランクポイントを得られる、と説明されたので、たぶんこれの数字を上げるために貯めるものだと思うのだが。

これはプレイヤーのレベルとは違うのか、何の意味があるのか、よく分からない。

「ねえナビ、私のランク、7って書いてあるやつのことなんだけど」

〈Ｒｘは契約時、ランク8でした。第一次侵攻でのモンスター討伐でランクアップしています。おめでとうございます〉

「あ、うん、ありがとう？　っていうか、ランクって上がると数字が小さくなるんだね。もしかして、他のもそうなの？」

〈他の数字は上がると増えていきます。ランクの最上位は1ですが、武器・防具の最終段階は12、スキルのレベルは10が最高値です〉

ふんふん、と説明を聞いていると、ナビはさらりと続けた。

〈Ｒｘのランクが7になったことで、当機のサポート機能『転送』の登録数が増えました。帰還地点一ヶ所、転送先三ヶ所の登録が可能です〉

「え。なにその便利機能。もっと早く知りたかったんですけど……？」

〈Ｒｘは当機のサポート機能についての情報提供を求めませんでした〉

いやそこは積極的にアナウンスしてくれよ、ナビゲーターのナビなんだろお前、と思ったが、言っても意味なさそうなので話を進める。

「もしかしてナビって、他にも何か機能あるの？」

〈ナビゲーターのサポート機能は契約者であるプレイヤーのランクアップとともに、随時解放されていきます。現在の当機のサポート機能は、三十分間の『結界』展開、『転送』、の二つです〉

「『結界』の展開、とかいうのも初耳だなぁ……」

遠い目をしてぼやくと、詳細の説明を求められたと判断したらしく、ナビが言った。

〈三十分間の『結界』展開は、プレイヤーが休息を必要とした時のためのサポート機能です。周囲に気づかれることなく休息をとるための空間を提供することが可能です。『結界』の展開が可能な回数と時間と、結界の空間の面積は、ランクアップとともに増加します。現在の『結界』展開可能回数は、一日に六回、展開持続限界は三十分間、面積はレベル6相当です〉

それ、第一次侵攻の時に知っていたかった機能だわ、と思う。

まあプレイヤー装備中は生理現象停止して疲労も感じにくくなってるから、休憩なんて必要なかったし、後半は戦闘ハイで休憩とか頭から吹っ飛んでたから、知ってても使わなかったかもだけど。

「ん。説明ありがと。次は新機能解放されたら教えてね」

〈新機能解放後、通知要請。登録しました、Ｒｘ〉

そんなこんなで、ひとまずこの話は終わった。

というわけで、次はスキルについての確認だ。

まず、

●『隠密』レベル8　↓『心眼』レベル5　↓『遁行』レベル1
　　　　　　　　　　　　　　　　↓『鑑定』
　　　　　　　　↓『隠蔽』レベル3　↓『分身作成』レベル1

これはスキル『隠密』から『心眼』が派生し、さらに『心眼』から『遁行』と『鑑定』が派生した、という意味。

第一次侵攻で常時発動させていたせいか『隠密』のレベルが思ったより高いが、良いことだ。

今後も育てていくことにして、ステータスの再チェックをするまで存在を知らなかったスキル『遁行』の詳細を読む。

このステータス画面はスキル名をタップすると別窓が浮かんで開き、詳細を表示してくれるのだ。

えーと、『遁行』は『心眼』で発見した気の流れに潜行し、場所を移動することができるスキル、ってすごい便利なやつだ！

おお、これは使えそう。

もう一つの『鑑定』は、ゲームでよくあるやつだった。

調べたいものに対して使うと、「アイテム名」「カテゴリー」「レアリティ」「基礎効果」「特殊効果」が分かる。

レベル表示がないのは、『鑑定』で調べられる情報がこれ以上は増えないからだろう。

あと、もう一つ。

スキル『隠密』から、『心眼』の他に『隠蔽』が派生していた。

このスキルは『隠密』の補助的なものらしく、『隠密』発動中、私が立てた物音や移動する時に起きる風などを文字通り隠蔽してくれるようだ。ステルス機能アップ的なスキルのようだから、今後は『隠密』とセットで発動させておこうと思う。

さらに『隠蔽』から派生していた『分身作成』は、これまた文字通りもう一人の私を作るスキル。

だけどレベルが低いので、まだ作れるだけで、動かしたりはできないらしい。

スキル経験値を貯めてレベルを上げれば、役に立つようになりそうな、前途有望なスキルである。

今はあんまり興味無いけど、そのうち育ててみようかなぁ。

次は、

●『跳躍』レベル8　↓『二段跳躍』レベル1
　　　　　　　　　↓『滞空延長』レベル1

場所移動で使いまくっていた『跳躍』から派生した二つのスキル。

『二段跳躍』はジャンプ距離を伸ばすだけでなく、空中での方向転換が可能になりそうなので、レベルを上げたいスキルだ。

同じく『滞空延長』も、空中からの攻撃ができるようになりそうなスキルなので、これもレベルを上げて実戦で使えるかどうかを確認したい。

次は、

●『スキル探知』レベル1

これは先日、探査系スキルを受け、私が「これはどういうスキルなんだ？」と、受けた感覚から推測しようとしたことで取得したスキルだと、ナビが教えてくれた。

へー、そんなことでスキルって増えるんだ、と知れたので、なかなかいい経験になった。

スキルの詳細としては、名称通り、他のプレイヤーが近くでスキルを使用していたら、それを察知できる、というもの。

これの経験値を上げるのは自力では無理なので、いったん放置だ。

……と、ここまでは戦闘補助スキル。

次は生産系スキルを見る。

●『裁縫』レベル4　↓『傀儡作成』レベル1　↓『仮想人格憑依』レベル1
　　　　　　　　　↓『護符作成』レベル1
　　　　　　　　　↓『アイテムドロップ率アップ』レベル4

『アイテムドロップ率アップ』は『調理』にもあるスキルで、どちらも派生元と同レベルであることから、たぶん派生元のレベルと連動する系なんだろうと思う。

効果としては、モンスターを倒した時、それぞれ『裁縫』や『調理』で使えるアイテムのドロップ率が上がるようだ。

そして興味深いスキル『傀儡作成』だが、どうやら人形やぬいぐるみを作って『仮想人格憑依』をさせると、人形やぬいぐるみを動かすことができるようだ。

これまで雪柳によく似たぬいぐるみを大量に作っていたが、その経験が思いがけないところで役立ちそうである。

もう一つの『護符作成』は、攻撃力アップや状態異常予防の効果があるアミュレットを作れるスキルらしい。

ただ、そういう装備品は加工屋というところでも作れるらしいので、無理に自作する必要も無い気がする。

アクセサリー系は興味が無かったから、作ったことも無いし。

まあ、加工屋を見てから考えよう。

さて、それでは最後のスキルだ。

●『調理』レベル3　↓『特殊効果付与』レベル1
↓『アイテムドロップ率アップ』レベル3

説明を読むと、この『特殊効果付与』というスキルは自動発動型だった。

今後、私が料理したものには、自動で何らかの効果が付与されるらしい。

第一次侵攻後は作り置きしてあったものばかり食べていたし、飲み物を淹れるくらいしかしていなかったので、まったく気付かなかった。

が、もしかして、飲み物にも特殊効果が付与されてたりするのか？

ちょうどほうじ茶を淹れたマグカップがコタツの上に置いてあったので、『鑑定』してみる。

アイテム名　：　ほうじ茶
カテゴリー　：　食品
レアリティ　：　C
基礎効果　：　精神力回復［弱］　疲労回復［弱］　解毒［弱］
特殊効果　：　精神力回復［小］　疲労回復［小］

特殊効果、付与されてたわ～。

知らんうちに癒やされてたわ～。

無自覚に取得してた自分のスキルのおかげで。

「いや私、知らんかったこと多すぎなのでは……？」

よろよろとコタツの中にもぐり込みながら、思わずため息がこぼれた。

Act．4　装備チェックとスキルのテスト、ゲート確認

第一次侵攻から四日後、だいぶ筋肉痛がマシになってきたので、プレイヤー契約初日に設定したきり放置していた武器と防具を確認する。

「起動《セットアップ》」

紺色のゆるいワンピースと黒のレギンス、あったかいモコモコの上着と靴下、といういつもの私

の部屋着から、その一言で一瞬にして姿が変わった。

特撮ヒーロー系の長い変身シーンは無いし、魔法少女のように途中で全裸シルエットが晒されるような大惨事も無く、無駄に光ったりもしない、すこぶる安心でスピーディーな装備変更である。

装備変更後、私が手に持つのは無骨だがシンプルな機能美を感じさせるライフル。弾込めの必要がないので、その部分の部品がないこと以外は現代武器のライフルとそう違いはない。そして暴発とか弾詰まりの心配がないライフルとか最高だなと思う。

衣装は黒一色の、現代風アサシンみたいな体にぴったりフィットした長袖長ズボン、首元から口まですっぽりと隠す防寒対策用のネックガード、目を保護するゴーグル、バレッタでまとめた長い髪を押さえるキャスケット、薄い革製のような質感の手袋、膝まで覆うカッチリとしたブーツ。

ブーツの靴底は、柔らかいけれど歩くのにも走るのにも困らない謎素材で、足音が響くのを抑えてくれる。

これが私の、プレイヤーとしての装備だ。

ステータス画面では、
武器：第3段階　タイプ『ライフル／黒』

防具：第3段階　タイプ『敏捷・ステルス優先／黒』

と、表示される。

私が今まで遊んだことのあるゲームでは、装備品はたくさんの種類や属性付きの物があり、それらをプレイヤーのレベルや敵の属性に合わせて変更して使うものだった。

しかし今、現実で戦うことになった私に与えられたのは、いつでも形状変更が可能な、成長していく武器と防具。

最初は「なんだそれ?」と首を傾げたが、改めて考えると装備変更の手間が省けるので、まあいいか、と受け入れた。

今はどちらも「第3段階」というレベルのようで、この段階が上がると、例えばライフルだと射程距離が伸びたり、攻撃力や射撃速度が上がったりするのだそうだ。

「うん。急かされながら決めたにしては、わりと満足な装備だな。変更は無しで、このままいくか」

装備変更すると自動的に靴を履いた状態になってしまうので、部屋の隅にビニールシートを敷いてチェック。

似合っているかどうかについては、ファッションセンス皆無な私は気にしない。

どうせ常時『隠密』を発動させるから、この格好を見るのは私とナビだけだし、雪柳は今コタツの中で寝てるし。

ただ、身長一七〇ｃｍの私が全身黒ずくめのアサシンスタイルで立っているのは、どこからどう見ても不審者なので、普通の人なら遭遇した瞬間に悲鳴をあげて逃げるだろうな、とは思う。

ともかく装備チェックは終わったので、次にいこう。

近くでふよふよ浮いているナビに声をかける。

「ナビ。サポート機能『転送』の帰還地点、ここに設定して」

〈了解しました、Ｒｘ。当機のサポート機能『転送』の帰還地点を、Ｒｘの現在地に設定しました〉

ん、と頷いて、ついでに確認しておく。

「そういえば、『転送』の使用回数って制限あるの？」

〈一日に六回まで使用することが可能です。回数は午前零時にリセットされます〉

「回数リセットの時間は『結界』も同じ？」

〈はい、Ｒｘ。同じく午前零時にリセットされます〉

「そうか」

なるほど、日付の変更と同時にリセット。

分かりやすい仕様だ。

「それじゃあ新スキルの実験、始めるか」

ナビへの確認も済んだので、次に移る。

まずはスキル『隠密』を発動し、視界の端にアイコンが表示されるのを確認。もちろん『隠蔽』もセットで発動させておく。

次に『心眼』で気の流れとかいうのを視て、マンションの部屋の中から外へ繋がるものへ『遁行』。

ふわりと軽くなった体が一気に外へ押し流されたことにちょっと驚いたが、流れに乗りながら自分の現在地が把握できるようになると、私の部屋があるマンションの屋上で『遁行』を解除。

ストッと着地して、体も装備も問題ないことを確認。

「うわ～。これめっちゃ便利スキルだな。レベル上げしてこ」

感心しつつ、次のスキルをテスト。

スキル『跳躍』から派生した『二段跳躍』。

スキルは（このスキルを使う）と考えるだけで発動するので便利なのだが、『二段跳躍』は発動させるタイミングによって二回目のジャンプ距離が変わる。

ビル移動には便利だが、自在に扱えるようになるにはタイミングをつかむ練習が必要そうだ。

あと、『二段跳躍』という名前から誤認しそうになるが、必ずしも『跳躍』の次に使わないと発動しない、というものではなく、〝空中でジャンプできる〟スキルだった。

つまり、どこかから落下した時にも使える。

次は『跳躍』からの『滞空延長』。

これは単純にジャンプした時、途中で三秒くらい滞空できるものだったので、扱いやすい。

ただ、その三秒で武器を構えて撃てるかというと、これもまた要練習だ。

「スキルのテストはこれくらいだな。さて、もうちょっと動けそうだけど、何をしよう？」

少し考えて、ここから一番近いゲートの様子を見に行くことにした。

スキル『遁行』で気の流れに乗ってかなりの距離が移動できたが、レベルのせいか途中で弾《はじ》かれそうになったので、慌てて地上に近いところに出て、あとは『跳躍』で移動。

私が住む浅葱《あさぎ》市の市役所に近い駅、浅葱駅前の噴水広場に出現したゲートを、近くのビルの屋上から見おろす。

近くの商店街は破壊されて瓦礫の山となり、ビルにも大きく抉られた跡やひび割れが入っていたりして、まだ片付けまで手が回っていない様子だ。

ニュース番組で見てはいたが、あちこちに残る血痕や獣の爪痕が生々しい。

そしてそんな瓦礫の山の間を警察や消防、自衛隊の制服を着た人達が行き来したり、ヘルメットを被って作業服を着た人達が数人固まって、何やら話し込んでいたりする。

近くにプレイヤーらしき人はいないし、さすがにこの状況でゲートを開けてダンジョンに入るのは無理だな、と判断して、今日の活動はここまでにする。

「ナビ、『転送』して」

ナビのサポート機能を試運転しておこうとそう頼めば、

〈はい、Ｒｘ。帰還地点への『転送』を行います〉

というあっさりしたアナウンスとともに、一瞬で景色が変わった。

見慣れたマンションの部屋の隅、ビニールシートの上。

「解除《リリース》」

また一言で装備がプレイヤーのものから部屋着に戻る。

ビニールシートから降りて、それをガサガサ折りたたんでいると、コタツから出てきた雪柳が優雅な動作で伸びをしてから「にゃあ」と一声鳴いた。

「起きた？　雪姉さん。そろそろ十二時だし、お昼ご飯にしようか」

私は振り向いて、雪柳の声に答えた。

Act. 5　道具屋と加工屋と、傀儡作成

午前中に体を動かしてちょっと疲れたので、午後はお家でできることをしようと思う。

まずはナビから存在を教えられたものの、まだ調べていなかった道具屋と加工屋のチェック。

「ナビ。道具屋と加工屋ってどこにあるの？」

〈道具屋、加工屋は、ともに実店舗はありません。ステータス画面から、それぞれの窓口にアクセスすることができます〉

「え。ステータス画面にそんなメニューあった？」

〈ステータス画面を右にスクロールすると道具屋、左スクロールで加工屋へのアクセスが可能です〉

「マジかぁ～。また知らんかったやつが出てきたわ～。……ん？　もしかして下にスクロールすると？」

〈アイテムボックスが表示されます〉

「そういや忘れてたアイテムボックスが、ここで出てくるんか……。モンスター倒した後、ドロップしたアイテムは自動で回収されてアイテムボックスに収納される、っていうのは聞いたけど。便利だなー、と思って終わったんだよな……。ナビ、ちなみに上にスクロールすると？」

〈ステータス画面を上にスクロールすることはできません〉

「そこはできんのか……、そうか……」

ふう、と息をついて気分を切り替え、ステータス画面を開く。

「スキルのレベルは変わってないな……、と、おお、道具屋が出てきた～」

ナビに言われた通り右にスクロールすると、カテゴリーが「回復薬《ポーション》」「素材」「生産補助アイテム」の三つに分かれた道具屋の画面が出てきた。

右上には「１３，５８２Ｅ」と表示されていて、これが今私が所有しているこのシステム内の通貨総額なのだそうだ。

第一次侵攻後の残党狩りで、いつの間にか貯まっていたらしい。

「わ～。ポーションのカテゴリーは思いっきりファンタジーっぽいのに、素材カテゴリーの中で卵とかお豆腐とかジャガイモとか売ってる～。って、いやマジか……。モンスター倒してＥ稼いだら、ここで食材買って生活できるじゃん……。なにこの生活侵蝕してくる系道具屋……。商品のラインナップが充実しすぎてて逆に怖いわ……」

ブツブツとぼやきながら、道具屋で売っている物を見ていると、ナビが言った。

〈道具屋で販売されるアイテム数はプレイヤーのランクによって変化します。Ｒｘの現在のランクは７ですので、商品のアイテム数は他のプレイヤーより多くなります〉

「ここでもランクが関わってくるか～。……ん？　他のプレイヤーより、商品のアイテム数が多い、って、どうして？」

〈プレイヤーの初期ランクは、12を基礎値として、それぞれの資質に応じて決定されます。Ｒｘの初期ランクは８でしたが、この世界のプレイヤーの初期ランクの平均値は11です〉

「またまた初耳……。ところで、ナビ。今〝この世界のプレイヤー〟って言ったよね。他の世界の

「プレイヤー達のことについて、何か提供できる情報はある？」

〈その情報は当機のデータベースには存在しません〉

「んん。そうくると思ったわ。じゃあそれは置いといて、なんで私の初期ランクは8だったの？」

〈その情報は当機のデータベースには存在しません〉

「資質に応じて決定された、って言ったのに、肝心の〝資質〟については黙秘なの不思議～」

それ以上は何も聞き出せなさそうだったので、道具屋の画面に視線を戻す。

一通り商品を見てから、まずはポーションのカテゴリーで怪我に効く治療薬と、毒・麻痺・暗闇・混乱・ステータスダウンの解除薬を購入。

素材のカテゴリーで布地を数種類・ボタンを数種類・いろんな色の縫い糸と刺繍糸・ワタを購入。

生産補助アイテムのカテゴリーで縫製針セット・裁断用ハサミ・糸切りハサミを購入。

買った物は自動でアイテムボックスに収納された。

「そういえば、ナビ。アイテムボックスの中にある物って、時間経過で劣化したりする？」

〈アイテムボックスの中は特殊な空間になっているため、収納されているアイテムは時間経過による影響を受けません〉

「おお、不思議空間……。まあ、劣化しないならありがたい」

細かいことを追究する気はない。

便利ならそれでいい。

「あれ？　そういえばアイテムボックスの収納限界は？　それっぽい表示、見当たらないけど」

〈アイテムボックスに収納限界はありません。収納されたアイテムはカテゴリーごとに自動で分類され、それぞれのボックスから取り出すことができます〉

「まさかの無制限収納、だと……?!　システム設計者は神なのでは？？？」

　その一点だけで崇められるわ。

　無制限収納とか、便利すぎて神。

「ん？　無制限収納できるのって、モンスターの素材とか、道具屋で買った物とかだけ？　例えば私が前から持ってる財布とか、ハンカチとかは？」

〈この世界の物質も収納可能です。生物は収納対象外として弾かれますが、財布などの無生物であれば問題ありません〉

「マジ神」

　思わず両手を合わせて拝んだ。

　システム設計者、顔も名前も種族も知らんけど。

　と、知りたいことが知れたので、次の行動に移る。

　道具屋での買い物が終わったので、一度ステータス画面に戻ってから、左スクロールで加工屋にアクセス。

　Eの残高が五桁から四桁に減ったが、まずは加工屋の内容を見る。

「ふーむ。モンスターの皮を加工してなめし革にすると、生産系スキルの素材として使えるのか」

　なめし革くらいなら『裁縫』スキルで何か作れそうなので、アイテムボックスに回収されたままのモンスターの皮をいくつか加工依頼する。

　待ち時間はなく、Ｅの支払いボタンをタップするとすぐになめし革となったものがアイテムボックスに収納された。

「お、加工屋で作ってもらえるアミュレット、思ったより種類あるー。やったね。これなら自作しないで良さそう。ん～……、今アイテムボックスにあるもので作れるのは『防毒のペンダント』と『硬化のペンダント』、『俊敏の腕輪』と『隠密の腕輪』か」

　どれもなめし革と他の素材の組み合わせで作られるようなので、革製のアクセサリーになるのだろう。

　試しに『防毒のペンダント』と『隠密の腕輪』の作成を依頼する。

　こちらも待ち時間はなく、Ｅ支払い後に出来上がった物がアイテムボックスに収納された。

「おー。完成早いなぁ」

　画面をステータスに戻してから下スクロールしてアイテムボックスを開くと、さっそく作ってもらったばかりのアクセサリーを二つ、取り出して『鑑定』する。

　まずは、『ポイズンウルフの毒爪』と『レッドボアのなめし革』で作られた、『防毒のペンダント』。

　見た目は赤い革紐で結ばれた、先端が赤紫っぽい色に染まった毒々しい黒い爪。

アイテム名　：　防毒のペンダント
カテゴリー　：　アクセサリー

レアリティ　：　C
基礎効果　：　毒状態になるのを30％防ぐ
特殊効果　：　――

レアリティがCだし、加工屋でお手軽作成してもらったものだ。

防毒30％はまあまあの数値だろう。

次は『ステルススネークの結晶鱗』と『アーマーベアのなめし革』で作られた、『隠密の腕輪』。

虹色の光沢がすべる黒い鱗状の結晶が、黒い革紐で編み込まれていて、オシャレな感じだ。

アイテム名　：　隠密の腕輪
カテゴリー　：　アクセサリー
レアリティ　：　B
基礎効果　：　スキル『隠密』の発動中、消費精神力を20％軽減
特殊効果　：　防御力アップ［小］

こちらは期待以上の物ができていた。

私はプレイヤーとして行動する時、常時『隠密』を発動させているので、その負担を軽くできるなら積極的に装備したい。

というわけで、完成したアイテムに満足したのでそれらをアイテムボックスに戻し、ステータス画面の「装備品」という項目からアクセサリーの装備を追加した。

そうしてふと気づくと、これだけの作業でいつの間にか十五時近くになっていた。

インスタントコーヒーと牛乳、お菓子作り用に買ってあるグラニュー糖で甘いカフェオレを作り、コタツに戻ってそれを飲みながら休憩。

休憩する時の習慣でテレビをつける。

昼の報道番組で「インターネットで調査した国民の反応」という話をしていて、いつ起きるか分からない第二次侵攻への不安を感じている人が多いことが語られ、それに対する政府の具体的な対策が示されないことをコメンテーターが強い口調で批判していた。

その話題については筋肉痛でうめきながら情報収集していた時に見ていたので、とくに興味を引かれることはなく、適当にチャンネルを変えて海外からのニュースを伝える番組で手を止める。

「うわ～」

いつかやる国があるだろうな、と思ってはいたが、某国でプレイヤーの強制徴兵が始まっていた。

それを嫌がったプレイヤーが自ら契約を破棄したり、家族を連れて亡命しようとする騒動が起きているらしい。

まあ、せっかく特別な力を手に入れても、そのせいで国家に拘束されて強制労働させられるとなれば、「じゃあこんな力要らない」となる人がいてもおかしくはないわな、と納得する。

しかし自分からプレイヤー契約を破棄することができる、というのは新情報だ。

「ねぇ、ナビ。プレイヤーが自分から契約を破棄したら、何かペナルティが発生したりとかするの？」

〈契約破棄によるプレイヤーへのペナルティはありません。プレイヤーとしての活動中に入手したアイテムがすべて失われるだけです。その際、アイテムボックスに収納されていたこの世界の物は外に出されます〉

「へぇ。じゃあアイテムボックスに財布とか入れておいてもそういうのは失くさずに、ただモンスター素材とかが無くなるだけなんだ」

契約破棄に対しての罰則が、ほぼ無いも同然であることに、今さらながら驚く。

第一次侵攻後にプレイヤー契約した人がいないらしい状態でプレイヤーの数が減ってしまうのは、ナビゲーター側としては回避したい事なのではないか。

ならば契約破棄に対する罰則はある程度重いものが設定されているはず、と予測していたのだが、外れたようだ。

まあ、私は今のところ契約破棄する予定はないから、関係ないけど。

ナビゲーターを使って大勢の人をプレイヤーにした『何者か』は、プレイヤーが減ることについて、意外と無関心っぽい、というのは分かった。

カフェオレを飲み終わったので、テレビを消してマグカップを洗い、コタツに戻って生産系スキルのチェックを始める。

スキル『調理』は昼ご飯に作った目玉焼きのっけ丼に「精神力回復［小］」と「疲労回復［小］」が付いていたので、ひとまずそれはそれでよしとして。

気になるのは、スキルをチェックした時から興味深く思っていた、『裁縫』から派生した『傀儡作成』と『仮想人格憑依』である。

これのために先ほど道具屋で買い揃えた素材と道具をアイテムボックスから取り出し、まずは私の持っている型紙でウサギのぬいぐるみを作ってみる。

念のため布の裁断から『傀儡作成』を発動させて、思ったより扱いやすい黒の布地をするすると糸で縫い合わせていく。

こういう細かい繰り返し作業はわりと好きな方なので、針でチクチクやっているうちにあっという間に太陽が傾き、雪柳が「なぁ～ん」と鳴いた声で、ようやくハッと我に返った。

「あれ？　もうこんな時間か。洗濯物まだ取り込んでなかったー。雪姉さん、ありがと」

コタツの上に乗って作りかけのぬいぐるみの匂いをかいでいる雪柳に礼を言って、危険物である針とハサミを裁縫箱として使っているプラスチックケースに片付ける。

ナビに確認したところ、作成途中の傀儡《ぬいぐるみ》は、作業を中断してスキルの使用をストップしても、続きに取り掛かるときにまたスキルを発動させて作ればいいそうなので、『傀儡作成』のスキルを停止させてコタツから出た。

「ん、んん～」

ゆっくりと背伸びをして、ずっと同じ体勢でいたせいで凝り固まった身体をほぐした。

今日は一日いい天気だったので、よく乾いた三日分の洗濯物を取り込む。

一人暮らしはあんまり洗濯物が出ないので、私は三日に一度、溜めて洗うのだ。

テレビをつけて夕方のニュースが天気予報を流すのを聞きながら、洗濯物をたたんでいく。

空の上に浮かぶ無数の結晶体を無視すれば、『イクリプス』なんていう災禍が起こり、自分がプレイヤーという特殊な存在になったことなど忘れそうな平和な日常の一コマ。

……だったのだが。

〈全プレイヤーへ通達。新システム『駒《チェスマン》契約』が実装されました〉

唐突に緑色のルームランプと化したナビが、今もここが非日常の最中にあることを告げた。

Act.6　新システムと傀儡作り

〈全プレイヤーへ通達。新システム『駒《チェスマン》契約』が実装されました〉

いきなり緑色のルームランプになったナビは、それを言い終えると青色に戻った。

私は驚いて洗濯物をたたむ途中で一時停止していたが、とりあえずテレビを消してナビに聞く。

「ナビ、今のはプレイヤー全員への一斉通知？」

〈はい、Ｒｘ〉

「誰からの通知？」

〈その情報は当機のデータベースには存在しません〉

いつもの返事だ。

他のことを聞く。

「今実装されたとかいう、新システムの説明よろしく」

〈はい、Ｒｘ。新システム『チェスマン契約』について、詳細を説明します〉

洗濯物をたたみながら説明を聞いたところ、新システム『チェスマン契約』は、非プレイヤーをこの災禍に対抗する戦力とするためのものだった。

プレイヤーは一人につき、『ポーン』八名、『ナイト』二名、『ビショップ』二名、『ルーク』二名、『クイーン』一名、『キング』一名の、合計十六名の非プレイヤーと契約することで、彼らを自分の『チェスマン』にすることができる。

契約してチェスマンとなった非プレイヤーは、駒ごとに異なる特殊能力を得て、プレイヤーの指示に従って戦う。

プレイヤーとチェスマンは遠く離れると契約が一時凍結され、チェスマンは駒として得た特殊能力を失う。

が、プレイヤーの近くに戻れば凍結は解除され、能力も戻る。

契約は双方の合意によるものでなければならず、解約もまた双方がその権利を持つ。

プレイヤーとチェスマンの間に同士討ちが起きることはなく、プレイヤーとチェスマンの間で行われた攻撃は無効化される。

チェスマンの攻撃によって倒されたモンスターのドロップアイテムは、すべて契約主であるプレイヤーの所有物となる。

チェスマンはモンスター討伐でEを取得することができ、ステータス画面とアイテムボックス、道具屋を利用することができる（道具屋で販売されるアイテム数は契約したプレイヤーのランクによって変動する）。

プレイヤーとチェスマン双方の同意があれば、取得したＥもプレイヤーのものとすることが可能。

ざっくりまとめると、こんな感じのシステムだ。

「……なんだろう、これ。うん。うーん……？」

説明終了までに洗濯物はたたみ終わり、薄暗くなってきたのでカーテンを閉じて明かりをつけた部屋で、ぼんやりと首を傾げる。

数秒そうしていたが、私が考え込んでもどうしようもないな、と判断した。

「なんか悪用しようと思えばいくらでもできちゃう、プレイヤーの人格が試されそうなシステムだな、って感じだけど。そもそも〝プレイヤーじゃない人と契約する〟っていう時点で、引きこもりの私には関係ない話だった」

あー、なんか無駄に頭使った気がするー。

雪姉さん、夕ご飯今から用意するから、ちょっと待っててねぇ。

洗濯物を片付けるとキッチンに立ち、まず雪柳のご飯を用意してから自分の食事の支度をする。

とはいっても、作り置きしてあるロールキャベツと、皮をむいて一口サイズに切って冷凍してあるジャガイモ、ニンジン、タマネギを一人用サイズの土鍋に放り込み、水とコンソメの素を入れてゆっくり煮込むだけ。

土鍋を置いたコンロを弱火に調節して、コタツに戻る。

「ナビ、タイマー三十分よろしく」

〈はい、Ｒｘ。アラーム設定、三十分。カウントを開始しました〉

スキル『傀儡作成』を発動させ、傀儡《ぬいぐるみ》作りの続きに戻る。

頭と胴体、前脚二つと尻尾はできているので、あとは後脚二つを作って、バラバラのパーツを一つに縫い合わせるだけ……

二本目の後脚を縫っている途中でアラーム。

手を止めて『傀儡作成』のスキルを止め、コタツの上を片付けてキッチンに向かう。

土鍋の中ではロールキャベツと野菜がいい具合に煮えていた。

火を消し、トレーに鍋敷きを敷いて土鍋を置き、マグカップに水を入れてレンジでチン。

温まったマグカップの中の白湯にお茶のパックを放り込み、スプーンと箸を取って全部一緒にトレーにのせると、コタツに戻って夕ご飯。

「あ、一応『鑑定』してみるか。冷凍してたやつ煮ただけで『調理』にカウントされるのか不明だけど、自動で付与されるらしいし」

そうして『鑑定』してみたら、特殊効果に「精神力回復［小］」「疲労回復［小］」がついていた。

これ以外の特殊効果がついてるところ見たことないんだが、これはそのうち成長するんだろうか。

まあ、ご飯はご飯だし、回数こなせばレベルもそのうち上がるだろう。

気にせず食べることにして、習慣でテレビをつける。

「日本各地のプレイヤーが、ナビゲーターからの一斉通知を――」

「内容については現在詳細を確認中で――」

「政府からのコメントはいまだ出されておらず――」

どのチャンネルも緊急特番でニュースになっていたが、唯一、民放で動物とのふれあい番組をやっていたのでそこで手を止め、動物園で一日飼育員をやることになった芸能人の賑やかな声を聞きながら夕ご飯を食べた。


夕食後、テレビを消して食器を片付け、スキルを発動させてぬいぐるみ作りを再開。

もうほとんどパーツは出来上がっていたから、最後の一つである二本目の後脚を作ると、まず頭を胴体に縫いつける。次にボタンを留め具にして前脚と後脚を胴体に繋ぎ、最後に胴体のお尻に丸い尻尾をつけて、完成！

「できたぁ～」

ふい～、と息をつきながら寝転がり、手足を伸ばして、うう～ん、とうなる。

最近は料理にハマっていたからぬいぐるみを作るのは久しぶりだったけど、意外とスムーズに出来上がったので良かった。

さて、それでは次の『仮想人格憑依』にいこう。

出来上がったぬいぐるみを見つめながらスキル『仮想人格憑依』を発動させると、選択画面が出た。ステータス画面みたいな、空中に浮かぶ半透明のボードに文字が表示される。

「え、なに……？　性格を選択してください？」

選べる性格は三つ。

一つ目の「従順」はプレイヤーの指示に従い、命令を受けるまでほぼ何もしない。

二つ目の「勇猛」はダンジョンの中で放つと自分から敵を探して襲いに行くが、プレイヤーとの距離が離れると戻ってくる。そしてまた敵を探しにいく。

最後の「臆病」はプレイヤーの傍から離れず、モンスターの群れの中に放り込まれると全力で逃げ回り、可能であればプレイヤーの元へ戻ってくる。が、プレイヤーがダメージを受けるとブチ切れて反撃、敵を猛攻撃する。

「ああ、性格の選択って行動指針の決定なのね……。うーん。初めて作ったやつだし、この三つの中から選ぶなら『従順』かなぁ」

傀儡にどれくらいの命令が通るのか、どれくらい動けるのか、試したいことは色々あるので、性格は「従順」を選択。

すると一瞬、黒いウサギのぬいぐるみが光り、刺繍糸の緑の眼がパチパチとまばたきをして、鼻先がヒクヒク動いた。

「う、わぁ……」

『イクリプス』が起きてからいろんな非日常に遭遇したけれど、これはさすがに「語彙力ゼロか？」みたいな感嘆の声しか出てこなかった。

だってしょうがない。

私が作ったぬいぐるみが動いてる！

私が作ったぬいぐるみの眼がまばたきしてる！

私が作ったぬいぐるみが歩いたぞ⁉

という感動でいっぱいなので。

言葉が出てこないのはしょうがない。

が、命令されないから何もできず、性格「従順」の黒ウサギはその場でウロウロするばかりだったので、しばらくして感動が落ち着くと、ようやく頭が働きだした。

「ん？　なんか画面出てる？　……ふむ、個体識別名称を登録してください、か」

ファッションセンスだけではなく、ネーミングセンスも無いと自認している私は、「一号」とシンプルに名付けた。

動いているところを見ると本物の動物みたいだけど、物は物。

道具なのだから妙に凝ったりせず、分かりやすいのが一番だ。

「えーと、この個体識別名称から動作のオン・オフができるようになってるのか。よし、オフ」

ステータス画面の『傀儡作成』から派生した新スキル『傀儡管理』をタップすると、一号を操作できる画面が出たので、スイッチをオフにしてみる（この画面には他にも「耐久　1／1」という表示があったが、これが何なのかは不明）。

すると黒ウサギはピタリと動作を止め、ただのぬいぐるみに戻った。

「おお～。簡単！　お手軽！　面白い！」

テンションが高くなっているので、ちょっとしたことではしゃいでしまう。

そんな私に、迷惑そうな顔をした雪柳がコタツの中からのっそりと出てきて、「なぉ～ぉ」と低く鳴いた。

「アッ、ハイ。ごめんなさい。もう騒がないです」

雪柳は素早く正座して答えた私を一瞥すると、もう興味を無くした様子で身軽にキャットタワーを登っていった。

……プレイヤーなんていうものになっても、雪姉さんにはかなわない。

一気に冷静になった私は、それからお風呂に入って寝るまでの時間を、全部ぬいぐるみ作りに費やした。

いや、だってこれ、楽しい。

Act．7　初めてのモンスター肉

初めての『傀儡作成』で一気にこれにハマった私は、翌日もぬいぐるみ作りを続けた。

手縫いだから時間はかかるが、扱いやすい布地だし、元から好きな作業なのでただひたすらに楽しい。

そして一日とかからず二体のウサギのぬいぐるみを作ると、二体目の赤ウサギに「二号」、三体目の青ウサギに「三号」と名付けた。

『仮想人格憑依』で設定した性格は、赤ウサギの二号が「勇猛」で、青ウサギの三号が「臆病」。と、ここで『傀儡作成』がレベル2に上がっていたので、調子に乗ってもう一体、「従順」な黒ウサギの「四号」を作った。

すると四号だけ「耐久　2／2」になっていたので、この数字は『傀儡作成』のレベルと同じらしいと判明。

まあ、その意味はまだ分からないのだが。

そうして私が布遊びをしている間に、世間ではどこからか新システム『チェスマン契約』の内容が知られるようになり、世論が「第二次侵攻への備えとしても、チェスマン契約をしたプレイヤーにダンジョンの探索を許可すべきではないか」という流れになっていた。

ゲート周辺はいまだに瓦礫の山状態だが、いくつかの場所では片付けの作業も始まっているらしく、被害が比較的軽かったゲートの使用について話が出てきたのだ。

個人的には（なんでプレイヤーがダンジョンに行くのを〝許可〟されにゃならんのだ）という気持ちになったけど。

まあ、理屈は分かる。

すでに「国家防衛戦力」として認識されつつあるプレイヤーの動向は、政府や国民の意志によってコントロールするべきものだ、と思われているのだろう。

国に管理されるプレイヤーの皆さんへ「ガンバッテー」の気持ちを送りつつ、私はこれからもひっそり単騎《ソロ》でいこうと思った。

『傀儡作成』のレベルが一つ上がったので、今度は道具屋でフライパンと調味料を買い、スキル『調理』とその派生スキル『特殊効果付与』についてちょっと集中的に調べてみることにした。

作り置きおかずを食べ尽くしたので、何か作らないとすぐ食べられる物が無い、という事情もあるが。

まずはエプロンをつけて一人暮らしには不似合いな大型の冷蔵庫の前に立ち、冷凍室と野菜室から食材を取り出す。

私は必要があれば外出できるタイプの引きこもりだ。

が、人との接触を極力最小限に抑えたいので、必ずセルフレジを使う。それに買い物自体の必要回数を減らしたいから、業務用スーパーで冷凍食材を一度に大量買いしたり、仕入れが上手い八百屋で美味しい野菜を箱買いしたりしている。

災害への備えにもなるし、とは思っていたが、まさかのモンスター出現でこれが役立つとはさすがに予想外だった。

ともかく食材はあるし、日用消耗品も安売りの時に買いだめしてあるし、うちの地域はライフラインには問題なく、ガスも電気も水も使えるので、いつものように『調理』を開始。

慣れたレシピの作り置きおかずを数種類作り、タッパーに入れて出来立てをそのままアイテムボックスに収納。

使った道具を洗って片付けると、次はアイテムボックスから道具屋で買ったフライパンと調味料、第一次侵攻の後の残党狩りでドロップアイテムとして手に入れたモンスターの肉を取り出した。

「見た目は普通に美味しそうな塊肉……。『鑑定』で調べても変なところはないし、『心眼』で視てもとくに異常はない……。けどこれ、ホントに食べれるのかなぁ……？」

ネットで調べても、モンスター肉を食べた人の話は見当たらなかったので、本気で未知の世界である。

でもまあ、単騎《ソロ》でやっていくと決めた以上、自力でどうにかするしかないことがあるのは当然のことだ。

とにかく何か作ってみることにする。

とりあえず『レッドボアの肉・上』を薄切りにして、塩コショウをふってフライパンで焼いて。

完成品を『鑑定』。

アイテム名　：　レッドボアの焼き肉
カテゴリー　：　食品
レアリティ　：　B
基礎効果　：　精神力回復［中］　疲労回復［中］

特殊効果：攻撃力アップ［小］

おお、初めて見る効果が付いてる。

これはいけるのでは？　と、パクリと一口。

モグモグモグモグ……

「……なにこれウマッ！」

さんざん躊躇していたモンスター肉は、思わず叫んでしまうくらい美味しかった。

牛豚鶏とは違う味だが、ちょうどいい具合に脂の乗った肉は口の中でとろける美味さ。

食べた後、身体に異常もないし、こうなればもう手を止める理由などない。

すぐさま道具屋で鍋も買い、二つのコンロで焼き料理と煮込み料理を同時に作っていく。

まずはフライパンで焼き料理。

ステーキのような厚切り肉を焼いて、シンプルに塩コショウで味付けし、蒸し野菜を添える。次は薄切り肉にして野菜と炒め、焼き肉のタレを絡める。次もまた薄切り肉に片栗粉をまぶして揚げ焼きにして、一緒に揚げ焼きにした野菜と甘酸っぱいタレを合わせて酢豚風にしたものを、丼にご飯を盛った上に乗せてタレをたっぷりかける。

そうしてフライパンで焼き料理を作る隣、もう一つのコンロに鍋を置いて煮込み料理も作る。

厚切り肉を角切りにしてカレーやシチューに入れたり、塊肉を圧力鍋で角煮風にしたり。薄切り肉を肉じゃがに使ったり、細切り肉を甘辛い味付けで玉ねぎと煮込んでしぐれ煮みたいにする。

作りながら味見をしているうちに、どのモンスター肉がどの料理に合うのか、だんだん分かってきた。濃い味ばかりだと食べにくいので、サッパリ系の蒸し料理に合うモンスター肉を選び、野菜と一緒に味付け無しで蒸しておく。蒸し料理はたいていポン酢で食べるけど、気分によってソースや醤油、タルタルソースやマヨネーズに変えても美味しい。

そうして作ったモンスター肉と道具屋で買った調味料を使った料理は、「攻撃力アップ」の他、「防御力アップ」や「俊敏性アップ」、「アイテムドロップ率アップ」や「疲労回復継続」などの特殊効果が付いた。野菜炒めにしたものをパンで挟んでアルミホイルで包んだり、しばらく使っていなかったお弁当箱にご飯と一緒に詰めたりして、アイテムボックスに入れておく。

プレイヤー装備になると生理現象が一時停止するので、食べるのは装備前だ。装備後だと食べても消化されず、特殊効果を得られないので意味がない。

さて、これでダンジョンへ行く前にすぐ食べられる、特殊効果付きの食事が用意できた。思いがけない収穫にホクホク笑顔になってしまう。

ついでに水筒を三本出して、お茶と紅茶とカフェオレを入れておいた。水筒が三本もすぐ出せたのは、昔使っていたのが一本と、何かのキャンペーンで貰ったのが二本あったからだ。

そして『調理』と『特殊効果付与』も、食器や器代わりのアルミホイルがあるだけ作りまくっていたら、いつの間にかレベルが上がっていた。

まだレベルが低いせいかもしれないが、サクサク上がっていくのは嬉しいものだと思う。

翌日。

モンスター肉のお弁当を朝食にしてステータスに「攻撃力アップ」と「俊敏性アップ」と「疲労回復継続」を付与し、アイテムボックスに傀儡四体を詰め込んだ私は、そろそろ行くか、と腰を上げた。

プレイヤー装備でスキル『隠密』を発動させ、外に出る。

「行ってきます、雪姉さん」

念のため、雪柳のご飯皿にはいつもより多めのカリカリを盛っておいた。

Act. 8 初めてのダンジョン探索

スキル『隠密』を常時発動させながら『遁行』と『跳躍』で移動して、浅葱駅前のゲートを見おろせるビルの屋上に着地する。

地上は瓦礫の山が先日来た時より少し減り、何やら作業している人達はいたが重機はまだ入っておらず、相変わらずプレイヤーの姿も見当たらなかった。

それどころか、ゲートを囲うように赤い三角コーンが置かれ、工事現場でよく見る黒と黄色の縞模様のバーがかけられて封鎖されている。

他のプレイヤーの人々は何をしているのか？

まさか誰もダンジョンに入っていないのか？

気になることは色々あるが、今それを知る術はない。

とにかく一度ダンジョンに入ってみようと、まずはゲートの前へ降り立ってみて、囲いとゲートの間にそこそこの隙間があり、薄く扉を開けて身体を滑り込ませればいけそうだ、と目算する。

次に、瓦礫の山を崩して物音を立てないよう、慎重に近くのお店に入って、三軒目でようやく目当てのキッチンタイマーを発見。

それを拝借してナビに結界を展開してもらい、内部の音が外に漏れないことを確認してから、まだ使えるかどうかを試した。

キッチンタイマーは無事鳴ったので、三分後にもう一度鳴るようセットすると、ナビに『結界』を解除させて素早くゲートの前へ移動。

待つこと数分、生活音のない奇妙な静寂の地にけたたましい音が鳴り響き、周りの人々がいっせいにそちらに注目する。

その瞬間、カチャッと小さな音を立ててゲートの壮麗な扉を薄く開き、できるだけ静かにその隙間へ身体を滑り込ませると、内側からそっと扉を閉めた。

よし。ひとまずダンジョンへのステルス侵入は成功。

……たぶん。

さて、次は。

「ナビ、ここを『転送』地点として登録して」

他のプレイヤーと衝突したりしないよう、ゲートの扉前から少し離れた位置に立って言う。

私がどんな動きをしようとぴたりとついてくるナビが答えた。

〈了解しました、Ｒｘ。当機のサポート機能『転送』の一つ目の地点を、Ｒｘの現在地に設定しました〉

これでもうゲートを通らずに、どこからでも直接ダンジョンに入れるようになった。

ん、と頷いて、手に持ったライフルをいつでも撃てるよう構え直し、アイテムボックスから傀儡の一号を出して命令。

「先に進んで。分かれ道か先の見えない曲り道があったら止まって」

黒ウサギはどこまで理解しているのか分からない顔で私を見上げ、命令の言葉を聞き終えると洞窟の一本道をピョンピョン跳ねて進みはじめた。

スキル『隠密』で姿を隠した私の代わりにモンスターをおびき寄せる、囮役だ。

その後ろを足早に追いながら、私は『心眼』でトラップやモンスターの急襲を警戒する。

他のダンジョンのことは知らないが、浅葱駅前のゲートから入ったダンジョンは、広い一本道の洞窟みたいな感じのところだった。

それも壁が青緑色に淡く光る鍾乳洞で、上と下に鍾乳石が林立し、道のように開けた中央の空間以外、見通しが悪い。

景色としては美しいが、モンスターの跋扈するダンジョンであることを考えると、あまりその美しさを気にしていられない。

と警戒していると、さっそく鍾乳石の陰からモンスターが飛び出してきて、道の真ん中をピョンピョン進む黒ウサギに襲いかかる。

しかし私は最初から警戒して武器を構え、飛び出してくる前から『心眼』でその動きを把握していたので、慌てず騒がず、ライフル一発で仕留めた。

小型犬くらいの大きさのネズミっぽいモンスターは、ドロップアイテムが無かったので名前が分からないまま、わずかな額のEだけ残して砕け散るように消える。

一方、襲われそうになった黒ウサギは、何事もなかったかのようにピョンピョン先に進んでいく。

なるほど、性格「従順」というのはこういうところか、と内心で納得して、私もまた足早に後を追った。

途中からナビに一時間ごとに知らせるよう頼み、一時間進んで十分休憩する、というパターンで進んだ。

プレイヤー装備中だから疲労感はないのだが、休憩をとって五感を休めてやらないと、長時間の緊張状態に置かれた体が感覚過敏に陥るような気がしたのだ。

戦場が市街地だった第一次侵攻の時と違い、ダンジョンで『心眼』を使うのは妙に疲れる。

気の流れが外とは違うし、嫌な気配がそこら中から漂い、たまにモンスターという実体をもって襲ってくるからまったく気が抜けない。

休憩中はナビに『結界』を展開してもらい、床に座って体を休め、感覚を閉じることに集中する。

そして十分経つと、また先に進む。

まだ序盤だからか、三時間ほど進んでもさほど強力なモンスターは出てこない。

たいてい『心眼』で襲ってくる前に発見し、遠距離からのライフル一発で仕留められている。

途中からモンスターの弱点が何となく分かるようになってきたので、スキル『鷹の目』のレベルが上がっているのかもしれない。

とまあ、それはいいとして。

問題はこのダンジョンである。

私は最初、黒ウサギに「先に進んで。分かれ道か先の見えない曲り道があったら止まって」と命令したのだが、このダンジョンには分かれ道は無数にあれど、行き止まりと先の見えない曲り道はなかった。

なので私はずっと分かれ道があったら右の道に進むよう指示しているのだが、いっこうに周囲の景色が変わらず、終わりが見えない。

ゲームのような自動マッピング機能もないし、正直なところ、帰る時はナビの『転送』だけが頼りである。

それでもどうにか先に進み続けるうちに、ライフル一発で仕留められないモンスターが出てくるようになった。

まあ、二発目で倒せるから黒ウサギに近寄らせることなく済んでいるのだが。

でもそうしたモンスターからは、たまに初めて見るアイテムがドロップするので、楽しい。

地道に歩いていくしかないみたいだし、楽しみがあるのは大事なことだ。


腕時計の短針が十二時に近くなってきた頃、入り口からずっと変わらない景色に飽きつつ探索を続けていると、急に道の横に出っ張りのように広がる空間に出くわした。

何だろうと見てみると、その出っ張りになっている空間に置かれている物体がある。

「一号、止まって。……ナビ、あれ何？」

黒ウサギを停止させ、その物体から少し離れた場所でナビに聞く。

ナビは淡々と答えた。

〈宝箱です〉

「マジですかぁ～」

思わず脱力してその場に崩れ落ちそうになったが、かろうじて耐えた。

「まさか一生のうちで一度でもマジもんの宝箱に出くわすとは、思いもせなんだ……」

ダンジョンっていうくらいだから、モンスターがいてトラップが仕掛けられているんだろう、とは予想していたが、まさか宝箱まであるとは思わなかった。

だってこれ現実だし。

ナビが侵略者《インベーダー》って呼んだやつが造った空間だし。

まさかプレイヤー側に有益なものが用意されてるなんて、普通は思わないでしょ⁇

「あっ……！　宝箱に擬態したモンスターの可能性……！」

驚きのあまり忘れていたが、そういえば何かのゲームにそんなモンスターがいたはず。

『心眼』では判定できず、空間がそこだけ切り取られたかのように視える正体不明《アンノウン》の物体に、警戒しつつ手を伸ばして蓋を開ける。

キィイィ……、カタン。

蝶番の軋む音を立てて宝箱は普通に開き。


――宝箱から『魔法書「氷魔法の素養」』取得

中にポツンと置かれていた豪華な装丁の青白い本を取り出すと、そんなアナウンスが視界の端を流れていく。

「……モンスターじゃなかった」

狐につままれたような気分である。

「……しかもなんか珍しそうなアイテムだし。どうやって使うんだ？」

まだちょっとポカンとしたまま、何の気なしに本を開いてみたら、急に重さが消えて本が青白い光の球体に変化し、私の身体に吸い込まれるようにして消えた。

――アイテム『魔法書「氷魔法の素養」』使用

――スキル『氷魔法』取得

またしても視界の端を流れていくアナウンス。

「……うん」

なんかちょっともう、気力がごっそり持っていかれたよね。

「ナビ、ここを『転送』地点として登録して」

〈了解しました、Ｒｘ。当機のサポート機能『転送』の二つ目の地点を、Ｒｘの現在地に設定しました〉

「ん」

ナビと話している間に黒ウサギの動作をオフにして、アイテムボックスへ回収。

「それじゃあ今日の探索はここまでにするから、帰還地点への『転送』よろしく」

〈はい、Ｒｘ。帰還地点への『転送』を行います〉

私はこうして初めてのダンジョン探索を終えた。

Act.9 ステータスの確認と、失敗

十二時過ぎ頃に帰宅した私は、装備を解除するとまずトイレとお風呂をすませ、アイテムボックスから取り出したお茶を飲んで休憩。

コタツにもぐってしばらく寝転がっていると、ちょっと気力が回復してきたのでその格好のままステータス画面を開いた。

プレイヤー名：Rx
ランク：7
武器：第3段階　タイプ『ライフル／黒』
防具：第3段階　タイプ『敏捷・ステルス優先／黒』
◆武器スキル
●『ライフル』レベル6　→『鷹の目』レベル4
◆防具スキル
●『消音』レベル6　→『隠蔽』レベル2
◆装備品
・防毒のペンダント（毒状態30％防止）
・隠密の腕輪（『隠密』消費精神力20％軽減／防御力アップ［小］）

◆特殊スキル

●『氷魔法』レベル1　↓『アイスアロー』レベル1
↓『アイスウォール』レベル1
↓『アイスフィールド』レベル1

◆補助スキル

●『隠密』レベル8　↓『心眼』レベル6　↓『遁行』レベル3
↓『鑑定』
↓『隠蔽』レベル4　↓『分身作成』レベル1

●『跳躍』レベル8　↓『二段跳躍』レベル1
↓『滞空延長』レベル1

●『スキル探知』レベル1

●『裁縫』レベル5　↓『傀儡作成』レベル2　↓『仮想人格憑依』レベル1
↓『傀儡管理』レベル1
↓『護符作成』レベル1
↓『アイテムドロップ率アップ』レベル5

●『調理』レベル4　↓『特殊効果付与』レベル2
↓『アイテムドロップ率アップ』レベル4

おお、スキルレベルが全体的に上がっている。

それに先ほどの宝箱アイテムからゲットしたらしい『氷魔法』が、特殊スキルの中に入っている。

どうやら私は本当に魔法を使えるようになったらしい。

「魔法。魔法かー……」

ゲームの魔法やテレビアニメの魔法少女、マンガや小説、映画に出てくる魔法使い。

考えてみると色々見てきているが、私にはとくにそれらに憧れたり羨んだりした記憶はない。

なので手に入れても、すごく嬉しい、とかは無いのだが、単純に攻撃手段が増えたことは良かったと思う。

「とりあえず使い方を把握しないとな」

うむ、と頷いて、スキルの説明を読む。

『アイスアロー』は頭上に氷の矢が三本出てきて、指示したところに飛ぶ。

指示は魔法を発動させながら攻撃対象を見るだけ。

『アイスウォール』は縦横二ｍほどの氷壁が出る。

厚さや強度はレベル１だとまだあまり無さそうだが、これは「この辺に出したい」と考えた場所に出せるようなので、防壁にする他にも離れた場所にいる敵の群れの中に出して分断、などの使い方ができそうだ。

『アイスフィールド』は自分を中心に半径十ｍの地面を円形に氷結させ、その上にいるモンスターすべてにダメージを与える。

さらに、凍りついたフィールドの上にいる間、ずっと冷気ダメージが入る。

凍結させたフィールドは十分で元に戻るが、それより前にスキル解除で戻すこともできる。

「どれもかなり使えそうだな。次にダンジョン行ったら使ってみよー」

そうして魔法の確認をしたあとは、加工屋で今日手に入れた素材からアクセサリー作り。

初めて入手したアイテムもあるので、前より作れるアクセサリーの種類が増えているのが嬉しい。

どれにしようかな、と楽しく悩みながら、三つを選ぶ。

一つ目は移動速度を少し上げる『俊敏のイヤーカフ』。

二つ目は攻撃力アップの『攻撃の指輪』。

三つ目はダメージを受けた時、ランダムで跳ね返す『反射のアンクレット』。

完成品は、忘れないうちにステータス画面から装備に追加。

ちなみに攻撃力アップは武器攻撃の威力アップになる仕様だそうで、つまり『攻撃の指輪』を装備すると腕力が上がってライフル狙撃の威力もアップするらしい。

よくよく考えてみると「腕力が強くなることが、なぜライフル狙撃の威力アップに繋がるんだ？」という謎仕様なのだが、まあいいか、で終わった。

あとは道具屋で傀儡作成用の素材を購入して、夕ご飯を用意して食べる。

それから雪柳が遊びたそうにしていたので、手芸にハマっていた時に作りまくったオモチャをしまってある引き出しから、お気に入りをいくつか出して誘ってみた。

「雪姉さん、これどう？　マタタビ入りの蹴りぐるみ～」

蹴りぐるみというのは、猫が前脚で抱え、後ろ脚で蹴るのにちょうどいい大きさをしたぬいぐるみのことだ。

どこの猫もけっこうお気に入りで遊ぶらしいこのオモチャ、うちの雪柳は、なぜか私がふざけて作ったニンジンの形の蹴りぐるみがお気に入りだ。

色が気に入ったのか、フェルトで作った葉っぱを何枚も縫い付けてあるから、蹴るたびそれがワサワサ揺れるのが面白いのか。

私にはよく分からないが、ニンジンを抱きかかえて後ろ脚で蹴りながら、ワサワサ揺れる葉っぱをガブガブ噛むのがお気に入りだ。

「ほら、いつものニンジンくんだよ」

雪柳に差し出すと、床に置かれたそれをふんふんと嗅ぎ、かぷっと噛みついて持ち上げた。

「お、それで遊ぶ？」

ニンジンの蹴りぐるみを運ぶ雪柳は、数歩離れたところにぽいっと放ると、また歩いてきて私の傍に座り、膝に前脚をぽふりと置いた。

催促するみたいにお手してくるの、すごく可愛いんだけど、ちょっと離れた場所に転がるニンジンの蹴りぐるみに哀愁を感じて複雑な気分になってしまう。

「おぉん……。そうか、今日はニンジンくんの気分じゃないから、他のを出してくれと。えーと、それじゃあ、でっかいのいこうか。ほい、もぐら叩き～」

段ボールに穴を開けただけの、簡単手作りオモチャを出してみる。

引っかかれることがあるので、指先に布で作ったもぐらの指人形をはめて、準備完了。

段ボールの中に手を入れ、いくつか開けた穴からランダムにピョコピョコと指を出してやる。

今度は気に入ったらしく、雪柳はあちこちの穴からピョコリと顔を出す指人形に、凄い勢いで飛びついてきた。わりと容赦ない猫パンチが、指人形にヒットする。

こうなると私の方も熱中してしまい、猫パンチが来る前に素早く指を引っ込めたり、両手で一度に二つの場所から指を出したりして、雪柳を翻弄する。

そんなこんなで、しばらくもぐら叩きをして遊んだ。


翌日。

当たり前のように筋肉痛がきた。

今回は主に足。

「うぅぅ……、足が、足がぁ～……！」

壊れかけのロボット再び、である。

「プレイヤー装備になると疲れとかマジであんまり感じんくて、加減が分からんのだよな～。でも使った筋肉の疲れは筋肉痛として次の日確実にくるという地獄……。うう……、引きこもってから運動なんてろくにしてないから、しょうがないんだけど。ダンジョン行くたびにこうなるのは、ヤだなぁ。次からはもっと短時間で切り上げるようにして、しばらくは身体づくりを優先するか〜」

ため息をついて、今日は休養の日にしよう、と決めた。

そして、朝ご飯の時に習慣でつけたテレビに流れた映像を見て、ポカンと口を開けて停止することになった。

「今の映像、よくご覧いただけましたでしょうか。途中で中央にノイズが入ってしまっているため、とても分かりにくいのですが、周りにいる作業員の方々が突然同じ方を向いた瞬間、わずかにゲートが開かれたように見えます。ほんの一瞬のことですので、もう一度スローで再生を――」

アナウンサーが喋っているが、意味が頭に残らない。

すべてが右から左に流れていく。

それほどの衝撃だったテレビ放送中のその映像は、昨日、私が入った浅葱駅前のゲートを監視カメラで撮影したもの。

（これ私だー！　ステルス侵入、めっちゃ失敗してるやん！　まさか日本中にあるゲート全部に監視カメラが設置されてるとは……、いや、これは予想しておくべきだったよなぁ……）

我に返ってから、しばらく頭を抱えて丸まった。

が、それどころではない、と気づいて起き上がる。

スキル『隠密』はレベルが上がるとカメラにすら映らないし、『隠蔽』は私が接触したものの動きや、立てた音を誤魔化してくれる。

だからこの映像には私の姿は映っていないし、ゲートが本当に開けられたのかも、ノイズのせいでかなり不鮮明だ。

しかし、それだけの情報でもこのプレイヤーが私だと特定される可能性はある。

まずはテレビのチャンネルを変えながら先ほど流れた映像以上の情報が出ているかチェックして、ひとまずテレビ放送されるほどのものは他には無い、と判断。

次にインターネットでニュースサイトからＳＮＳまでチェックして、こちらも私に直接繋がってくるような情報は無さそう、と判断。

ここまで確認していったん落ち着いたので、すっかり冷めてしまった朝ご飯を食べながら、改めてニュースを見る。

「当番組が独自で入手した情報によりますと、このゲートに無断侵入したとみられるプレイヤーは行政機関に申請していない未登録の人物であると――」

「行政機関に申請しているプレイヤー達から、次の侵攻がいつ発生するのか分からない今、戦力強化のためにもダンジョン封鎖を早急に解除すべきである、との声が上がっており――」

「先ほどの街頭インタビューでも指摘されている方がいましたが、現在日本ではプレイヤーであることを申請するかどうかは任意です。今回の無断侵入は、むしろ発見されるのが遅く、すでにダンジョンに入っている未登録プレイヤーは複数いるものと私は考えて――」

インターネットで調べている時も思ったが、世間は私が警戒するより私に無関心だった。

昨日ゲートに無断侵入したプレイヤーのことよりも、「今見つかったの？　遅くね？　もっと早いうちからダンジョン入ってるプレイヤーなんて普通にいるだろ。てか政府はいいかげんゲート封鎖解除して、プレイヤーにレベル上げしてもらうべき。第二次侵攻前のレベル上げのチャンス、いつまで潰し続ける気なの？」という意見が多いように感じる。

他にもただ騒ぎたいだけの人達がたくさんいて、彼らは正体不明のプレイヤーに画像の乱れから『ノイザー』というあだ名を付けたり、その流れで第一次侵攻で見かけた目立つプレイヤー達を『天使ちゃん』や『ベンケイ』などと呼んで、その装備や容姿、戦闘スタイルについて話していた。

そんなネットの流れを一通り眺めてみたが、今のところ「浅葱駅前のゲートに無断侵入した未登録プレイヤーを探そう」という動きは見られない。

実際、探して見つけたとしても、何の罪があるの？　という疑問もある。

政府が封鎖した場所への無断での立ち入り、というので罪に問えるかもしれないが、第二次侵攻に対する国民の不安が強い今、それでプレイヤーを拘束して裁くのは難しいのではないだろうか。

とはいえ、発見されて捕まる可能性もゼロではないので、しばらくは警戒しておくべきだ。

次にダンジョンへ行く時は、『分身作成』で作ったもう一人の私をコタツに突っ込んでおこう。

そんなことを考えて、ひとまずテレビを消し、あとは丸一日『傀儡作成』に没頭した。

……実益のある現実逃避手段があるって、いいことだよね。

Act.10　ダンジョン探索と、イスの必要性

翌日。

今回は思ったより早く筋肉痛がマシになっていたので、朝起きて体を動かしてみて、ほっと一息。朝ご飯の時につけたテレビでは、昨日政府の上層部が集まって話し合った結果、ゲート封鎖を今日の十二時から一部解除することになった、というのがトップニュースだった。コメンテーターが「封鎖を解除したゲートに政府職員を置いて、ダンジョンに入りに来た未登録のプレイヤーに申請を呼びかけ、一人でも多くのプレイヤーを確保する狙いもあるのでしょう」と話していた。

それを聞きながら、私みたいにダンジョンの中に『転送』で入れちゃうプレイヤーには無意味なのでは？　と思ったが。

まあ、単騎でいくことを決めている私には関係ないことだ。

私は私で、マイペースにやっていこう。

あと、この数日間の調査でモンスターがまだ残っている可能性がだいぶ低くなったことから、商店の昼間の営業が許可され、国民への外出自粛が少し緩くなって、「周囲に注意して、できるだけ複数人で行動してください」になった。

これで少しは街に日常が戻ってくるのだろうか。

二回の筋肉痛地獄で、自分の身体の貧弱さはじゅうぶん理解できたので、今日はダンジョン探索を短時間で切り上げることにする。

朝食はモンスター肉を使った特殊効果付きのものを食べて準備し、午前中、一時間進んで十分休憩、というのを三回やって、三時間二十分の探索で終了する予定だ。

「雪姉さん、行ってきます」

偽装工作として『分身作成』で作ったもう一人の私をコタツに寝かせ、部屋の隅にビニールシートを敷いてプレイヤー装備になった後、ナビの『転送』で二番目の登録地点へ移動。

昨日開けた宝箱は影も形も無く消えていたが、道の横に出っ張るように広がった空間があるのは変わっていなかった。

「一号、先に進んで。分かれ道があったら右に進んで」

先日来た時と同じく黒ウサギを囮にして、飛び出してきたモンスターを狩っていく。

ドロップアイテムやEが自動回収されるの、ホント便利だな～、と思いながら、どんどん進む。

〈Rx、設定された時間になりました〉

「ん、ありがと」

一時間経つとナビが教えてくれるので、続けて休憩十分のアラーム設定も頼む。

「ふ～」

黒ウサギに停止命令を出し、『心眼』で近くにモンスターがいないことを確認してから、ナビに『結界』を展開してもらってその場に座る。

……そういえばこれ、お尻が冷えるんだよな。

洞窟の中は暑くもなく寒くもないのだが、地面はひんやりと冷たいのだ。

前回の探索では、休憩中は感覚を閉じることに集中していてそこまで気が回らなかったのだが、次はキャンプとかで使うような、手軽で座り心地のいいイスを持ってきたい。

おぼろげに、押入れにちょうどいい物があった気がする、と思い出した。

まだ働いていた頃、忘年会か何かのビンゴゲームで当てた、折り畳み式のハンモックチェアだ。

アウトドア系の趣味は無いが、一回部屋の中で使ってみたら意外と座り心地が良かったので、売らずに押入れに放り込み、引っ越しの時も持ってきた、ような気がする。

帰ったら探してみるか……

〈Ｒｘ、設定された時間になりました〉

「ん、ありがと」

意識を切り替え、探索に戻る。

出現モンスターが徐々に強くなってきているので、ライフル三発か、四発当てないと倒せないものも出てきた。

そこで黒ウサギへの命令に「モンスターが近づいてきたら、その場で停止」を追加。

ライフルで仕留める前にモンスターが黒ウサギに接近したら、『アイスウォール』で攻撃を防ぐことにする。

そこから残りの二時間は、この戦法で無事に切り抜けることができた。

ついでに『アイスウォール』のレベルも上がった。

ナビの『転送』の二番目の登録地点を、今日進めた所に変更して、本日のダンジョン探索は終了。

帰宅。

マンションの部屋に帰ってシャワーを浴びると、さっそく押入れの中をガサゴソ探し、どうにか目的の物を発見。

収納袋から取り出して組み立て、座ってみる。

一度目は部屋着で。二度目はプレイヤー装備で。

ハンモックチェアはどちらでも問題なくゆらゆらと身体を受け止めてくれたので、折り畳まず、そのままアイテムボックスへ収納した。

荒らした押入れを片付けたあとは、お菓子がなくなったので、クルミ入りのクッキーを作ることにする。材料をビニール袋に入れてよく混ぜ、クッキングシートにスプーンですくったのを落として並べたら、あとはオーブンを温めて焼くだけの簡単レシピだ。

部屋中に香ばしい匂いがするのに機嫌が良くなり、焼きあがるのを待つ間、楽しく『傀儡作成』の続きに取り組む。

今は、イヌのぬいぐるみの胴体を縫っているところ。

他にもクマや鳥、もちろんネコも作ってある。

ある程度の数ができたら、一気に『仮想人格憑依』をする予定だ。

「お、焼けた」

オーブンの音に呼ばれて顔を上げ、いったん手とスキルを止めて、焼きあがったクッキーを取り出す。そうしたら甘いカフェオレを作って、焼きたてクッキーと一緒にティータイム。

習慣でつけたテレビから、不意に読経の声が響く。

「今日は各地の寺で追悼が行われ、第一次侵攻で犠牲となった方々の親族や友人、様々な人が集まり――」

読経の声が響き、寺の中で大勢の人が並んで座って手を合わせる映像が流れ、アナウンサーが原稿を読み上げる。

第一次侵攻で、世界中が甚大な被害を受けた。

建物や道路や線路が壊されたり、橋や高架が落とされたりする中で、大勢の死傷者、行方不明者が出た。

プレイヤー契約をした後、私も参戦した。

モンスターを討伐し、ランクが上がるくらいには戦った。

が、私は私のために動いただけだった。

守りたいのは雪姉さんと自分の生活だけで、他の人達のことなんて何も考えていなかった。

それは今も同じで、私はたぶん、元から自分が何かできるとは思ってないんだろうな、とぼんやり考えた。

他の人のために何かができたかもしれない気力や自信や能力は、三年前に全部いっぺんに落っことしたのだ。

今の私は、今の私にできることしかやれないと、知っている。

自分に〝できるかもしれない〟ことは、〝できない〟のだと、知ってしまっている。

ピ、とチャンネルを変えた。

三年前からずっと、私は〝誰かが何かを悼む〟光景を直視できない。

ニュースを見ること、アナウンサーの声を聞くことはできても、勝手に視界があやふやになって、何が映っているのか認識できなくなる。

リビングのキャビネットの上に置かれた、扉を閉じた小さな仏壇を直視できず、触れることもできないように。

そうして私は今日も父と母がもうどこにもいないことを受け入れられないまま、別のニュースを見る。

遠くからの映像だが、封鎖を解除されたゲートの前で、プレイヤーと思しき人と、作業服にヘルメット姿の人が何か話をしているのが見える。

アナウンサーが、「申請していなかったプレイヤーがこれを機に登録する意志を示し、政府から派遣された職員の指示に従って登録を行っているようです」と伝える。

政府に自分がプレイヤーであることを教えるのは、何かあった時にプレイヤーとして動ける自信がある、ということだろう。

単純に、すごいな、と思う。

自分にはできないことだ。

私はクッキーをサクサクかじって焼きたての香ばしさを味わい、甘いカフェオレをゆっくり飲むと、テレビを消して『傀儡作成』の続きに戻った。

Act. ?? **盤*****者*

「アングレイヴィス卿」

長い回廊の左右に等間隔で連なる巨大な柱。

その柱に施された精緻《せいち》な獣の装飾に座っていた人影に声をかけられ、規則正しく一定のリズムを刻んでいた足音が止まった。

「主が新しく開かれた世界へ、一番に接触した感想は？」

年若い女性が溌剌とした声で発した、好奇心に満ちた問いかけに、男性の低い声が落ち着いた口調で答える。

「君が言った通り、あれがこちらからの初接触だ。まだ感想が持てる段階ではないと思うのだが、君はこんな答えでは満足するまいな」

「勿論だとも。よく分かっているじゃないか」

柱の装飾に腰かけたまま朗らかに笑って、続ける。

「卿のことだ、もう目ぼしい駒にはマーキングしてあるのだろう？」

唇の端をくっと曲げて、アングレイヴィス卿と呼ばれた男が言う。

「遊戯盤《ゲームボード》はまだ開かれたばかり。今の段階でのマーキングに、さほど意味はなかろうよ」

「へぇ。それでも卿がマーキングするような駒はあったわけだな？」

「ふむ……。まぁ、初期ランクが高い上に、特異な性質を持っているようでな。興味を引かれたことは否定しない」

「卿がそこまで言うとは、珍しい。その特異な性質というのは、どんなものなのかな？」

長い回廊に落ちる、数秒の沈黙。

低い声が響く。

「討伐数が、異常だ」

柱の上から苦笑を含んだ声が言う。

「アングレイヴィス卿、私に読心のスキルは無いよ。できればもう少し詳しい説明が欲しいのだがね。……それにしても、こんな初期から討伐数が異常、とは。さんざんシステムの抜け穴を利用して初期から膨大な戦功を積み上げて枢機卿にまでなって、抜け穴を利用されるのはシステム設計が悪いせいだ、と真顔で言ってのけた、どこぞの坊やを思い出すね」

「エクルーズローダー卿か。確かに彼も初期から討伐数は群を抜いていたが、あの駒の戦果はエクルーズローダー卿とはまた異なる性質ゆえのものだろう」

低い声が淡々と答えて言う。

「単独型、というところは同じだが、あの駒にエクルーズローダー卿のような図抜けた優秀さは感じられない。……ただ、単純に討伐数が異常すぎるのだ。あの駒が選んだメイン武器は、ライフルだというのに」

その言葉に、ふっくらとした艶やかな唇が、弓張り月のように優美な弧を描いた。

「へぇ？　メイン武器をライフルにして、異常な討伐数を叩き出す駒とは。ふふ、自殺願望でもあるのかと思いたくなるが、卿がマーカーを付ける程度には優れた精神力の持ち主のようだね。普通の駒なら十発も撃てば気絶する武器で、なぜそこまで戦果をあげられるのか……。なるほど、興味を惹かれる」

そう言って、柱の上からふわりと着地。

「ありがとう、アングレイヴィス卿。私の手番が来る時が楽しみになったよ」

話すだけ話して満足したらしい彼女が回廊から去ると、静寂が下りたそこにぽつりと小さな独り言が落ちた。

「……さて、あの駒はどこまでもつか」

Act．11　ステータのスチェックと真偽不明のネット情報

翌日。

今までで一番マシな筋肉痛がきた。

三時間でもくるのかぁ〜、とため息がこぼれたが、まあ三年引きこもってるわりには動けてる方だろう、と思っておく。

筋肉痛で動けずモンスターにやられる、というのは間抜けすぎて嫌なので、今日は休養だ。

たくさん作った傀儡《ぬいぐるみ》に、『仮想人格憑依』を使おうと思う。

朝ご飯の時につけたテレビでは、遠くから撮影されたらしい、封鎖を解除されたゲートに入っていくプレイヤーやチェスマン達の映像が流れている。

アナウンサーによると、報道規制線がゲートから遠い場所に張られているので、ズームしてもよく見えない映像しか撮れないらしい。

プレイヤーやチェスマン達への取材も、政府から「自主規制を要請」されているそうで、ダンジョンの攻略状況や、チェスマンがどれくらいの戦力になるのかなど、私が興味を引かれそうな情報は無さそうだ。

他には短時間だがようやく営業を再開した店での買いだめ騒動や、銀行からのお金の引き出し騒動、「モンスターを見た！」という誤通報が複数件あった、等。

どうやら第一次侵攻で出現したモンスターの全頭駆除は成功したらしく、コメンテーターがこの様子なら教育機関の休校解除も可能なのではないか、と話していた。

食事が終わったらテレビを消して、本日の作業を開始。

まずは完成したぬいぐるみをコタツの上に並べる。

ウサギ　一

クマ　二
ネコ　二
イヌ　四

いつの間にか九体もできていた。

前に作ったことがあり、簡単な型紙を使ったとはいえ、短い期間で思った以上に数が出来上がったことに、並べてみて初めて気づき、ちょっと驚く。

「道具屋で買った布が縫いやすかったおかげ……？」

首を傾げつつ、まあ困るわけじゃないからいいか、で終わる。

そんなことより『仮想人格憑依』だ。

クマ二体は「勇猛」。

イヌ一体は「従順」。

……に、設定したところ、次のイヌの時に選べる性格が増えていた。

新しく増えた性格は「冷静」と「楽天家」。

どういう行動をする性格なのか、まずは詳細を読む。

一つ目の「冷静」は常に周囲を警戒し、敵を見つけると攻撃するが、自分が攻撃を受けた場合は回避行動を優先する。

二つ目の「楽天家」はいつも楽しそうに動き、放置しておくとプレイヤーとはぐれたり、知らないところでモンスターを倒したり、自分が倒されたりしている。

「これまた正反対の性格だなぁ。というか楽天家はこれ、傀儡としてはどうなんだ？　ダンジョンで使えなさそうすぎるだろ……。でもこういう性格のぬいぐるみって、可愛いだろうな～」

迷ったが、ウサギ一体、ネコ一体、イヌ三体は「冷静」。

ネコ一体は「楽天家」に設定。

名前は「五号」から「十三号」と名付けた。

九体のぬいぐるみにずっと動き回られると邪魔だし、雪柳がキャットタワーの上で目を丸くして固まっているので、ステータス画面のスキル『傀儡管理』からスイッチをオフにしてアイテムボックスに収納。

「……ん？」

ついでにステータス画面をチェックするとスキルのレベルが上がっていたり、新スキルが派生していた。

プレイヤー名：Rx

ランク：7

武器：第3段階　タイプ『ライフル／黒』

防具：第3段階　タイプ『敏捷・ステルス優先／黒』

◆武器スキル

●『ライフル』レベル7　→『鷹の目』レベル5

◆防具スキル
●『消音』レベル7　→『隠蔽』レベル3
◆装備品
・俊敏のイヤーカフ（速度アップ［小］）
・防毒のペンダント（毒状態30％防止）
・隠密の腕輪（『隠密』消費精神力20％軽減／防御力アップ［小］）
・攻撃の指輪（攻撃力アップ［小］）
・反射のアンクレット（被ダメージ反射［ランダム］）
◆特殊スキル
●『氷魔法』レベル2　→『アイスアロー』レベル1
　　　　　　　　　　→『アイスウォール』レベル2
　　　　　　　　　　→『アイスフィールド』レベル1
◆補助スキル
●『隠密』レベル9　→『心眼』レベル7　→『遁行』レベル4
　　　　　　　　　　　　　　　　　　　→『鑑定』
　　　　　　　　　→『隠蔽』レベル5　→『分身作成』レベル1
●『跳躍』レベル8　→『二段跳躍』レベル1
　　　　　　　　　→『滞空延長』レベル1

●『スキル探知』レベル1
●『裁縫』レベル6
↓『傀儡作成』レベル3
↓『仮想人格憑依』レベル3
↓『傀儡管理』レベル2
↓『巨大化』レベル1
↓『縮小』レベル1
↓『護符作成』レベル1
↓『アイテムドロップ率アップ』レベル6
●『調理』レベル4
↓『特殊効果付与』レベル2
↓『アイテムドロップ率アップ』レベル4

知らないうちに『隠密』スキルのレベルが9まで上がっている。

常時発動させているから上がりやすいのだろうが、これは思ったより早くマックス値の10までいくかもしれない。

あと気になるのは、新スキル『巨大化』と『縮小』だ。

試してみようと思って性格「従順」の黒ウサギ、一号を取り出すと、ぬいぐるみに重なって操作パネルが出た。

「ん？　なんだこれ？　……ああ、『傀儡管理』がレベル2に上がったから、いちいちステータス画面開かなくても操作できるようになったのか。えーと、操作項目は……」

操作パネルを上から読んでいく。

傀儡：一号
耐久：1／1
性格：従順
レアリティ：E
動作：オフ
巨大化：オフ
縮小：オフ

空中に浮かぶパネルの中の「巨大化：オフ」という項目に指でポンと触れると、表示が「巨大化：オン」になり、黒ウサギがグググッと大型犬サイズまで巨大化した。

「お、おお～」

雪柳がキャットタワーの上から「ふぅぅぅ～」と、警戒する時の声でうなっている。

驚かせたみたいだ。

ごめん、雪姉さん、と謝って巨大化をオフにする。

次に試した縮小では、手のひらサイズまで小さくなった。

持ち運びはアイテムボックスでするから、このスキルが何に使えるのか分からないが、とりあえず確認だけしておく。

「これ、繰り返し巨大化させてたら、そのうちレベルが上がって、もっと大きくなるのかな～」

今のところ戦力にはならなさそうな傀儡だが、スキルを育てれば使えるようになる気がする。

「……よし、『傀儡作成』スキルのレベル上げしよう」

というわけで、今日も一日ぬいぐるみ作りだ。

ぬいぐるみを作っている途中、ふと身体が固まっていることに気づいて、作業を一時中断。

立ち上がってコタツから離れ、んん～、と伸びをして、軽くストレッチをする。

「……あっ。そういえば私、ダンジョン行く前に準備体操とかしてないな？」

今さら気づいて、準備体操しとけば筋肉痛ももうちょっとマシだったのでは、と遠い目で思う。

引きこもりには無縁の単語なので、準備体操の「じ」の字も思いつかなかったが。

前に読んだスポーツマンガでも、準備体操はスポーツをする上で必須のもので、身体をより良く動かせるようになるし、怪我の防止にも効果がある、とコーチ役のキャラが言ってた気がする。

たしかスポーツ後も、クールダウンのためのストレッチがあったはずだ。

気になったので、ネットで検索。

片っ端からページを開いて、私でもできそうなものを探す。そして簡単なものをいくつかピックアップしてメモすると、ついでにニュース一覧に目を通しておく。

「……ん？」

その中に一つ、中東の某国にある石油採掘施設でプレイヤーとチェスマン数人によるテロ事件が発生したが、軍属のプレイヤーとチェスマンにより鎮圧され、テロリストは全員死亡、というトピックがあり、興味を引かれてリンクをたどる。

海外で起きた事件なので詳しい内容はよく分からないのだが、テロリストを殺して鎮圧した軍属プレイヤーは資格を失っておらず、現在もプレイヤーのまま、何のペナルティも受けていない、と政府関係者が話しているという。

そこから読者コメント欄に「プレイヤー資格について」というリンクを見つけ、またそれを開いてみると、掲示板サイトで「プレイヤー資格の喪失条件は何か？」を様々な情報から考察しているところに辿り着いた。

「へぇ。第一次侵攻の時に、目の前でプレイヤーじゃなくなった人を見た、ねぇ……」

考察のための素材となる情報は玉石混交。参加者に野次馬や荒らしが交じる掲示板サイトの話をどこまで信じられるかは判断が難しいが、実際に私が見たことのある事例も報告されているし、興味深い話ではある。

ざっと流し読んでみると、彼らは実体験の報告や又聞きの情報から共通点を探り、どうやら「プレイヤーの能力を使って非プレイヤーに攻撃すること」が資格喪失の条件なのではないか、と考えているようだった。

攻撃が当たったかどうかよりも、非プレイヤーに対する害意によって判定されるようで、害意があればその攻撃が当たらなくても資格を喪失するし、害意なく事故で非プレイヤーに怪我を負わせた場合には資格喪失は起きない、という推測だ。

そして、今回の海外でのテロ事件で、プレイヤー同士での戦いが起きた場合は、相手を殺しても資格喪失にはならず、ペナルティも発生しないらしい、という情報が追加された。

今、掲示板サイトではその話題がメインになっており、誰かプレイヤー同士で戦った時に何が起きたか、情報を持っている人はいないか、という呼びかけが書き込まれている。

しかし今回のテロ事件以外、プレイヤー同士の戦闘に関する情報は無さそうだ。

海外でプレイヤー契約をしたテロリストが無差別テロ事件を起こし、たまたまそこに居合わせた一般人のプレイヤーが応戦したらしい、という話が出てきたが、「情報源《ソース》は？」と問われると、その話を書き込んだ人が消えた。

私はいったん手を止め、考え込む。

「そういえば私が第一次侵攻の時に撃っちゃった人、プレイヤーじゃない人を攻撃しようとしてたような……？　その人の悲鳴で私が気づいて撃ったし、その後でナビが資格剥奪でプレイヤーじゃなくなったって言ってたな。つまりこの推測、当たってるのか……？」

プレイヤーから非プレイヤーへの攻撃による資格喪失。

アウトラインは「非プレイヤーに対して害意を持っていたか否か」。

もし当たっているのならば、ナビが教えてくれない禁則事項の一つが判明したことになる。

「これはなかなかお手柄なのでは？」

ネットの片隅にある掲示板サイトの一ページで考察されているだけの話だし、検証もされていないから確定情報ではない。

が、私にとっては有益なものだった。

「非プレイヤーへの害意を持った攻撃、ね。最初からする気ないけど、注意しとこ」

うん、と頷いてから、先ほどメモしたストレッチをやってみることにした。

第二章　地上攻撃部隊迎撃戦と、予想外のニュース

Act.12　地上攻撃部隊迎撃戦

〈全プレイヤーへ通達。侵略者《インベーダー》による地上攻撃部隊の接近を探知しました〉

深夜、ぐっすりと熟睡していたのに、頭の中に強制侵入してきたナビの声で無理やり起こされた。

「ぬ、ぐぅ……」

かろうじて「インベーダー」と「攻撃」という言葉に本能が反応して、強引に起こされた不快感にうめきながらベッドから降り立つ。

まだ三月下旬。

パジャマ一枚では寒い季節で、ぶるりと体が震える。

〈探知した『＊リ＊＊ル＊』により、現在敵出現予測地点に結界を構築中。これより五分後、ランダムにプレイヤーの転送を行う〉

緑色のルームランプになったナビが話している間に、どうやらこれから戦場へ送り込まれるらしい、と分かったので、支度を整えることにする。

〈現在構築中の結界は、現実に存在するものを完璧に複製した異空間であり、プレイヤー以外の生物は存在せず、破壊されたものは現実に影響しない。転送されたプレイヤーは、使用言語にかかわ

らず、結界内での他プレイヤーとの対話が可能となる。

この地上攻撃部隊迎撃戦では、モンスター討伐によりランクポイントの取得が可能。

結界は敵部隊の殲滅によって解除され、解放されたプレイヤーは再度別の結界へランダムに転送される。全敵部隊の殲滅完了をもって、地上攻撃部隊迎撃戦の完了とし、プレイヤーを元の地点へ帰還させる。

なお、契約しているチェスマンはプレイヤーとともに転送されるが、結界内で契約が解除された場合、単独で元の地点へ送還される。

同じくナビゲーターが戦闘続行不能と判断したプレイヤーも、元の地点へ送還される〉

解説するナビの声を聞きながらキッチンで一杯水を飲み、顔を洗ってトイレをすませ、寝室に戻って準備体操。

その間、主に「地上攻撃部隊を殲滅しねーとお前ら家に帰さねーから」って横暴すぎでは？　とか、言いたいことはいっぱいあったが、流れるように説明し続けるナビは聞いてくれそうにないので黙っている。

そのぶん、準備体操は念入りに行う。

私は訓練された職業軍人でもなんでもない、ただの引きこもりだ。

寝起きでいきなり戦場送りにされるのは、さすがにキツイ。

ちゃんと準備体操して身体をほぐしておかないと、戦うどころかまともに動くことさえできない気がする。

〈時間です、Ｒｘ〉

いつの間にか常の青いルームランプに戻っていたナビが言う。

私は立ち上がってプレイヤー装備に変更。

〈カウント開始。五、四、三、二、一、……〇。転送完了〉

ナビがカウントを終えた時、私はもう見知らぬ街に立っていた。

カウントが始まるのと同時にスキル『隠密』を発動させているが、目を細めてぐるりと周りを見渡してから、目立たないよう気を付けて足場を選び、『跳躍』で建物の上に登る。

「ナビ、現在地の地名を教えて」

〈はい、Ｒｘ。現在地は国名『チリ』、都市名『サンティアゴ』です〉

初めて海外に来た理由が「戦場への強制転送」とか、ちょっと予想外すぎるのだが。

遠い目で思いつつ、太陽が高い位置にある理由を理解する。

そう、深夜の寝室にいた私が浴びるにはいささか眩しすぎる陽射しが、今、頭上から燦々と降り注いでいるのである。

プレイヤー装備時の身体能力向上というサポートがなかったら、たぶんめまいを起こして倒れていただろう。

運動不足の引きこもりを、急激な環境変化にさらさないでほしい。

〈敵部隊の出現は、プレイヤー転送から一分後と推測されています〉

相変わらず淡々とした声で急かすようなことを言うナビの言葉は聞き流し、私は私にできる準備をする。

見慣れない街の中で、私と同じように急な転送を食らったのだろうプレイヤー達がそれぞれに動くのを建物の屋上から見おろし、地形を眺めながら『心眼』で気の流れを視る。

『遁行』を使うにはある程度の大きさのある流れが必要だが、何者かが造った『結界』という閉鎖空間にしては思ったより流れが多いので、問題はなさそうだ。

そうして状況確認をする一方で、他のプレイヤー達もそれぞれ探査系スキルを使っているらしく、ずっと出番のなかった私の『スキル探知』が働きまくっている。

が、「探られている」感はあっても「捕捉された」感はないので、気にしなくていいだろう。

そんなことよりも、と、初めての海外だというのにまったくもって味気ない視点で、公園と小さな川の流れる市街地、坂道は少なく平坦な地形だな、と認識する。

ナビの説明通り、プレイヤーとチェスマン以外に動くものはいなさそうで、ここが実在する場所を完璧に複製した異空間である、というのは本当のようだ。

ならば民間人を誤射する心配はない。安心してモンスター討伐に集中できるだろう。

〈敵部隊、出現します。カウント開始。五、四、三、二、一、〇〉

カウントが終わるのと同時に、街のあちこちに黒い霧のようなものが発生し、その奥からモンスターが飛び出してくる。

プレイヤー達が迎撃する開戦の音を聞きながら、ライフルを構えていた私も連続してトリガーを引き、今いる地点から狙える中型のモンスター五体の弱点を撃ち抜いた。

「ッ⁉」

その瞬間、首筋にゾワッとした悪寒がして、それに追い立てられるように『心眼』で見つけた気の流れに向かって『跳躍』し、そのままもぐり込むように『遁行』して一気に移動。

別の建物の屋上に着地したところで、私が数秒前までいた建物が、上空から物凄い勢いで降ってきた火球によって屋上の一部を破壊されるのを見る。

〈敵部隊、出現。地上攻撃部隊迎撃戦が開始されました〉

私の傍でいつものようにふよふよと浮遊するナビが言うのを聞きながら、空を見上げた私は呆然とつぶやいた。

「ドラゴン三体飛んでるとか、難易度設定、鬼畜か……？」

上空を悠々と飛び回りながら、火球や雷撃、氷の吐息《アイスブレス》で攻撃してくるドラゴン三体に、プレイヤーは苦戦。

しかし対空攻撃ができるプレイヤーが自主的にそちらを引き受け、どうにか二体討伐した。

私も最初に火球を食らいそうになってから、赤いドラゴンに集中して攻撃しまくり、かろうじて倒した。

『跳躍』からの『二段跳躍』からの『滞空延長』で狙撃とか。

『遁行』でドラゴンより上空に出て狙撃し、そのままドラゴンに着地して『アイスフィールド』発動。一瞬氷漬けになったけどすぐ復活したドラゴンの背中を蹴って『跳躍』して『遁行』で一時離脱、とか。

とにかく今使えるスキルを使いまくり、最終的に半壊した建物の屋上から狙ったら偶然射線上にきた左眼を連続で撃ち抜いて倒した。

……いや、偶然ではなく、ドラゴンには『隠密』で姿を隠している私の位置を把握する能力がある気がする。

だからあの左眼は私のほうを向いていたのだ。

「でも、なんで私が狙われるんだ？」

訳が分からず戸惑いながら、新たに出現したらしき四体目、今度は雷撃を放ってくる紫のドラゴンの攻撃を避けるため、『跳躍』と『二段跳躍』で高速移動。

厄介なことに雷撃は気の流れを乱す力があるようで、攻撃されるたびに『遁行』に必要な気の流れを散らされ、私は重要な移動手段を一つ削られるはめになっている。相性の悪い敵だ。

「ああもう、めんどくさいなぁ。青いドラゴン倒したプレイヤーもいるんだから、そっち行けばいいのに」

小声でぶつくさ言いつつ、どこまでも追いかけてくる紫のドラゴンに、時々急停止してライフルで弱そうなところを狙撃し、そのあとはまた逃げる、というのを繰り返す。

地上から丸見えの腹に弱点があれば良かったのだが、腹部は全面的に鱗で覆われていておそろしく硬く、今の私のライフルの攻撃力ではろくにダメージが入らない。

だから先端部分である顎、脚、尻尾を撃っているわけだが、当たるたびによけい怒って私を追ってくるので悪循環に陥っている気がする。

ああ〜！　攻撃手段も攻撃力も足りない〜!!

あんなデカブツ、ライフルだけでどうしろと?!

他のプレイヤー、誰も参戦してくれずに放置状態なのヒドくない??

もはやぶつくさ文句を言う暇もなく、心の中で罵りながらひたすらにヒット&アウェイ。

するとドラゴンが焦れてきたのか、不意に私が移動する建物の屋上ギリギリのところまで飛行高度を下げてきた。

まあ、そこに来たら使うよね、『アイスウォール』。

「グギャッ!?」

通過予想地点に出した『アイスウォール』三枚に頭から激突し、氷壁をぶち抜いたもののさすがに動きが止まったドラゴン。

私は即座に逃走から反転、『跳躍』と『二段跳躍』でドラゴンの上に移動し、スタッと着地するのと同時に『アイスフィールド』発動。

赤いドラゴンより氷耐性が低かったらしく、三秒ほど氷漬けになった紫のドラゴンはちょうど真下にあった半壊していた建物に向かって全壊させる勢いで沈み込み、『跳躍』と『遁行』でそこから少し離れた建物の屋上に移動した私のライフルのいい的になった。

「終われ」

さんざん追いかけまわされていいかげんブチ切れていた私は、またもやちょうど射線上にあった左眼に向けてマシンガンみたいな速度でライフルを撃ち続け、瓦礫の中でもがく紫のドラゴンが動きを止め、その体から色が抜けた瞬間、やっと手を止めた。

なぜか一人で相手することになった二体目のドラゴンが砕け散り、半透明の粒子がとけるように消えていくのをじっと見つめる。

「……疲れた」

とりあえず『遁行』で場所移動し、まだ続いている地上での戦闘音を聞きながら、一時休憩。

プレイヤー装備中だから疲労は感じにくくなっているはずだが、それでもドラゴン二体討伐の後では、そうはいかないらしい。

しばらく『心眼』で戦況を視て、私がいるところまで攻撃が来ないかどうかを注意しつつ、ある程度疲れがおさまると戦いに戻った。

「全部の敵部隊を殲滅するまでお家帰れないって、サイテー。雪姉さんの朝ご飯の時間までに帰れなかったら恨むぞこんにゃろう……！」

低くつぶやいて、トリガーを引いた。

Act. 13　全身筋肉痛と迷惑なトップニュース

世界各地に出現したモンスターを殲滅し、緑色になったナビゲーターから地上攻撃部隊迎撃戦の完了が告げられたのは、翌日の十時過ぎのことだった。

何時間戦い続けていたのかなんて考えたくもないし、もうそんな気力も体力もない。

転送による帰宅後、プレイヤー装備のまま雪柳のご飯を用意して、ベッドの上で装備解除したところまでは覚えているが、一瞬で寝落ちしたらしく他のことは記憶にない。

ただ、かろうじて布団にもぐるだけの力は残っていたらしい。

ふと目が覚めたら夜中の十時過ぎで、私は布団の中で、ちょっと動こうとしただけで全身がビキビキと痛むのにうめいた。

「うぐぅ……。またしても全身筋肉痛ぅ……」

これ絶対ドラゴンのせいだ、と思う。

地上攻撃部隊迎撃戦は、転送された結界内のモンスターを殲滅すると、まだ戦闘中の結界にランダムに転送され、すべてのモンスターを討伐するまでそれが繰り返されるシステムだった（ちなみに深夜時間帯の土地にある結界に転送された時は、ナビのサポートを受けて装備のゴーグルに暗視機能を付けた。まあ、肉眼で見えなくても『心眼』でだいたい視えてるから問題ないんだけど、暗視機能はそれなりに使えた）。

なので私は何度も転送され、そのすべての戦場でドラゴンと戦うはめになったのである。

意味不明すぎるが、『隠密』状態で逃げ回っても、くっきりハッキリ見えてるぜ！　と言わんばかりにドラゴンが追いかけまわしてくるので応戦するしかなく。

三回目くらいでブチ切れて、あとはドラゴンを見つけたら「村でも焼かれたの？」みたいな勢いで自分から襲いかかっていって仕留めた。

今使えるスキルを駆使し、その場の地形を利用し、とにかくひたすらダメージを与える方法だけを考え続けた。

もう理性とか無かった。

そして現在の筋肉痛地獄に至る……

〈おはようございます、Ｒｘ。報告事項があります。よろしいでしょうか？〉

布団の中でうめくばかりで起き上がれない私に、ナビが言った。

「おはよー……。うん、聞いてるよぉ～……」

ぼへーと答えた私をどう思ったかは知らないが、いつも通りナビは淡々と報告する。

〈地上攻撃部隊迎撃戦でのランクアップにより、Ｒｘはランク６になりました。これにともない当機のサポート機能『思念操作』が新たに解放されました〉

新機能解放のお知らせだった。

そういえば前に「新機能が解放されたら知らせて」と頼んで、そういう通知設定にした気がする。

〈『思念操作』は発声無しにナビゲーターと対話し、各種機能を操作することが可能になる機能です。その他、『結界』展開可能回数は、一日に七回、展開持続限界は三十五分間、面積はレベル７相当になりました。『転送』は、転送先四ヶ所の登録が可能です〉

んんんんん。

新機能『思念操作』、すごい便利機能っぽいのに、説明が雑すぎじゃない？

「ナビ、『思念操作』の説明、もうちょっと詳しく聞かせて」

そうして布団の中でナビの説明を聞いてみたところ、やっぱりすごい便利機能だった。

ナビが『思念操作』のサポート機能を解放された今、私はプレイヤー装備に変更する時「起動《セットアップ》」と言わなくていいし、ステータス画面を開く時「ステータス・オープン」と言う必要もない。

何かあってナビに声をかける時も、口を開かなくていい。

なぜなら「これをやりたい、と考える」だけで、その機能を使うことができるようになったし、「ナビに伝えたいこと」を考えるだけでそれが伝わるようになったからだ。

おお～、なんという便利機能。

感心していたら、ナビが〈正確な使用のためには練習が必要です〉と言うので、練習としてステータス画面を開き、下スクロールで開いたアイテムボックスからお茶を入れた水筒を取り出した。

水筒は当たり前のように出てきて、布団の上に転がる。

思った以上に簡単で、急ぎの時はある程度慣れがないとダメかもしれないけど、落ち着いた状態であれば問題なさそうだな、と思う。元々、スキルの発動は声無しでやってたし。

油切れのロボットみたいにギシギシ軋む体をどうにか動かし、水筒を取ってお茶を飲む。

体を起こすだけで一苦労だし、水筒の蓋を開けるのにプルプルしている腕の力を総動員することになったが、なんとかお茶を口に含むと、すごくのどが渇いているのを自覚した。

とはいえ、一気飲みができるほどまだ体力が回復していないので、水筒のコップについだお茶を、ゆっくり飲んで、コップを空にする。

「ふぅ～。……ちょっと落ち着いた」

気が緩んだせいか、とたんにぐぅ、とお腹が鳴って、そういえば食事をしていない、と思い出し。

「あっ！　雪姉さんのご飯！」

筋肉痛と極度の疲労でろくに動かない体をどうにか動かし、雪柳のご飯皿を見に行く。

すると、なんとキャットフードの袋がお皿に突っ込まれていて、こぼれたカリカリが床に転がっている、という惨状がそこにあった。

肝心の雪柳は、好きなだけ食べて、あとは放置したようだ。

散らかったカリカリを掃除しなければならなくなったが、そんなことより雪柳がお腹を空かせていなくて良かった、とほっとした。

記憶がだいぶあやふやだが、地上攻撃部隊迎撃戦の終了後、プレイヤー装備のまま雪柳のご飯の用意をした気がする。

たぶんその時、キャットフードの袋を片付けるところまで頭が回らなかったのだろう。

ひとまずそれの片付けをしてから、ついでに手洗いをすませて顔も洗い、さっぱりしたところでコタツに入って自分の食事。

『思念操作』の練習がてら、無声操作でアイテムボックスから調理済みのご飯と甘いカフェオレを入れた水筒を取り出す。今日はとくに疲れているので、モンスター肉の角切りを柔らかく煮込んだシチューに、パンをひたしながらゆっくり食べる。

それから習慣でつけたテレビでは、当然のように昨夜、突然発生した地上攻撃部隊迎撃戦の話題一色だったのだが。

「――さて、これで四名のプレイヤーは所属国が明らかになりました。しかしいまだ残る一人は特定されておらず、世界中がこの『Ｒｘ』というプレイヤー名の人物の行方を注視しています」

なんかいきなり名指しで行方を探されてるっぽいんだが、どういうことなの⁉

思わずシチューを食べる手が止まり、思念でナビに聞く。

（「ナビ、このテレビの話、意味分かる？」）

〈はい、Ｒｘ。地上攻撃部隊迎撃戦の完了後、この戦闘でのランクポイント取得合計値の上位五名のプレイヤー名がナビゲーターに通知されました。これらの報道は、ナビゲーターからその情報を受け取ったプレイヤーが他の者に伝えて広まり、Ｒｘ以外の四名のプレイヤーが所属国を公表した、というものでしょう〉

なにその情報。私まだ受け取ってないな～？

Ｒｘって私のプレイヤー名のはずだけど、ランクポイント取得合計値の上位五名に入ったとか初耳だな～？

うちのナビ、たまにホントにナビゲーターしてくれないな～⁉

（「って、いやいやいや。世界中のプレイヤーの中の上位五名に、私みたいなソロプレイヤーが入るわけないでしょ。このゲーム、他のプレイヤーと同じ名前使えたんだね」）

〈いえ、他のプレイヤーと同じ名前は使用できません。報道で捜索されているＲｘは、当機がナビ

ゲートを行うプレイヤー、あなたのことです〉

ちなみに所属国を公表した他のプレイヤーはみんな現役軍人で、同じ軍に所属する人とチェスマン契約をして、チームで活動しているという。

……いや。いやいやいやいやいや。嘘でしょ？？？

そういうドッキリ心臓によくないんでやめて？？？

そんな人達と、引きこもりのソロプレイヤーが同列に並ぶなんて、ありえないでしょ。

普通に考えて無理すぎるし……

「……あっ」

しかし、無理じゃないかもしれない、という普通じゃなかった心当たりを一つ、思い出してしまった。

今回の筋肉痛地獄の原因、ドラゴンだ。

私にとっては、とにかく追いかけてくるから応戦するしかなかった厄介な相手だった。

が、今回の地上攻撃部隊迎撃戦で出現したモンスターの中で、おそらく一番強かった超大型敵。

あれに、他のモンスターよりも多くのランクポイントが設定されていた可能性は高いだろう。

私はそれを最初の結界で二体倒したし、他の結界でも一体か、二体は必ず倒している。

途中から完全にブチ切れて理性とか無かったので、合計で何体倒したか、さっぱり覚えていないのだが。

たぶん、かなりの数を倒した気がする。

「マジかー……。マジかぁ～……」

コタツの中にもぐり込みながら深いため息をつき。

「……ん？　でもべつにこれ、困ることないのでは？」

ふと思って、考えついたことを確認するためナビに聞く。

（「ナビ。装備解除した状態のプレイヤーを見つけるスキルって、ある？」）

〈プレイヤーのみを探知するスキルは存在しません。プレイヤー特有の行動から推測することが可能なスキルは存在します。よって、装備解除し、身体機能向上の恩恵を受けられない状態のプレイヤーをスキルによって探知することは困難です。プレイヤーよりも、付近にいるナビゲーターを探し出し、その位置からプレイヤー契約をした人物を特定する手法を推奨します。ですが、現在の当機のようにステルスモードへ設定変更している場合、その手法は使用できません〉

おお。初日にナビのモード変更してたのが、思いがけない幸運だった。

偶然に感謝するのと同時に、そういえば、と思い出す。

プレイヤーか非プレイヤーかは、私の探査系スキル『心眼』でも見分けがつかなかった。

明らかに異物であるモンスターと違い、どちらも同じ〝人間〟と判定されるのだ。

だからナビの言う通り、その反応が、私が『跳躍』や『遁行』を使った時みたいに非プレイヤーでは不可能な動作をしないかぎり、プレイヤーか否かを判断することはできない。

「はぁ～……。なんだ、じゃあよっぽど変なことしなけりゃ大丈夫じゃん」

これからは、分身作ってコタツに突っ込むとかの下手な偽装工作はやめて、普通にしていよう、と思う。

そういう偽装工作とかよく知らないし、素人が下手なことすると、逆に怪しまれそうだ。たまにプレイヤー装備になってダンジョン行く以外は普通の生活してるんだから、たぶん大丈夫だろう。

そう結論して朝食の続きに戻り、食べ終わった後にインターネットで一通り調べてみたら、やっぱり何もしないのが一番良さそうだった。

地上攻撃部隊迎撃戦で私と同じ結界に転送されたプレイヤーが情報を流したらしく、ネットではすでに「Ｒｘは姿を隠して戦う狙撃手で、氷魔法の使い手」というのが知られていた。

しかしステルス系ソロプレイヤーは世界各地で何人もいるらしく、先日私がうっかりゲートを開けるところを監視カメラで撮られたように、他にも同じようなノイズのひどい映像があったり、第一次侵攻の時、姿の見えないプレイヤーに助けられた、という報告が海外であったりして、とにかく情報が世界中に散らばってあふれかえっていた。

氷魔法の使い手、というのも他にいて、それだけで特定するのも不可能だ。

このままだと偽物のＲｘが出てきちゃったりするのかな、と思ったけれど、ナビに聞いてみたところ、名を騙っても他のプレイヤーに会ったらバレるという。

なぜならナビゲーターは「このプレイヤーの名は？」という問いには答えられないが、「このプレイヤーの名はＲｘか？」という問いには答えられるからだ。

氷魔法を使えるプレイヤーが、もし装備とスキルをステルス系スナイパーのものにしてＲｘの名を騙ったとしても、他のプレイヤーのナビゲーターに〈違います〉と言われたら終わりである。

ステータス画面が他の人には見られないことを考慮した措置なのだろうか。

システム設計者の目的が何かは分からないが、とにかく偽者対策もしなくてよさそうで安心した。と、そこで。

ふと〝名前〟で思い出したことがあったので、ついでに聞いてみる。

（「ナビ。第一次侵攻の時も、地上攻撃部隊迎撃戦の時も、一斉通知の中にははっきり聞き取れない名前っぽいのがあったよね。たしか、侵攻のはゲートでモンスターが無限に出てくるのをストップさせたヒトで、迎撃戦のはモンスターを閉じ込める結界つくってそこにプレイヤー放り込んだヒト。あのヒト達の名前、もう一回言ってくれる？」）

〈その情報は当機のデータベースには存在しません〉

（「やっぱりダメか～。それじゃあ、あのアナウンスをもう一回再生して、っていうのも無理？」）

〈再生可能な情報が当機のデータベースに存在しません〉

（「んん～。まあ、そうだろうね……」）

気になるが、現状それを調べる方法は無さそうだ。

これについてはいったん保留にしておこう。

「はぁ～。無駄にびっくりしたし、なんか疲れたな……。お菓子食べよ」

軋む体でゆっくりのっそり動いて甘いココアを作り、生地にイチゴジャムを混ぜて焼いたマフィンをアイテムボックスから取り出して、食後のお茶タイム。

ぼーっとテレビを眺めたり、たまに「遊んで」と寄ってくる雪柳とオモチャで戯れたりしながら、のんびり過ごした。

Act. ??　＊＊＊を＊＊＊す＊＊

「グリンデルト卿！」

長い回廊を楽しげな足取りで進んでいた女性が、後ろから響いた少年の声でぴたりと止まった。

その場で踊るようにくるりとターンして、からかうような口調で応じる。

「おやおや。こんなところに出てくるなんて珍しいね、坊や。今日は巣に篭っていなくてもいいのかい？」

からかってはいるが、見下していたり馬鹿にしていたりするわけではない。

彼女がただそういう性質なのだと知る少年は、相手の態度に構わず問い詰める。

「先日の貴殿の接触記録、ログを見た。あれはいったいどういうつもりだ！」

「どういうつもりと言われても。何の話か分からないな」

「とぼける気か？　一つの駒に二人の枢機卿からの二つのマーカー！　あんなことをすれば、枢機卿の結界内では闇夜の篝火《かがりび》のごとしだ。まだ序盤でしかない遊戯盤で、一つの駒にああも負荷をかけるのは、公平性に欠けるとは思わないのか！」

「まあまあ、落ち着きたまえよ」

朗らかに笑ってひらひらと手を振り、小首を傾げる。

「ログを見たなら私達がマーキングした駒が盤上に残ったことは知っているだろう？　私は自分のしたことがあの駒にとって過剰な負荷になったとは思わないが」

「僕にはとてもそうは思えない。実際、あの場に誘《おび》き寄せた『侵蝕者《イナニス》』に狙われ続けていたではないか。それにあの状態では、枢機卿の結界内では通常のモンスターに対しても『隠密』が機能しなくなる。貴殿もアングレイヴィス卿も群れ型を好むのに、なぜ今回はわざわざ単独型の有望な駒にマーカーを……」

険しい表情をしていた彼は、自分より高い位置で楽しげな弧を描く唇をジロリと睨む。

「アングレイヴィス卿はともかく、グリンデルト卿、まさか落とすためにわざとマーキングを？」

「はは！　坊やはいつも面白いことを考えるな。主がせっかく開いた遊戯盤で、そんなくだらない悪戯をするほど、私が幼く見えるのかい？」

「貴殿は愉快犯だ。僕は謝らない」

「やれやれ。以前のちょっとしたハプニングは私だけのせいではないのだがね。うっかり君のお気に入りの駒を損傷させたことについてはあの子と一緒に謝罪したし、弁償もしただろう」

軽く肩をすくめてみせると、笑みを深くして話を戻す。

「マーキングの理由は単純なものだよ。アングレイヴィス卿と同じ、あの駒に他とは違う特異性を感じたから。ただそれだけだ。気になるなら、坊やも手番が回ってきた時にやってみるといい。なに、ちょっとマーカーを付けてやるだけのこと」

真偽を探るようにじっと見つめてくる、まだ幼さの残る瞳へ、悪い大人が誘うように微笑む。

「面白いものが見られるよ」

とたんに少年の眉がギッと吊り上がり、鋭い声が叱責する口調で響く。

「戯れが過ぎるぞ、グリンデルト卿！」

はははは！　と楽しげな笑い声とともに長い髪を揺らし、背を向けて歩き出しながらひらひらと細い指を空に踊らせる。

「君の手番が来るのを楽しみに待ちたまえ。……あの駒は、そう簡単に落ちはしない」

最後に言い残された言葉に含まれていた何かに、追いかけようとした足が止まった。

◯Ａｃｔ．14　ステータスのチェックとぬいぐるみ軍団

地上攻撃部隊迎撃戦の翌々日くらいに一度、以前にもあった、スキル『心眼』が作動した時のような感覚を〝受けた〟。

他のプレイヤーが、誰かを、あるいは何かを探している。

前の時と違って、どの方向からそのスキルを使っているのかがなんとなく感じ取れるのは、『スキル察知』のレベルが上がっているからだろうか。

そういえば筋肉痛がしんどすぎてステータスのチェックしてないな、と思い出したが、ちょうどお昼ご飯を食べているところだったので、探査系スキルを受けながらそのまま食事を続けた。

つけていたテレビから流れるニュースでは、数日も経たずにあっさり下火になったＲｘ探しが「各

国で捜索が続けられているようですが、いまだ見つかっておらず」という言葉で終わり、それよりも第一次侵攻の被災地に重機が入って瓦礫の撤去が始まっていることや、避難生活を送っている人々の状況、再開のめどが立たない教育機関の関係者達による、学生の卒業式や入学式、これからの教育をどうしていくのかという話し合いなどを報道している。

　天気予報では、いつの間にか満開になっているのに見物客のいない桜並木が映され、もう三月下旬に入っていたのか、と思った。

　桜は、満開になったところで春の強い風に吹き飛ばされ、無数に散っていく花吹雪を見るのが一番好きだが、ただ咲いているところを眺めるのも好きだ。

　今年は花見どころではないが、テレビに映された無人の川べりで咲き誇る満開の桜並木や、その下で咲く鮮やかな黄色の菜の花が、目に優しい。

　相変わらず上空に無数に浮かぶ正体不明の半透明な結晶体も、満開の桜の背景にあると、なんとなく幻想的で美しく見える。

　食事を終え、のんびりお茶を飲みながらテレビを見ている間に、『スキル察知』は止んでいた。

　私はテレビを消して食器を片付けると、コタツに戻ってステータスのチェックをする。

プレイヤー名：Ｒｘ
ランク：６
武器：第４段階　タイプ『ライフル／黒』

防具‥　第4段階　タイプ『敏捷・ステルス優先／黒』

◆武器スキル

●『ライフル』レベル8　↓『鷹の目』レベル6

◆防具スキル

●『消音』レベル8　↓『隠蔽』レベル5

◆装備品

・俊敏のイヤーカフ（速度アップ［小］）

・防毒のペンダント（毒状態30％防止）

・隠密の腕輪（『隠密』消費精神力20％軽減／防御力アップ［小］）

・攻撃の指輪（攻撃力アップ［小］）

・反射のアンクレット（被ダメージ反射［ランダム］）

◆特殊スキル

●『氷魔法』レベル3　↓『アイスアロー』レベル1

↓『アイスウォール』レベル3

↓『アイスフィールド』レベル3

◆補助スキル

●『隠密』レベル10　↓『心眼』レベル9　↓『遁行』レベル6

↓『鑑定』

●『跳躍』レベル9
↓『隠蔽』レベル7 ↓『分身作成』レベル1
↓『透過』レベル1
↓『二段跳躍』レベル3
↓『滞空延長』レベル2
●『スキル探知』レベル3
●『危険察知』レベル2
●『裁縫』レベル6 ↓『傀儡作成』レベル3 ↓『仮想人格憑依』レベル3
↓『傀儡管理』レベル2
↓『巨大化』レベル1
↓『縮小』レベル1
↓『護符作成』レベル1
↓『アイテムドロップ率アップ』レベル6
●『調理』レベル4 ↓『特殊効果付与』レベル2
↓『アイテムドロップ率アップ』レベル4

戦闘関連のスキルがレベルアップしている上に、『隠密』はマックス値のレベル10になっているし、新スキル『透過』と『危険察知』も取得していた。

なかなかの成果だと思う。

新スキル『危険察知』は、ドラゴンと戦っている時によく仕事してくれた、ゾワッとくる悪寒だ。これがきたらほぼ確実に大ダメージを食らう攻撃がくると感じたので、もう本能的に必死で逃げていたが、まさかスキルだったとは思わなかった。

これのおかげで怪我無く切り抜けられたので、これからも頑張ってほしいスキルである。

そしてもう一つの新スキル、レベルがマックス値になった『隠密』から派生した『透過』だが、説明によると、これは簡単に言うと壁抜けができるスキルらしい。

レベルによって抜けられる壁の厚さが上がっていくようで、レベル1では薄い壁しか抜けられないが、育てれば便利に使えそうだ。

他にも、自分の体を『透過』することで、敵の攻撃をすり抜けることもできるらしい。

私はライフル装備の遠距離攻撃タイプだから、そういう使い方をしなければならなくなるほど追い詰められたくはないが、いざという時には頼りになるだろう。

ついでに、ランクアップしたことで道具屋の取り扱い商品数が増えたはずなので、ざっとチェックしてみる。

そして、より性能の高いポーションが売られていたり、素材も今までの物より良いものが出てきていたりする中で、新たに「キャットフード」などのペット用品や、「ティッシュペーパー」、「歯みがき粉」、「乾電池」などの日用消耗品が並んでいて戦慄した。

道具屋が着々と日常生活への浸食を進めている……

なによりも、地味にそれらの商品が全部、私がいつも買っている愛用品だったことが恐怖心を倍増させた。

この道具屋、なんで私の愛用品のメーカー知ってるん……？？？

怖い。が、じきに気にならなくなって「便利だし、まあいいか」で終わった。

人間というのは、慣れる生き物なのだ。


それから数日。

筋肉痛がおさまるのを待ちながらストックが減ってきたお弁当を作ったり、空になった水筒に飲み物を入れて全部アイテムボックスに収納したり、新商品の素材を使った『傀儡作成』をしたりして過ごした。

筋肉痛がマシになってきたら、体をほぐすためのストレッチもこまめにするように気を付けた。

そうしたら私が遊んでいると思ったのか、雪柳が上体倒しをしている最中に背中にのぼってきて、その重さに「ぐぇっ」となったりしたけど。

早く体が慣れて、ある程度の長時間戦闘に耐えられるレベルになってくれるといいなぁ……

三年間の引きこもり生活と、その前のグレーな勤務状況で食生活も生活リズムもめちゃくちゃになっていたことを考えると、まだまだ先は長そうだ、と思う。

そんな貧弱な私の体のことはさておき、この生活のおかげで『裁縫』と『傀儡作成』と『仮想人格憑依』、それに『調理』のスキルもレベルアップした。

このうちレベルアップした『仮想人格憑依』では、選べる性格が二つ増加。

一つは「勤勉」。プレイヤーの指示によく従いつつ、経験から学んで自分からも動く。基本的には回避・防御行動を取るが、可能であれば積極的に敵を攻撃する。

もう一つは「甘えん坊」。いつもプレイヤーの傍に居たがる。敵が接近してきた場合、プレイヤーの盾となる行動を取る。命令されてもプレイヤーから離れて攻撃行動をすることは嫌がる。

以上の二つだ。

どちらも面白い性格だと思い、新しく作った傀儡のうち、いくつかにその性格を選んだ。

三月下旬。

ようやく筋肉痛がおさまって体調が良くなり、『傀儡作成』で作ったぬいぐるみが四十体を超えたので、久しぶりにダンジョンへ行くことにした。

朝、部屋の隅にビニールシートを敷いてその上に立ち、プレイヤー装備に変更してナビに言う。

(「ナビ、二番目の登録地点に『転送』して」)

〈はい、Ｒｘ。指定された登録地点への『転送』を行います〉

『思念操作』にもだいぶ慣れ、今ではナビとの会話はほぼ発声無しでしている。

プレイヤー装備への変更もステータス画面の呼び出しも、普通に『思念操作』だ。

やはり、人間、楽をすることに慣れるのは早いものだなぁと思う。

……と、それはさておき、久しぶりのダンジョン探索。

私は到着するとすぐに大量の傀儡をアイテムボックスから取り出し、スイッチと『巨大化』をオンにした。

攻撃向きではない性格、「臆病」「楽天家」「甘えん坊」はアイテムボックスに残し、「従順」「勇猛」「冷静」「勤勉」だけを取り出したが、それでも三十体近くあるぬいぐるみが現れ、すべて大型犬サイズになって動き出す様子はなかなかの迫力で、作り手としてはたいへん満足である。

が、本番はこれから。

「分かれ道は右を選びながら進め。敵を発見したら倒せ。相手が自分より強い場合は回避し、損傷を避けろ。……行け」

私の命令を受けた傀儡達が、いっせいに動き出す。

四つ足の動物のぬいぐるみばかり作ったせいか、思ったより移動速度が速いが、身体能力が向上した状態の私であれば普通についていけるスピードなので問題ない。

ナビに一時間後のアラームを頼み、私は傀儡の群れを追って足取り軽く走り出した。

――ドロップアイテム『ロックアルマジロの皮』取得

――ドロップアイテム『ロックアルマジロの肉』取得

――１２０Ｅ取得
――ドロップアイテム『ホーンラビットの角』取得
――５５０Ｅ取得
――ドロップアイテム『レッドボアの肉・上』取得
――２３０Ｅ取得
――ドロップアイテム『ポイズンベアの毛皮』取得
――３５０Ｅ取得
――ドロップアイテム『レッドマウスの尻尾』取得
――ドロップアイテム『レッドマウスの肉・上』取得
――１６０Ｅ取得
――ドロップアイテム『ソニックスネークの牙』取得
――４２０Ｅ取得

ｅｔｃ……、ｅｔｃ……

ぬいぐるみ軍団は思った以上の快進撃で、私はたまに出てくる中型や大型のモンスターを狙撃して隙を作ったり、突進してくるモンスターから『アイスウォール』で群れを守ったりしてやるだけでどんどん進めた。
ただ、残念ながら攻撃を受けてしまうこともあって、その中の一体に初めて作った一号がいた。

動きの速いモンスター、ポイズンスネークの咬みつき攻撃を回避できず、一撃で胴体を食い破られた一号は、「耐久：０／１」と点滅する赤字が表示されてから、数秒と経たず消えてしまった。

後に残ったのは、小さな破片が一つだけ。

自動でアイテムボックスへ回収されたそのアイテム名は、『傀儡の欠片《かけら》』。

一時間の探索後、十分間の休憩に入ってからナビの『結界』の中でハンモックチェアに座って説明を読むと、それは減ってしまった傀儡の耐久を一回復させるアイテムだった。

一号はそもそも耐久が1しかなかったから、回復させようにも無理だっただろう。

ピョンピョン進む一匹の黒ウサギの後ろから歩いてダンジョンを進んでいた時のことをふと思い出したが、私はエリクサーはボス戦で使っていくタイプだ。

傀儡はまた次のものを作ればいい。

材料は道具屋で買えるし、買うためのＥもある。

〈Ｒｘ、設定された時間になりました〉

「ん」

ナビが時間を知らせる声に頷いて、ハンモックチェアをアイテムボックスにしまい、ぬいぐるみ軍団に探索の再開を命令。

進むにつれて、やはり耐久値が低い、初期に作った傀儡から脱落して『傀儡の欠片』と化すのを見て、耐久値だけではなく元々の能力値も低いのではないか、という可能性に思い至った。

そうしてよくよく見てみると、やはりスピードも攻撃力も、後で作ったものの方が上だ。

初期に作ったものから脱落していくのは、つまり当然のことだった。

「なるほど。……まぁ、考えてみれば当たり前のことか」

ひとりつぶやきながら、ライフルを構えてトリガーを引く。

急所を撃ち抜かれた大型のモンスターにぬいぐるみ軍団が襲いかかり、布とワタで作られているとは思えない攻撃力で追加攻撃を加えて、確実に仕留める。

視界の端にドロップアイテムと取得したＥの数字のアナウンスが流れていく。

「ん……？」

しばらく進むと、なんだか視界がブレたような気がして、まばたき。

次の瞬間、ぬいぐるみ軍団のサイズがさらに大きくなっていることに気づいた。

「お、おおぅ……」

わざわざステータス画面を見なくても分かる。

スキル『巨大化』がレベル２に上がったのだろう。

すると体が大きくなった分、進むスピードも上がる。

「進行速度を落とせ」

あまり速く進みすぎると、横から飛び出してくるモンスターに軍団を分断されて混戦状態になり、私の援護射撃ができなくなる。

それと、今の私の身体能力なら問題なく追えるが、あまりにも速いスピードで走り続けると、たぶん後でまた筋肉痛に苦しめられることになるだろう。

私はぬいぐるみ軍団の進行速度を何度か調整し、最終的に私が早歩きをするくらいのスピードで固定した。

先ほどまでの進みは速すぎたのだ。

ぬいぐるみ軍団の扱い方が分かっていなかったのもあるが、これでようやくちょうどいいペースになった。

そうして今日も一時間進んで十分休憩を三回、計三時間二十分のダンジョン探索をして、到達地点をナビの『転送』の二番目に上書き登録。

最後まで消えずに残った傀儡達のスイッチと巨大化をオフにしてアイテムボックスに回収すると、ナビの『転送』で帰宅した。

Act.15　中ボス（?）との遭遇と予想外のドロップアイテム

「近距離攻撃タイプのぬいぐるみ軍団と、ライフル装備で遠距離攻撃タイプの私、相性がいい」

帰宅後、お風呂に入り、さっぱりした体をストレッチでほぐしながら、私は「うむ」と頷いた。

この戦法は、自分が作った動くぬいぐるみを消耗品の道具として戦闘に投入できる私の性質とも相性がいい。

となれば、やることはぬいぐるみの量産だ。

作れば作るほどスキルのレベルが上がり、耐久値と能力値の高い物が出来上がるようになるし、弱い傀儡でも数で殴れば倒せるモンスターもいるだろう。

たとえ倒されても『傀儡の欠片』が残るから、それで能力値の高い傀儡の耐久値を回復させて次に使えばいいし、その気にならなければ欠片は使わず貯めておいてもかまわない。

そうして私は今までも夢中だった『傀儡作成』に、さらにのめり込んでいった。

家でぬいぐるみを量産し、ダンジョンでぬいぐるみ軍団をどんどん進ませる。その間、私は後方から『心眼』で周囲を視て、急襲を仕掛けてくるモンスターを狙撃と魔法で攻撃して援護する。

数日はそれで順調に進めたが、ちょうど四月に入った頃、ちょっと変わったモンスターに遭遇して、ぬいぐるみ軍団の快進撃は止まった。

今私が探索している浅葱駅前のゲートから入ったダンジョンは、中央に広い道があり、左右には鍾乳石が林立して見通しが悪い青緑色の洞窟だ。

だからこのダンジョンでは、主に二つのパターンで敵から攻撃を受ける。

一番多いのは、道の左右にある鍾乳石の間に隠れたモンスターが飛び出して襲ってくるパターン。

あとは、天井からぶら下がった鍾乳石にくっついていたモンスターが落下の勢いを利用して飛びかかってくるパターン。

たまに前から群れで突撃してくるモンスターもいるが、そういうのは数が多くても個体は弱いので、勢いのわりにあっさりとぬいぐるみ軍団に蹴散らされるから問題ない。

しかし、今日遭遇したモンスターは、今までのどのパターンとも違った。

ズシン、ズシン、と重たげな足音を響かせながら、ゆっくりとこちらに向かって歩いてくる巨体。

体中に根や蔦が絡まり、背中の上に小さな森をのせた亀に似たモンスターだ。

距離があるうちに『心眼』でそれを見つけた私は、今のぬいぐるみ軍団では足手まといになると判断して進行停止命令を出し、スイッチをオフ。

アイテムボックスに回収して、自分は鍾乳石の間に身を隠した。

亀モンスターは私に気づいていないのか興味がないのか、しばらくするとのっそりと姿を現し、ゆっくりとした足取りで通り過ぎていく。

レベル表示のないこの現実《ゲーム》では、挑むか止めるかの判断材料はほぼ勘だ。

迷ったところでその勘が（たぶん、倒せる）と言ったので、私は亀モンスターが通り過ぎるのを待って、背後に飛び出した。

初手、『アイスフィールド』。

思ったより効果があり、苦痛のうなり声をあげたモンスターは四つ足まで凍りつき、巨体のせいもあってすぐには身動きが取れない。

次手、『アイスアロー』。

なにしろ動かないうえに巨体である。

外しようのない的に向けて連続で氷の矢を射続け、さすがに疲れてきたところでライフルを構えて狙撃に切り替えた。

背後からの一方的な攻撃。

森を背負った亀モンスターに対して、私の氷魔法は今までで一番高い効果を発揮し、凍りついたフィールドで完全にその巨体を捕らえた。

さらにそこへスキル『鷹の目』による急所へのライフル狙撃。

二本の後脚を破壊し、側面からゆっくり前へ回りながら前脚一本を破壊。

最後に頭部を破壊すると、亀モンスターの巨体から色が抜け、半透明の破片となって砕け散った。

――ドロップアイテム『フォレストタートルの蜜琥珀』取得
――ドロップアイテム『フォレストタートルの肉・上』取得
――ドロップアイテム『魔法書「緑魔法の素養」』取得
――３５００Ｅ取得

視界の端を流れていったアナウンスに驚く。

「魔法書ってモンスターからもドロップするんだ?!」

前回は偶然見つけた宝箱から手に入れたので、そういうのがなければ得られないものだと思っていた。

とりあえず気になるので、まだ一時間経っていないけど休憩することにする。

ナビに『結界』を展開してもらい、ハンモックチェアを出して座ると、アイテムボックスを開いて『魔法書「緑魔法の素養」』を取り出す。

名前通り緑色の、豪華な装丁の本だ。

それを開けば、前と同じく急に重さが消えて本が緑色の光の球体に変化し、私の身体に吸い込まれるようにして消えた。

――アイテム『魔法書「緑魔法の素養」』使用

――スキル『緑魔法』取得

視界の端を流れていくアナウンスを見て、ステータス画面を開けば、確かに特殊スキルの欄に新しく『緑魔法』が増えている。

種類は『氷魔法』と同じく三つで、『チェーンシードアロー』と『ドレインフラワー』と『グラスフィールド』。

一つ目の『チェーンシードアロー』は緑の矢が一つ出てくる魔法で、それを放って敵に当てると、当たったところから植物のツルが伸びて敵を拘束する。

二つ目の『ドレインフラワー』も緑の矢が一つ出てくる魔法で、それを放って敵に当てると、当たったところに種が埋め込まれ、そこから敵のエネルギーを吸い取って成長し、花を咲かせる。

この花の中からはたまに結晶が見つかり、それは素材として使える。

最後の『グラスフィールド』は自分を中心に半径十mの地面を円形の草地に変え、その上にいるモンスターすべてに無数の草を絡み付けて拘束するのと同時に、締め付けのダメージを与える。

草地になったフィールドは十分で元に戻るが、それより前にスキル解除で戻すこともできる。

「うわぁ～。怖ぁ～。拘束系と吸精《ドレイン》系とは、さすが緑魔法だねぇ」

なんだか感心してしまったが、べつに緑魔法に偏見はない。

とあるゲームで草タイプのヤツにあと一歩のところでドレイン系の技を使われて負けたのを覚えていて、そういうイメージがあるだけだ。

……いや、これ偏見っていうか、根に持ってるだけか。

まあそれは置いておいて。

（「ねぇ、ナビ。あのフォレストタートルっていうモンスター、このダンジョンの中ボス的なやつ？」）

〈その情報は当機のデータベースには存在しません〉

ふむ。予想通りの答えが返ってきたな。

やっぱりナビからダンジョン攻略に関わる情報を得るのは難しそうだ。

「う～ん。どうするかな～」

現状、どうにも終わりの見えないダンジョンの中で、この先の方針に迷う。

慣れたダンジョンでもうしばらくぬいぐるみ軍団を鍛えたいが、他のダンジョンに入ってフォレストタートルみたいなモンスターを探し、他の魔法を手に入れてみたい、とも思う。

「でも、魔法書が確実に手に入る保証は無いし。他のダンジョンに入るには、浅葱駅前のゲートとはまた別の、違うゲートに入らないといけないんだよねぇ」

封鎖を解除されたゲートはまだほんの一部で、そのすべてに政府職員が配置され、一人でも多くのプレイヤーを確保しようと待ち構えている。

封鎖を解除されていないゲートには監視カメラが設置されていて、二十四時間録画されている。

「んんんんん。どっちも通り抜けるのが面倒くさそう……」

眉間にしわを寄せ、仏頂面になってうなるが、それで名案が浮かんでくるはずもない。

せいぜい「ゲートに入るプレイヤーの後ろから『隠密』で一緒に通り抜けてしまえばいいのでは？」くらいだが、一緒にゲートを通るくらい近づくことになるプレイヤーにこちらの存在を気付かれたら、よけい面倒なことになりそうで迷う。

「ダメだな。今は決められない。ってことで、現状維持だね」

方針決定。

悩んでも決められないことは、今決めなくていい。

私は今日の仕事も明日の仕事もない引きこもりだ。

急がないし、焦らないし、慌てない。

だって、それを強要してくる人はいないのだから。

（「ナビ。『結界』解除して、一時間後にアラーム」）

ナビから了承の返事を聞きながら、アイテムボックスからぬいぐるみ軍団を出してダンジョン探索を再開した。

Act. 16　四月の現状と問題

四月中旬。

世間では新年度が始まり、第二次侵攻が起きた時の避難経路や避難場所が大急ぎで決められて、休校が解除された学生達は少し遅れたが入学式を無事に終えた。

会社も営業を再開し、新入社員へのインタビューがテレビに映る。

ゲートがある所は瓦礫もだいぶ撤去され、立ち入り禁止の区域が縮小された。

そのおかげでたとえば浅葱駅は使用が再開されたし、出入り口にゲートができて営業停止になった大型店が、別の出入り口を使っての、ゲートから離れた店舗の営業再開が許可されたりしている。

扉一枚向こうにはモンスターがいるのに、丸腰でその近くを通って通勤したり買い物したりしている人達をテレビで見ていると、「うちの国民、平和ボケしすぎなのでは⁇」と思ったが。

他の国では立ち入り禁止の解除がもっと早かったりして、日本よりもっと豪胆だった。

一応、どこの国もゲートに武装した監視役を置いてはいるが。

第一次侵攻でモンスターには銃とかほとんど効かないの分かってるのに、みんな心臓強いなぁ、と私は感心してテレビを見ていた。

あと、海外ではプレイヤーとチェスマンがテレビに出たり、ＳＮＳで情報発信するようになった。

そしてあっという間に、予定調和のごとく英雄化した。

有名な俳優や歌手みたいな感じで、とくに若年層の間で非公式ファンクラブが立ち上げられるくらい顔と名前が広まった。

少し遅れて、たぶん日本でも同じようなことが起きるだろう。

海外の流行はたいてい遅れて日本にも入ってくるから。

他のプレイヤーの情報を見るのはわりと楽しいので、日本のプレイヤーが表に出てくるのを、私もわくわくしながら待っているところである。

なにしろ私は、先月からさして変わらない生活をしているので。

以下、現在の私のステータス。

プレイヤー名：Rx
ランク：6
武器：第5段階　タイプ『ライフル／黒』
防具：第5段階　タイプ『敏捷・ステルス優先／黒』
◆武器スキル
●『ライフル』レベル9　→『鷹の目』レベル8
◆防具スキル
●『消音』レベル9　→『隠蔽』レベル7
◆装備品
・俊敏のイヤーカフ（速度アップ［小］）

・防毒のペンダント（毒状態30%防止）
・隠密の腕輪（『隠密』消費精神力20%軽減／防御力アップ［小］）
・攻撃の指輪（攻撃力アップ［小］）
・反射のアンクレット（被ダメージ反射［ランダム］）

◆特殊スキル

●『氷魔法』レベル5 ↓『アイスアロー』レベル3
↓『アイスウォール』レベル5
↓『アイスフィールド』レベル3

●『緑魔法』レベル3 ↓『チェーンシードアロー』レベル3
↓『ドレインフラワー』レベル3
↓『グラスフィールド』レベル2

◆補助スキル

●『隠密』レベル10 ↓『心眼』レベル10 ↓『遁行』レベル7
↓『鑑定』
↓『隠蔽』レベル9 ↓『分身作成』レベル1
↓『透過』レベル2

●『跳躍』レベル10 ↓『二段跳躍』レベル4
↓『滞空延長』レベル3

●『スキル探知』レベル3
●『危険察知』レベル2
●『裁縫』レベル9　→『傀儡作成』レベル7　→『仮想人格憑依』レベル5
　　　　　　　　　　　　　　　　　　　　　→『傀儡管理』レベル4
　　　　　　　　　　　　　　　　　　　　　→『巨大化』レベル6
　　　　　　　　　　　　　　　　　　　　　→『縮小』レベル1
　　　　　　　　　　　　　　　　　　　　　→『能力付加』レベル2
　　　　　　　　　→『護符作成』レベル1
　　　　　　　　　→『アイテムドロップ率アップ』レベル9
●『調理』レベル7　→『特殊効果付与』レベル5
　　　　　　　　　→『アイテムドロップ率アップ』レベル7

全体的にスキルのレベルは上がった。『傀儡管理』がレベルアップしたことで一斉管理ができるようになり、取り出した傀儡のスイッチや巨大化の一斉オンができるようになったのは便利になった。

が、それだけだ。

わりと深刻なレベルで青緑色の洞窟に飽きつつある。

新しいダンジョンに入るため、他のゲートをひっそりコッソリくぐり抜ける方法を、たまに真面目に考えては、思いつかずため息をつく日々だ。

一応、『傀儡作成』のレベルは順調に上がり、『仮想人格憑依』もレベルアップして選べる性格が四つ増えた。

レベル4で増えたのは「気まぐれ」と「慎重」で、レベル5は「豪胆」と「活発」。

詳細はこんな感じ。

「気まぐれ」は、プレイヤーの命令を聞いたり聞かなかったりする。たまに珍しいアイテムを拾ってくる。

「慎重」は、周囲への警戒心が強く、敵を見つけると味方に報せる。敵が近づいてくるとプレイヤーの傍まで退避する。

「豪胆」は、襲いかかってくる敵に対し、決して退くことなく戦い続ける。自分から敵を探しに行くことはない。

「活発」は、好奇心旺盛。いつもあちこち走り回っている。何かを見つけると味方に報せ、自分はそれに向かって一直線に走っていく。敵だった場合は戦闘になり、トラップだった場合はハマる。

以上。

珍しいアイテム目当てに「気まぐれ」を何体か作って放つようになった他は、攻撃役と敵接近の警報役が増えてぬいぐるみ軍団が順調に強化されていっている。

『巨大化』もレベル6になると成獣のライオンくらいのサイズになり、ぬいぐるみ軍団は「あるだけ全部出す」から、「能力値の低いものから出し、倒されたら次を出す」に変わった。

あと、ふとした思いつきからぬいぐるみを作る時、中にワタと一緒にドロップアイテムのモンスターの爪を入れたら、『傀儡作成』から新スキル『能力付加』が派生して、傀儡としてスイッチをオンにしたら見慣れない爪が生えていたし、『鑑定』で見てみたら能力が上がっていた。
それに気付いてからはいろんな物をワタと一緒に入れるようになり、その一番の成功作がこちら。

傀儡　：　百十二号
耐久　：　7／7
性格　：　豪胆
レアリティ　：　A+《プラス》
動作　：　オフ
巨大化　：　オフ
縮小　：　オフ

これはワタと一緒にドロップアイテム『フルメイルベアの核』を入れたクマのぬいぐるみの通常表示で、『鑑定』だとこう出る。

アイテム名　：　百十二号
カテゴリー　：　傀儡

レアリティ：Ａ＋
基礎効果：攻撃力アップ［中］　防御力アップ［中］　俊敏性アップ［中］
特殊効果：攻撃力アップ［大］　防御力アップ［大］　貫通無効　雷耐性［－］

フルメイルベアは雷に弱かったようで、その耐性だけマイナスが付いて弱くなったが、その他は申し分ない出来になって満足である。

が、いいかげん、わりとガチで浅葱駅前ゲートのダンジョンには飽きてきた。

フォレストタートルも、あれから七回エンカウントして倒しているが、魔法書をドロップしたのは初回だけだったし、他の種類の中ボスっぽいのも見つからない。

しかし。

しかし、他のゲートをひっそりコッソリくぐり抜ける方法が……！

「うーん……。私がもうちょっと賢かったら、思いついたのかなぁ……」

しょんぼりとため息をつき、私は今日もダンジョンに行く。

「行ってきます、雪姉さん」

いつも通りに進もうとしたダンジョンで、いつもとは違うことが起きるなんて、想像もせずに。

Act．17　言い残す言葉が一つしかないことに笑った

昨日の最終到達地点に『転送』してもらうと、性格「気まぐれ」のネコ型傀儡を三体アイテムボックスから取り出し、ダンジョンに放つ。

（「何かあったら拾ってきて」）

ライオンくらいのサイズになって、もはやヒョウかトラみたいに見える気まぐれなネコ達は、あっという間に鍾乳石の間に入っていって姿を消した。

とはいえ『心眼』でどこにいるのかは分かるので問題はない。

あとは哨戒役の性格「慎重」を二体と、攻撃向きの性格の傀儡を十体取り出し、一斉操作でスイッチと巨大化をオン。

（「分かれ道は右を選びながら進め。敵を発見したら倒せ。相手が自分より強い場合は回避し、損傷を避けろ。敵がいない時の進行速度は私の歩行速度に合わせろ。……行け」）

いつものように発声無しで命令を出したら、いつでもライフルを撃てるよう構えて探索開始。

今日も今日とて見慣れた青緑色の洞窟を進む……、はずが。

「……霧？」

しばらく進んだところで急に白い霧が立ち込めてきて、足を止める。

同時に進行速度を私に合わせるよう命じられているぬいぐるみ軍団も止まった。

「何も見えんなぁ……。特殊フィールドか、何かしらのイベントか？」

肉眼でも『心眼』でも、この白い霧の向こうに何があるのか、まったく見えない。ただ、こういう場合、進むとめちゃくちゃ強いモンスターがいるんだろうな、という予測はできる。

さて、どうしたものか。

一瞬考えたが、いいかげんこの洞窟に飽きていたこともあって、私はあっさり一歩踏み出した。

そこへ、珍しくナビから声がかかる。

〈Rx、警告します。進行方向に当機のサポート機能、『結界』、『転送』が使用不可となる領域《エリア》が存在します〉

発言は短かったが、内容はかなり重要だった。

「なるほど。挑んでみてダメだったら離脱、っていうのはできない仕様なわけね」

ちょっと考えて、言い残す言葉が一つしかないことに笑った。

「雪姉さん、死んだらごめんよ」

気まぐれなネコ傀儡達を呼び戻してアイテムボックスに回収し、今持っている傀儡のうち戦闘向きのものをすべて取り出して、命令。

（「敵を見つけたら全力で攻撃しろ。……行け」）

そうして私は今度こそ白霧の中に踏み込んでいった。


霧の向こうにあったのは、入り口も出口もないドーム状の閉鎖空間だった。

その中央に小さな森のようなものがあるが、……蔦や根がウネウネと触手のように動いている。

森の根元は丸く盛り上がっており、根っこで覆われてよく見えないが、おそらく巨大なモンスターの本体だろう。

ＢＧＭも派手な咆哮もなく、その戦闘は私のぬいぐるみ軍団が前方にあるものを敵だと認識したことで静かに始まった。

傀儡として動くようになっても、ぬいぐるみは吠えない。

ただ布とワタではありえないはずの攻撃力でもって敵に襲いかかり、反撃に動いた蔦や根の突き刺し攻撃、巻き付き攻撃を避ける。

私も『アイスアロー』で攻撃に加わる。

フォレストタートルとの戦闘で分かっていたが、緑系統のモンスターには氷魔法がよく効く。

たまたま見つけた宝箱から氷魔法を得られたのは幸運だった。

そうしてたまに蔦や根に突き刺された傀儡が消えたが、戦闘はほぼ一方的に進んだ。

巨大なモンスターの上にある森はぬいぐるみ軍団に蔦を引きちぎられ、木々をなぎ倒され、根をむしり取られて規模を縮小しつつある。

順調だ。

……順調、すぎないか？

森の規模が半分ほどにまで減った頃、ゾワッと嫌な予感がした私は急いで壁際まで離れ、アイテムボックスから残っていた傀儡をすべて取り出してスイッチと巨大化をオン。

（「私を守れ」）

命令はギリギリで間に合った。

それまで一方的に攻撃されっぱなしだった森が、根元から複数の中型モンスターに分裂し、ぬいぐるみ軍団への猛反撃を開始したのだ。

その姿はハリネズミに似ている。

けれど私の記憶にあるハリネズミより黒っぽいし、サイズは大型犬くらいと、なかなかに大きい。

しかも背中にみっしりと生えた木の枝や幹、根っこを針のように尖らせ、突進して突き刺すことで攻撃してくる。

モッサリとした愚鈍そうな見かけに反して、動きが速いのも厄介だ。

それまで大きな敵を一方的に攻撃していたぬいぐるみ軍団は、急に分裂して突き刺し攻撃に特化したハリネズミモンスターに、一気に数体やられた。

かろうじて避けたものも、敵の素早さに翻弄され、なかなか有効な攻撃が入らない。

しかし、『危険察知』のおかげで壁際への退避と護衛役の確保ができた私は、冷静にその状況を観察することができた。

大きな塊から分裂したハリネズミモンスターは、それ以上は増えないようだ。

それなら地道に数を削っていけば、いずれ終わるだろう。

それに、見た目よりは素早いが、私の傀儡達の中でも能力値の高い個体は追いつけている。

加えて『鷹の目』が、このモンスターの弱点は「眉間から生える双葉」と、ひっくり返った時に見える「腹部の中心」だと告げている。

ハリネズミモンスターとぬいぐるみ軍団との乱戦状態になっているが、これまでのダンジョン探索でこの状況にはわりと慣れている。

私は自分の攻撃手段をライフル狙撃に決め、狙えるものから次々と「眉間から生える双葉」を撃ち抜いた。

そこを撃ち抜かれたハリネズミモンスターは、一時的にトゲトゲした枝や根をしんなりさせて仰向けにひっくり返るので、運が良ければ近くにいる傀儡が腹部にトドメの一撃をぶち込んでくれる。

残念ながらその援護が期待できない場合は、ひっくり返ったハリネズミモンスターの「腹部の中心」を自分で撃ち抜いて仕留める。

そうして一体、また一体、と地道に数を減らしていく間に、私の盾となってくれている傀儡が耐久値を擦り減らし、断末魔の悲鳴もなくただ小さな破片となって消えていく。

けれどどうにかすべての傀儡を失う前に、最後のハリネズミモンスターの腹部を撃ち抜いた。

最後の一体から色が抜けて砕け散ると、視界の端をアナウンスが流れていく。

――ドロップアイテム『ツリーポーキュパインの葉』取得

――ドロップアイテム『ツリーポーキュパインの肉』取得

――ドロップアイテム『ツリーポーキュパインの葉』取得

――ドロップアイテム『ツリーポーキュパインの枝』取得

――ドロップアイテム『ツリーポーキュパインの核』取得

――ドロップアイテム『ツリーポーキュパインの葉』取得
――ドロップアイテム『ツリーポーキュパインの葉』取得
――ドロップアイテム『ツリーポーキュパインの肉・上』取得
――ドロップアイテム『ツリーポーキュパインの枝』取得
――ドロップアイテム『ツリーポーキュパインの枝』取得
――ドロップアイテム『ツリーポーキュパインの枝』取得
――ドロップアイテム『ツリーポーキュパインの核』取得
――ドロップアイテム『ツリーポーキュパインの肉』取得
――ドロップアイテム『ツリーポーキュパインの葉』取得
――ドロップアイテム『ツリーポーキュパインの肉・上』取得
――ドロップアイテム『ツリーポーキュパインの葉』取得
――ドロップアイテム『ツリーポーキュパインの肉』取得
――ドロップアイテム『ツリーポーキュパインの枝』取得
――ドロップアイテム『ツリーポーキュパインの枝』取得
――ドロップアイテム『ツリーポーキュパインの肉・上』取得
――ドロップアイテム『ツリーポーキュパインの枝』取得
――ドロップアイテム『ツリーポーキュパインの核』取得
――ドロップアイテム『魔法書「緑魔法・中級編」』取得

――７８００Ｅ取得

倒した数が多かったせいか、怒涛の勢いでアナウンスが流れていった後、目の前にいきなり緑色の宝石がふわふわと落ちてきて、思わず差し出した手のひらにポトリと落ちた。

――ダンジョン『翡翠《ひすい》の虚根《うろね》』踏破の証『翡翠の紋章』取得

視界の端を流れていったアナウンスを見て、初めてここが『翡翠の虚根』という名前のダンジョンだったのだと知った。

あと、ドロップアイテムのアナウンスで、ずっとハリネズミ《ヘッジホッグ》のモンスターだと思っていたラスボスが、じつはヤマアラシ《ポーキュパイン》のモンスターだったことも知った。

いや、普通の人はハリネズミとヤマアラシの見分けとかできないから。

なんか見覚えのあるハリネズミとはちょっと違うなーとは思った気がするけど、そんな深く考えてる暇無かったし。

私、動物学者じゃなくて、ただの引きこもりだし……

誰にともなく心の中で言い訳していると、ナビがふよふよと近づいてきて、パカッとその腹部をコンパクトみたいに開いた。

〈ナビゲーターにはダンジョン踏破の証を収納するスペースがあります。どうぞご利用ください、

Ｒｘ〉

だからっていきなり腹パカする？？？

なかなかの衝撃で、私かなりびっくりしたんですが？？？

……ナビはポカンとして動かない私の前で、腹パカしたままふよふよしている。

「はぁ……」

なんだかもう反応するのも面倒で、葉っぱの形をした『翡翠の紋章』を、ナビのお腹にある同じ形の凹みに嵌め込んで収納してもらった。

すると、それが合図だったかのように周囲の景色がいつもの洞窟の道に戻り、ナビのお腹も蓋が閉じて元に戻った。

継ぎ目が分からないくらい綺麗に戻ったので、そうなるとやっぱりルームランプみたいに見えるなぁと思った。

〈Ｒｘ、報告します。当機のサポート機能、『結界』、『転送』が使用不可となる領域《エリア》が解除されました。サポート機能、使用可能です〉

よし。それじゃあ帰るとするか。

私はラスボス戦を戦い抜いた傀儡十七体のスイッチと巨大化をオフにしてアイテムボックスに回収し、現在地をナビの『転送』の二番目に登録更新してから、『転送』で帰宅した。

「雪姉さん、ただいま」

マンションの部屋に戻るとプレイヤー装備を解除して、いつも通りに声をかける。

窓辺で日向ぼっこをしていた雪柳は頭だけ上げて振り向き、くあっとあくびをしてから、また昼寝に戻った。

いつも通りのそれがみょうにおかしくて、笑ってしまった。

Act．18　アミュレット作りと新しい魔法

お風呂に入ってさっぱりしたところで、昼食をとってメンタルと体力を回復。

お昼ご飯タイムのテレビでは、海外のプレイヤーの訓練の様子を報道する海外メディアの番組を日本語字幕付きで流していた。

普通の人とプレイヤーの身体能力を比較して見せていく流れだ。普通の人と比べてプレイヤーの強化された能力の凄さが数字ではっきりと分かり、超人ショーみたいで面白かった。

食後はテレビを消して、久しぶりに加工屋で自分用の装備品を作る。

しばらく『傀儡作成』に熱中していたので、レアなモンスター素材は片っ端からぬいぐるみの腹に詰め込んでいたのだが、今日ラスボス戦っぽいのをクリアしたことで、そろそろ自分の装備も考えねばと思ったのだ。

もしすべての傀儡がやられて消えたら、最後は自分一人で戦わないといけないわけだし。

そうでなくとも、先日の地上攻撃部隊迎撃戦みたいに、ステルスプレイ優先で、自主的に一人で戦うこともあるだろう。

そんなわけで作成し、装備した結果がこれ。

◆装備品
・瞬足のイヤーカフ（速度アップ［大］）
・探知透過のペンダント（モンスターの索敵とプレイヤーの探査系スキルに発見される確率の低下［中］）
・忍《しのび》の腕輪（『隠密』消費精神力60％軽減）
・剛腕の指輪（攻撃力アップ［大］）
・万華鏡のアンクレット（被ダメージ反射［発動確率・中］）

ランクアップによって加工屋で作れる物も増えており、もっと早く作っておけばよかった、と、ちょっと後悔するくらいには良いアミュレットが作れた。

そこまででちょうどティータイムになったので、抹茶ラテと先日作ったバナナのパウンドケーキで休憩しながら、残った物を見てみようとアイテムボックスをスクロールして見ていく。

チェックのついでに、ラスボス戦をくぐり抜けた十七体の傀儡の耐久値を『傀儡の欠片』でマックス値まで回復。

「……んんッ⁉」

そしてふと見つけた物に、思わず口の中の抹茶ラテを吹き出しそうになるくらい驚いた。

ごくん、と抹茶ラテを飲み込んでから、改めてそのアイテムの名前を読み上げる。

「『魔法書「緑魔法・中級編」』。……え？　こんなのドロップしてたっけ？」

思い当たるのは先程のラスボス戦だが、あまりにも大量のアイテムがドロップして、アナウンスがものすごい勢いで流れていったので、うっかり見逃した可能性が高い。

「うぇ、こんなことあるの……？　うっかり気付かずに放置しっぱなしになったら、めちゃくちゃもったいないじゃん。気付いて良かったぁ～。やっぱチェックって大事だな～」

うんうん、とひとり頷き、とりあえずそのアイテムを使ってみる。

中級編、と書いてあったわりに、本の装丁がちょっと豪華になっているだけで、取得エフェクトは素養の時と変わらなかった。

緑色の光が私の体の中に吸い込まれるようにして消え、アナウンスが流れる。

――アイテム『魔法書「緑魔法・中級編」』使用
――スキル『緑魔法Ⅱ』取得

次はステータスの確認だ。

プレイヤー名：Rx
ランク：6

武器　‥　第5段階　タイプ『ライフル／黒』
防具　‥　第5段階　タイプ『敏捷・ステルス優先／黒』

◆武器スキル
●『ライフル』レベル9　↓『鷹の目』レベル8

◆防具スキル
●『消音』レベル9　↓『隠蔽』レベル7

◆装備品
・瞬足のイヤーカフ（速度アップ［大］）
・探知透過のペンダント（モンスターの索敵とプレイヤーの探査系スキルに発見される確率の低下［中］）
・忍の腕輪（『隠密』消費精神力60％軽減）
・剛腕の指輪（攻撃力アップ［大］）
・万華鏡のアンクレット（被ダメージ反射［発動確率・中］）

◆特殊スキル
●『氷魔法』レベル5　↓『アイスアロー』レベル4
↓『アイスウォール』レベル5
↓『アイスフィールド』レベル3
●『緑魔法Ⅱ』レベル3　↓『チェーンシードアローⅡ』レベル3

↓『ドレインフラワーⅡ』レベル3
↓『グラスフィールドⅡ』レベル2
↓『ガーデン・オブ・ジ・エンド』

◆補助スキル
●『隠密』レベル10　↓『心眼』レベル10　↓『遁行』レベル7
↓『鑑定』
↓『隠蔽』レベル9　↓『分身作成』レベル1
↓『透過』レベル2
●『跳躍』レベル10　↓『二段跳躍』レベル4
↓『滞空延長』レベル3
●『スキル探知』レベル3
●『危険察知』レベル2
●『裁縫』レベル9　↓『傀儡作成』レベル7　↓『仮想人格憑依』レベル5
↓『傀儡管理』レベル4
↓『巨大化』レベル6
↓『縮小』レベル1
↓『能力付加』レベル2
↓『護符作成』レベル1

●『調理』レベル7

↓『アイテムドロップ率アップ』レベル9
↓『特殊効果付与』レベル5
↓『アイテムドロップ率アップ』レベル7

「え？　緑魔法にⅡっていうのが付いただけ？　新しい魔法も一個増えてるけど、これだけレベルが無いな……？」

どういうことなの？　と首を傾げつつ、新魔法の説明を読む。

緑魔法の中級編で増えた『ガーデン・オブ・ジ・エンド』は、使用者を中心に半径十ｍの円上にいるものに作用する即死魔法。

しかし効くかどうかは緑魔法のレベルと、相手の緑魔法に対する耐性の高さと、あとは完全に運で決まる。

「なにこれ怖ぁ……」

そう言いながら、思わず笑ってしまった。

緑魔法、中級編でランダム即死魔法を取得とか、さすがすぎる。

ひとしきり笑ってから、ステータス画面を閉じてころんと寝転がった。

「……」

街の中心部や、線路や主要道路からも離れた住宅街にあるマンションの部屋は、ペット可物件で防音がしっかりしていることもあり、とても静かだ。

そのままうとうとしていると、脇腹に何かが触れて、そのままそこからじんわりとぬるい体温が伝わってきた。

生き物の熱。

雪姉さんだ……

いつの間にか瞼は降りて、私はそのまま眠ってしまった。

Act．19　休養と、次なるダンジョンを求めて

ラスボス戦の翌日から三日間は、休養兼『傀儡作成』の日とした。

ダンジョンを一つ攻略して踏破の証を得たことでちょっと気が抜けたのと、消費した傀儡の補充をしておきたかったのだ。

幸い、ぬいぐるみの腹へワタと一緒に詰め込むモンスター素材は、加工屋でアミュレットを作ってもまだまだたくさん残っている。

道具屋で買った現時点で一番良い布に型紙を当てて裁断し、チクチク地道に針と糸で縫い合わせて、次々とぬいぐるみを作っていく。

休養中、買い物にも出かけた。

第一次侵攻から一ヶ月ほど過ぎて、厳戒態勢が緩み物流が復活し、人々の買いだめ行動が落ち着いてきた、というのをテレビのニュースで見たので、そろそろ行けるかな、と思ったのだ。

時間は店の開店時間。

思った通りそれを待ち構えてまで駆け込もうとする人はおらず、私はコロ付きの荷運びキャリーを引いて食材と日用消耗品を買い込んだ。

重たいものや品質にこだわりがない物はネットショップで買ったりもするのだが（今はネットショップだと届くのに時間がかかったり、販売停止したりしているので、道具屋で買っている）、愛用品はできるだけ自分の目で見て買いたい。

それに、こういう用事がないと外に出るのがゴミ出しの時だけになるので、あえて自分を外に出すことにしている。

雪柳が具合を悪くしたら動物病院に駆け込まないといけないし、そういう時にすぐ動けるようにするには、日頃から定期的に外出して外に慣れておくのも大事なことだ。

まあ、それでもあんまり外には出たくないから、必要な物を買ったらすぐ帰っちゃうんだけど。

休養、買い物、『傀儡作成』と『調理』で三日間が過ぎると、私はプレイヤー装備で外へ出た。

私のマンションの部屋から数ｋｍ離れた場所にある三階建ての民家の屋根に立ち、『心眼』で周囲を見渡す。

今日の目的は、次のダンジョンに入るための下準備。

三つのゲートの近くまで行って、ナビの『転送』先に登録することだ。

二日間に一ヶ所くらいのペースで登録できたらいいな、という程度のゆるい目算で、『跳躍』と『二段跳躍』、『遁行』のスキルレベル上げも兼ねて自力で移動する。

ゲートの場所はネットでいくらでも調べられるので、家から近い浅葱駅前ゲート以外の三ヶ所をピックアップし、地図で確認済み。

今日行くのはその中でも一番近い、川を挟んで隣の市、藍《あい》市に出現したツインタワー前ゲートだ。

『跳躍』で気の流れに飛び込み、『遁行』で目的地へ向かって一気に移動していく。

気の流れはT字路や高低差のある建物で急に途切れていたり、逆に坂道や並木道で加速したりする。その流れを乗りこなし、たまにそこから飛び出して『二段跳躍』で別の流れにもぐり込むのは、ゲームみたいで面白い。

たまに看板や細い木を『透過』ですり抜けたりするのも、ちょっとドキドキして楽しい。

そうして遊んでいたら、隣の市まではあっという間で、一時間もかからず目的地のツインタワー前ゲートに到着してしまった。

たぶん、新しく作ったアミュレットの効果、速度アップ［大］の影響もあるだろう。

しかし、到着してもゲートには警備の警察官と作業服姿の政府職員が常駐しているし、たまにプレイヤーとチェスマンっぽい人達の出入りもある。

発見される可能性を上げたくないので、ゲートから少し離れたビルの屋上でナビに言う。

（「ナビ、ここを『転送』の一つ目の地点に更新登録して」）

〈了解しました、Ｒｘ。当機のサポート機能『転送』の一つ目の地点を、Ｒｘの現在地に設定しました〉

前に登録した一つ目の地点は、ダンジョン『翡翠の虚根』の入り口だった。

踏破した今、そこを登録地点として残しておく必要はないので、現在地を上書き登録する。

さて、一つ目の目的がサクッと達成できてしまったところで、次はどうしようか。

考えながらゲートを観察していると、他のプレイヤーと一緒に入るのは、意外と簡単にできるのでは？　と思えてきた。

というのも、まだ入り口でモンスターの姿も無いから、プレイヤーにもチェスマンにも、あまり緊張が見られないのだ。

しかも、ゲートはプレイヤーとチェスマンが入ったことを確認した警察官が閉めている。

静かに最後尾について一緒に入り、レベルがマックス値まで育った『隠密』の働きに期待して、入った後もすみっこで黙っていれば、誰も気づかないんじゃなかろうか。

まあ、たまたま探査系スキルをマックス値まで育てているプレイヤーかチェスマンと遭遇したら、どうなるかは分からないが。

うーん、としばらく迷ってから、私はツインタワーに背を向けた。

イチかバチかにトライするより、まずは当初の予定である「三つのゲートの近くの地点をナビの『転送』先に登録する」のクリアを優先することにしたのだ。

ここまで来るのに、『跳躍』と『二段跳躍』、『遁行』と『透過』を駆使して飛ぶように街並みの上を駆け抜けてきたのが意外と楽しかったから、というのも理由の一つだけど。

ともかく楽しく遊びながら街の上を駆け抜けて、私はその日のうちに残り二つのゲート近くに転送先登録を完了した。

紅梅《こうばい》市の市民公園モニュメント前ゲート。

菫《すみれ》市の大型ディスカウントストア前ゲート。

気の流れに乗って長距離を移動できる『遁行』が優秀で、けっこう遠いところにあるゲートでも、その距離を感じさせないくらいあっさり移動できてしまった。

プレイヤーの身体能力向上の効果とスキルの有用性を改めて実感する。

とんでもなく面白い力が、与えてもしょうがない奴のところに転がり込んできてしまったものだなぁ。

動くのが楽しいと思うなんて、生粋のインドア派の私には生まれて初めてのことじゃなかろうか。

なんだか駆けまわっているうちに次のダンジョンのことから興味が薄れてしまい、私はそのまま数日、街や野山を駆け巡った。


数日後。

朝食をとっていた私に、突然緑色のルームランプになったナビが告げた。

〈全プレイヤーへ通達。侵略者《インベーダー》の一斉攻撃により、ゲート耐久値が急激に低下。残存耐久値三％。ゲート破壊後、第二次侵攻が開始されます〉

テレビを消してモンスター肉入りの味噌汁をゴクリと飲み干し、残りのご飯をかきこんでお茶で飲み込む。

これから何時間、生理現象停止状態でいることになるか分からない。トイレをすませておき、雪柳のご飯皿も山盛りにして、水も多めに入れておく。

〈ゲート崩壊。封印が破られました。モンスター多数出現、インベーダーが侵略を開始〉

プレイヤー装備になった私は『隠密』を発動させ、外へ向かって『遁行』する。

〈第二次侵攻の発生を宣言する。全プレイヤーはこれを阻止せよ〉

地上攻撃部隊迎撃戦とは違う、現実世界への二度目の侵略が始まった。

閑話　喪失

「久しぶりに、旅行へ行かない？」

就職して一人立ちしてからも、週末になるとしょっちゅう実家へ帰ってくる私を、母がそう言って誘った。

言外に、社長が代替わりして会社の雰囲気が変わり、前と比べて疲れた顔をするようになったのを心配してくれているのだと分かる。

休みが取れるかどうか分からなかったけれど、私は「うん」と頷いた。

「良かった。じゃあ、どこへ行くのがいいかな？」

にっこり笑った母は木や草花が好きで、私達の話を傍で静かに聞いている父は写真を撮るのが好きだ。

二人の趣味は旅行で、母は旅先の植物を見て楽しみ、父は自分が美しいと思う風景に母と私を入れた写真を撮って楽しむ。

私も家族と出かけて美味しいものを食べたり、綺麗な景色を見たり、車での移動中、他愛のない話をして笑いあったりするのが好きだったから、成人してからもよく一緒に旅行へ行った。

「近くでゆっくりできる所がいいんじゃないか」

地図やパンフレットを出してきた母に、父が言う。

そうして家族三人で行き先を決めた旅行へ、けれど私は行けなかった。

「母さん、ごめん！　本当に、ごめんね……。先輩から今日、どうしても手伝ってほしいって電話がきちゃって……。前から休暇届は出してたんだけど、上司が私を呼び出せって言ってるらしくて、先輩も断れないみたいで……」

当日の朝、電話口で謝る私に、旅行の予定が潰されたことよりも、母は「あなたは大丈夫なの？」と心配してくれた。

きっともう、大丈夫じゃなかった。

私よりも先に、母は気付いていて、だからそう声をかけてくれたのだろう。

けれど、その時の私にはそれが分からなくて、急いで出社の準備をしながら答えた。

「私は大丈夫！　でもごめん、今回の旅行は父さんと二人で行ってきて。今から取り消すとキャンセル料払わなきゃだし、私はお土産、楽しみに待ってるから！」

母は少し迷った様子だったが、私が急いでいるのを察してすぐに頷いた。

「お土産たくさん買ってくるから、帰ってきたら取りにおいでね。その時にお土産話もいっぱいしてあげるから、ゆっくり話しましょう」

うん、と答える声がかすかに震えた。

明るい口調だけど、それでも寂しそうなことが分かる母の声。

大事な家族のこんな声を聞いて、それでも行かなきゃいけないほどの仕事なの？

「うん、楽しみにしてるね！」

一瞬、浮かんだ疑問は迫る出勤時間に追われてかき消され、私はそう言って電話を切ると、カバンを持って靴を履いた。

その結果がこれだ。

「ドライブレコーダーに、動物の影のようなものが映っていました。おそらくそれを避けようと急ブレーキを踏んだところで、濡れた路面にタイヤが滑り……」

壁も床も、めまいを起こしそうに白い病院。

もう二度と話すことのできない両親の傍で、呆然と警察官の話を聞く。

途中から記憶が無いのは精神的なショックのせいと、気絶して倒れてしまったから。

私はその後、短期間で何度も気絶したらしい。

警察官にも、葬儀会社の人にも、火葬場の人にまで「病院で検査を受けた方がいいのでは」と言われたくらいだから、かなりひどい状態だったんだろう。

それでも葬儀で忙しくてそんな暇はなかったし、自分のことを考える余裕もなかった。

だって、父さんと母さんは、私も一緒に行くはずだった旅行先で死んだのだ。

私が母さんに「父さんと二人で行ってきて」と言ったのだ。

自分のせいだと思った。

どうして私は一緒に死んでないのか、訳が分からなかった。

「あ、れ……?」

ふと気付いた時、私は両親が暮らしていたマンションの玄関で倒れていた。

葬儀や手続きが一通り終わり、何かをしなければ、と思ってここまで来たことだけはぼんやりと覚えている。

「あー……? えっと、世話、だっけ……? 母さんが、大事にしてた……」

鈍った頭でどうにか思い出そうとしながら顔を上げた時、金色と目が合った。


「にゃあ」


白い毛並みに金色の眼をした猫が鳴く。

ぼやけた思考の中で、ああ、そうだった、と思う。

「ゆきやなぎ……」


あの日からずっと、雪柳は私と一緒にいる。

そして私が気絶して倒れたのは、その時が最後だった。

第三章　第二次侵攻と、わりと楽しいパワーアップ

Act. 20　第二次侵攻

——二〇XX年四月二十七日。

『幻想侵蝕《ファンタジー・イクリプス》』第二次侵攻、発生。

ゲート警備勤務中の警察官から、ゲートの軋み音を感知、表面に亀裂が入り、それが徐々に広がりつつある、との報告。

同時にプレイヤーがナビゲーターからの警告を受け、これを報告。

第一級警報が発令され、国民への避難命令が出されるのと同時に、機動隊、自衛隊、プレイヤーとチェスマンが出動。

破壊されたゲートから出現したモンスターへの対処に当たる。

おー、ようやく包囲網が構築できてきたなぁ。

眼下の攻防を一瞥してから、また視線を上げてスコープで急所に狙いを定め、トリガーを引く。

急所に三発目の狙撃を食らったドラゴンが落下しながら色を失って砕け散るのを見ることなく、場所を移動して次のドラゴンをスコープ越しに見る。

そう、地上攻撃が主だった第一次侵攻と違い、第二次侵攻では空を飛ぶモンスターが出現した。

しかもたまにドラゴンが一、二体出る。

こいつらは鳥系モンスターと違い、火球、雷撃など、それぞれの属性の吐息《ブレス》攻撃をしてくるので厄介だ。早く落とさないと地上で頑張る非プレイヤー、機動隊や自衛隊の人達が大被害を被ること間違いなし。

なので狙撃という対空攻撃手段を持つ私が、浅葱駅前ゲートだった黒い靄から無限湧きしているモンスターの飛行系に対処している。

ドラゴンを撃ち落とすついでに、タカっぽいのとかカラスっぽいのとか、グリフォン、キマイラっぽいのも撃ち落とす。

そうしている間に地上ではプレイヤーとチェスマンを中心にモンスター討伐が進み、だんだんと湧きポイントをぐるりと取り囲む包囲網が構築され、湧いた瞬間に狩る、というスピード駆除が行われつつあった。

大型のモンスターが出るとすぐには倒せず、リズムが崩れるが。

私も小型の飛行系モンスターは湧いたら瞬殺で狩るのだが、さすがにドラゴンやグリフォン、キマイラは無理。

それでも急所に二、三発撃ち込めば倒せるのだから、地上攻撃部隊迎撃戦の時よりずっと楽だ。

あの時のドラゴンが今回出てきているものより強かったのか、今の私が前より強くなっているせいなのか、確かめる術もないので不明だが。

楽に倒せるのなら、それでいい。

何体目か、もう数えるのもやめてしまったドラゴンを倒してから、場所移動。

今のところ他に飛行系モンスターが出ていないのを『心眼』で確認し、銃口を地上へ向ける。

飛行系モンスターは湧きポイントから出現した瞬間、ほんの一瞬だがその場で羽ばたいて上昇するための力をためる。

絶好の狙撃チャンスだ。

逃がすつもりはないので、湧いた瞬間、『鷹の目』で見つけた弱点に銃口の向きを微調整し、トリガーを引く。

その他、手が空いている時は飛行系ではないモンスターも、大型のものは頭を叩いて突撃できないよう勢いを止めてやる。

動きを止めた大型モンスターなど、ただのデカい的だ。

あとは包囲網を構築するプレイヤーとチェスマンが倒してくれる。

たまに勢いを止めるだけのつもりが、弱点にクリーンヒットして倒せてしまうこともあるが、だいたいはそんな感じの連携でいけた。

ちなみに話し合いとかはまったく無い。

私は最初から常時『隠密』状態だし、時々、上を見上げながら探査系スキルを使っているプレイヤーもいるが、その目が私を捉えることはなかった。

　迷彩服を着て透明な盾を持った非プレイヤーが、下から何か叫んできたこともあったけど、モンスターの咆哮や断末魔の悲鳴、空気を切り裂く武器の破壊音でかき消され、何を言っているのかさっぱり分からなかったし。

　そんなわけで、現状はそれぞれが自分なりに戦っていたらこうなった、という結果にすぎないのだが、なかなかうまく連携できていると思う。

　なんでスナイパー系のプレイヤーが他にいないのかは謎だが。

　チェスマンに遠距離攻撃タイプがいるから、みんなそっちに任せちゃって、自分は前線に出るプレイヤーが多いのか？

　チェスマンよりプレイヤーの方が攻撃力はだいぶ上だし、使いやすいし、戦いやすいのになぁ、ライフル。


〈次元の亀裂が『＊ク＊＊ロ＊＊＊』により封印され、設置されたゲートが正常に起動。侵略者《インベーダー》による第二次侵攻の終了が宣言されました。お疲れ様です、Ｒｘ〉

　戦い始めてからどれくらい経ったのか。

　時計を見ていないので細かいところは不明だが、だいたい一時間くらいだった気がする。

浅葱駅前ゲートは、以前の教会の扉のような壮麗なものではなく、昔の地下牢の扉のごとく、威圧的な黒々とした鉄扉となって再びそこにそびえ立った。

私は数秒それを見て、モンスターの湧きポイントが消滅したことを確認すると、ナビに言った。

(「ナビ、『転送』して」)

ここはもうほぼすべてのモンスターを討伐し終わっている。

他の場所はどうなのか、せめて近隣は自分の目で確認しておきたい。

即座に了解の返事をしたナビによって、一瞬で景色が変わる。

指示した『転送』先は藍市、ツインタワー前ゲート近くのビルの屋上。

……の、はずが。

「ッ⁉」

足場が、無い。

モンスターが突っ込んだのか、ビルが半壊している。

ちょっと驚いたが、空中でジャンプできる『二段跳躍』で一番近い気の流れに乗り、『遁行』でまだ建っているビルの屋上に着地。

同時にライフルを構え、近くを飛んでいたドラゴンの急所に連続して三発撃ち込んだ。

色を失って砕け散るところを見る暇もなく、場所移動をする余裕もなく、周囲を飛び回る飛行系モンスターを片っ端から撃ち落とす。

――ドロップアイテム『レッドドラゴンの爪』取得
――ドロップアイテム『レッドドラゴンの肉』取得
――３５００Ｅ取得
――ドロップアイテム『シルバーイーグルの風切り羽根』取得
――１２００Ｅ取得
――ドロップアイテム『グリーンドラゴンの牙』取得
――ドロップアイテム『グリーンドラゴンの爪』取得
――３５００Ｅ取得
――ドロップアイテム『ブルードラゴンの逆鱗』取得
――３５００Ｅ取得
――ドロップアイテム『ソニックホークの核』取得
――２１００Ｅ取得
――ドロップアイテム『アイスドラゴンの爪』取得
――ドロップアイテム『アイスドラゴンの肉・上』取得
――３５００Ｅ取得

ｅｔｃ……、ｅｔｃ……

視界の端を延々と流れていくアナウンス。

近くでふよふよ浮遊しながら、いつも通り淡々とした口調で言うナビの声。

〈戦闘の継続意志を確認しました。それではこれ以降の戦闘についてナビゲートします、Ｒｘ。第二次侵攻のモンスター討伐と、終了後であるこれより先のモンスター討伐では、取得できるものが変更されます〉

ちらりと見やった地上は地獄絵図。

対空攻撃手段を持つプレイヤーがそこにいるか否かで、これほどまでに戦況が変わるとは思わなかった。

〈第二次侵攻中のモンスター討伐で得られるのはランクポイントのみです。現在は通常時の設定に戻っており、モンスターを討伐することで得られるのはドロップアイテムとＥ、武器、防具、スキルの経験値のみとなっております〉

第一次侵攻の時も聞いた説明をナビが終える頃には、私の射程範囲内にいた飛行系モンスターはすべて砕け散っていた。

『跳躍』と『二段跳躍』、たまに『透過』で障害物をすり抜けて場所を移動しながら、地上を闊歩する大型、中型のモンスターを上から撃ち抜いて倒していく。

（「ナビ。道具屋で買ったポーションって、プレイヤーじゃない人にも効く？」）

〈ポーションの効果はプレイヤーとチェスマンにのみ発揮されます。非プレイヤーに効果はありません〉

そうか、と頷く。

それなら私がここでできることはもう無い。

ふっと息を吐いてライフルを握りなおし、顔を上げた。

(「ナビ、『転送』して」)

Act.21　二度目の侵攻後と、私のやりたいこと

帰ってくるなり泥のように眠り、ふ、と目が覚めると顔の真横で雪柳が寝ていた。

ひどく疲れていることだけが分かって、他のすべてが曖昧で、こんなことが前にもあったような気がする、と思った。

大切なひとたちが突然いなくなったばかりの頃に。

けれどふらふらさまよった視線の先に青いルームランプ……、ナビを見つけて、それで一気に記憶が戻った。

第二次侵攻で四つの戦場を渡り、飛行系モンスターと大型、中型のモンスターをだいたい倒した後、家に帰って倒れこむように眠っていたのだと、思い出す。

昨日、私が第二次侵攻の主戦場にしたのは、自宅から一番近い浅葱駅前ゲート。

飛行系モンスターを完封する狙撃手の私と、地上に展開したプレイヤーとチェスマンにより、戦況は終始こちら側の優勢で進み、そのまま湧きポイントの封印とゲート再設置で第二次侵攻の終結

が宣言された。

終結宣言後、二番目の戦場に選んだのは藍市、ツインタワー前ゲート。

飛行系モンスターに対抗できるプレイヤーがいなかったらしく、被害甚大。

ツインタワーは倒れてはいなかったが、あちこち焼け焦げたり欠けたりしており、さらにその周りの建物は瓦礫の山と化していた。

そのせいで被害は甚大だが視界を遮るものは少なく、私は射程圏内にいた飛行系モンスターと大型、中型のモンスターを倒した後、次へ移動。

三番目の戦場は紅梅市、市民公園モニュメント前ゲート。

公園は焦土と化していたが、飛行系モンスターをうまく引きつけて戦っている、遠近揃ったバランスのいいプレイヤーとチェスマンがいて、公園の外の建物はほぼ無事。

しかしまだドラゴン三体と複数の中型飛行系モンスターがいたので、公園外のビルの屋上から狙撃して落とした。

次へ移動。

四番目の戦場は菫市、大型ディスカウントストア前ゲート。

元々、第一次侵攻で壊されていた大型店の出入り口が、完全に破壊されて封鎖状態になっており、そのせいかモンスターは店の中に入らず、周辺に散らばったらしい。

大破壊とは言えないが、被害が広範囲に及び、ここの残党狩りが一番厄介だった。

私はまず飛行系モンスターを片付け、四方に射線が確保できる鉄塔の中間付近に陣取って、地上を動き回る中型、大型のモンスターを狙撃。

そこから狙えない位置をうろつくものは、鉄塔から離れて街の上を駆けまわりながら駆除。

『心眼』であらかた片付けたのを確認する頃にはもう陽が暮れかけていて、ナビの『転送』で帰宅するとベッドの上でプレイヤー装備解除。

そのまま倒れこむように眠りに落ち、現在に至る。

(「ナビ、今、何時?」)

〈現在の時刻は午前四時三十二分です、Ｒｘ〉

だからまだ暗いのか、と思いながら、ぱちぱち、とまばたきを繰り返しているうちに意識がはっきりしてきた。

のどが渇いている。

雪姉さんに、ただいま、って言わないと。

トイレに行きたい。

お風呂に入って、ベタついた体を洗いたい。

お腹が空いた。

一気に押し寄せてきたことの中に、「筋肉痛でしんどい」が無かったことに気付いて、ふと笑う。

一日三時間のダンジョン探索と、行く前、帰った後のストレッチ。

地道に続けてきた効果が出ているようだ。

「……動けそうだし、起きるか」

部屋着のまま眠っていたベッドから起き上がり、先ほど思い浮かんだことを一つ一つ片付け、早朝のニュースをテレビの音量を小さくして聞きながらご飯を食べていると、背後でカタンと音がした。

寝室に使っている部屋から、雪柳がペットドアを通り抜けてきたのだろう。

振り向けば、世界中の何よりも美しい黄金の眼がまっすぐに私を見ている。

知らず、微笑みが浮かんだ。

「ただいま、雪姉さん。それから、おはよう。雪姉さんの朝ご飯、今用意するね」

第二次侵攻は、モンスターの湧きポイントになったゲートの近くに、飛行系モンスターに対抗できるプレイヤーがいたかどうかが戦況の明暗を分けた。

私が四つの戦場で見た通りのことが世界中で起こり、飛行系モンスターに対抗できるプレイヤーがいなかった戦場では、被害は甚大なものとなった。

そして飛べるものは移動範囲が広く、侵攻の終結が宣言されてから二十四時間経っても、倒しきれなかったモンスターの目撃報告や被害報告が相次いだ。

ニュース番組はこの被害報告一色で、当然ながら外出禁止令が出される中、特別な許可を得た報道局のスタッフだけが、警察官に移動可能な範囲の指示を受けながらリアルタイムの映像を流している。

指示を出す警察官は各所と連絡を取りながら、安全が確保された範囲での報道をさせているようだったが、私が見ている時に一度、小型のモンスターが飛び出してきた。

そのモンスターは後を追ってきたプレイヤーが、肉眼では捉えられないほどのスピードで一刀両断し、砕け散って消えた。

そしてモンスターを仕留めたプレイヤーも、現れた時と同じように一瞬で消えた。

その映像はスロー再生で何度も映され、どうやら刀を武器とした軽装のプレイヤーで、顔はフードで隠れていたが体格から成人男性だろうと推測されていた。

忍者みたいでカッコいい、とネットで騒がれていて、私もそう思った。

刀ってロマンだよね。

まあ、ああいうのは見ているだけでいいから、自分でやろうとは思わないけど。

第二次侵攻の翌日、私はニュースを見ながらじっくりストレッチをして、あとはテレビを消して『傀儡作成』に没頭した。

出来上がったぬいぐるみには、全部に第二次侵攻後の残党狩りでドロップしたアイテムを入れた。

この世界に散らばった残党を狩るのは、情報網を持った政府に登録しているプレイヤーとチェスマンが適任だろう。

浅葱駅前ゲートからの侵攻を完封し、他の近隣ゲートでの残党狩りに参加したのが良かったのか、うちの近くにモンスターはいない。

今、私がやれることで、やりたいことは、戦力の増強とそれによるダンジョンの踏破。

「……うん。やっぱりドラゴンの素材はかなり能力値の高い、特殊効果持ちの傀儡が作れるな」

出来上がった物を鑑定しては、アイテムボックスに収納する。

それから数日、私は『傀儡作成』を続けた。

◯Act.?? ****お****達

「エクルーズローダー卿」

長い回廊の途中で顔を合わせた知り合いが声をかけてきたので、少年は応じて挨拶を返した。

「アングレイヴィス卿」

長身の男に比べると、少年の小柄さが際立つ。

しかし二人にとって体格差は論じるに値しない些事だ。

そんなことよりもはるかに気にかかる件について、男は少年に話しかけた。

「先日の貴公のログを見させてもらった。グリンデルト卿が貴公に色々と吹き込んだと聞いたが、マーカーは付けなかったのだな。あの駒は貴公の好む単独型だが」

エクルーズローダー卿と呼ばれた少年はかすかに眉をひそめて不快を示し、答えた。

「そうだな。色々と吹き込まれた。……だが、僕はマーカーを付けなかった。あの駒に対しては、ただ見ているだけでは足りないと判断したからだ」

「それゆえの主への謁見か？」

アングレイヴィス卿が呼ぶ「主」とは、それぞれ異なる並行世界から召集された彼らが暮らす、この拠点の統括者であり、駒や枢機卿とは別格の存在だ。

枢機卿は駒から昇格した「人間」だが、「主」は人間ではないのではないかと噂されている。

そんな噂話がされるほど、「主」は彼らにとって遠く、よく分からない存在だった。

返答を待つアングレイヴィス卿に、聞きたかったことはそれか、と唇を歪めて少年が笑う。

この拠点において、主の動向や、主に関わった枢機卿の言動は注目の的なのだ。

「そうだ。次の手番も僕がもらう。あの駒について、確かめなければならないことがあるからな」

「貴公がそうまでして一つの駒に固執するところは初めて見る。それに、基本的に手番は連続で同じ枢機卿が得ることはないはずだ。公平性に欠ける。だが今回、主は例外を許したのだな？」

「次のログがその答えになるだろう」

男の横を通り抜けて歩いてゆく、小さな背中に問う。

「主が別の世界に新たな遊戯盤を開かれた。新しいものを好む枢機卿が幾人か、そちらに流れてゆくだろう。次のログに注目する者は減ることになる。主がそこまで手を回すほどのものを、貴公があの駒に見たゆえのことか？」

歩みを止めることなく、エクルーズローダー卿は答えた。

「僕は推測を確認する機会を求めただけだ。主の考えは主に聞くのがよかろうよ」

男はそれ以上追わず、問わず。

回廊から話し声が途絶えた。

Act．22　炎上するSNSと二つ目のダンジョン

第二次侵攻から数日後。

ようやく使える傀儡が五十体になったところで、休憩中たまたま見たSNSが炎上していた。

発端は、

「ただでさえ残党狩りで疲れているのに、上から未登録のプレイヤーを探し出してくれと言われて困っている。そもそも今の時点で自主的に登録していないプレイヤーは、おそらく元から協力的なタイプではない。それを無理に探し出して、上の人達はどうしようというんだろう」

というようなことを関係者に話したプレイヤーがいて、それがネットに流出、炎上したらしい。

SNS参加者の意見は「政府は自主的に協力してくれているプレイヤー達をもっと大事にすべき」というのが多い。

次いで「協力的でない未登録のプレイヤーでも、侵攻の時に参戦して助けてくれている人もいる。未登録プレイヤーに無理な捜索をさせる前に、未登録プレイヤー《彼ら》と国側がお互い妥協できる互助的な案を考えるべきなのではないか。そうでなければ、彼らは協力するどころか、今まで自主的に助力していたのを止めてしまうかもしれない」というのも多い。

理性的だし、そりゃそうだ、と思う意見だ。

しかし理性的な人ばかりではないから、ＳＮＳは炎上する。

発端となった話をしたプレイヤーに対する批判や悪口、未登録のプレイヤーに対する罵詈雑言、お門違いな恨み言、プレイヤー全体に対する意味不明な文句……、等々。

現状に対する不平不満が、ちょっとしたきっかけでプレイヤーという存在に向けられて爆発し、今はとにかく文句を言いたい人々が牙を剥いて吠え立てている、的な状況だ。

たまたまプレイヤーという立場で、一歩引いたところからこの騒動を眺めることができた私は、不思議に思う。

この書き込みをしている人達は、自分の書いた言葉でプレイヤーになった人が傷つき、契約を破棄してしまうかもしれない、という可能性は考えないのかな、とか。

もしそれでプレイヤーが減ったらモンスターに対抗できる有効な戦力が減少するわけで、自分で自分の首を絞めるような行為だと思うのだが。

それでもいいから不満をぶちまけたい、という破滅願望持ちの人が多いのだろうか、とか。

そもそもプレイヤーを同じ人間だと思ってないのかな、とか。

考えても理解できそうになかったので、気にしないことにした。

傀儡の数を増やして準備ができたところで、ステータスのチェックもしておく。

プレイヤー名：Rx
ランク：6
武器：第6段階　タイプ『ライフル／黒』
防具：第6段階　タイプ『敏捷・ステルス優先／黒』
◆武器スキル
●『ライフル』レベル9　→『鷹の目』レベル8
◆防具スキル
●『消音』レベル9　→『隠蔽』レベル8
◆装備品
・瞬足のイヤーカフ（速度アップ［大］）
・探知透過のペンダント（モンスターの索敵とプレイヤーの探査系スキルに発見される確率の低下［中］）
・忍の腕輪（『隠密』消費精神力60％軽減）
・剛腕の指輪（攻撃力アップ［大］）
・万華鏡のアンクレット（被ダメージ反射［発動確率・中］）
◆特殊スキル
●『氷魔法』レベル5　→『アイスアロー』レベル4

●『緑魔法Ⅱ』レベル3

↓『アイスウォール』レベル5

↓『アイスフィールド』レベル3

↓『チェーンシードアローⅡ』レベル3

↓『ドレインフラワーⅡ』レベル3

↓『グラスフィールドⅡ』レベル2

↓『ガーデン・オブ・ジ・エンド』

◆補助スキル

●『隠密』レベル10

↓『心眼』レベル10

↓『通行』レベル9

↓『鑑定』

↓『隠蔽』レベル10

↓『分身作成』レベル1

↓『隠蔽対象指定』レベル1

↓『透過』レベル3

●『跳躍』レベル10

↓『二段跳躍』レベル7

↓『滞空延長』レベル5

●『スキル探知』レベル3

●『危険察知』レベル2

●『裁縫』レベル9

↓『傀儡作成』レベル8

↓『仮想人格憑依』レベル5

↓『傀儡管理』レベル4

↓『巨大化』レベル6
↓『縮小』レベル1
↓『能力付加』レベル2
↓『護符作成』レベル1
↓『アイテムドロップ率アップ』レベル9
↓『特殊効果付与』レベル5
↓『アイテムドロップ率アップ』レベル7
●『調理』レベル7

「……ん？　『隠蔽対象指定』？」

レベルがマックス値の10になっていた『隠蔽』から、新スキルが派生していた。

内容を見ると、文字通り自分以外の対象を『隠蔽』状態にできるスキル。

珍しいアイテムを拾ってくることを期待して放つ、性格「気まぐれ」の傀儡達に使うのにちょうどいいスキルだった。

その他は武器と防具が第6段階に上がっていたり、他のスキルのレベルも上がっていたりして、おおむね順調な成長具合だと思う。

自分以外のプレイヤーのステータスが分からないから、成長スピードが速いのか遅いのかは分からないが。

ともかくステータスのチェックも終わって準備は完了したので、次のダンジョンに行こう。

プレイヤー装備に変更するのと同時に『隠密』を発動させ、ナビに言う。

（「ナビ、『転送』して」）

目的地は藍市、ツインタワー前ゲート。

了解の返事とともに景色が変わり、登録地点の足場が無くなっていることを覚えていた私は『二段跳躍』と『遁行』で人のいない地上に着地。

先日の第二次侵攻で甚大な被害を受けたツインタワー前ゲートまで、物音や土埃を立てないようにしながら『跳躍』で一気に移動した。

ここは被害が大きすぎて、まだゲートのところまで手が入っていない。

見張りもなく、監視カメラがあるようにも見えない、瓦礫の中にただそびえ立つ威圧的な黒々とした鉄扉。

手を当ててぐっと力を込めれば、それは思っていたより簡単に開いた。

中へ足を踏み入れれば、数歩も進まないうちに背後で勝手に鉄扉が閉じてゆく。

「ここは水辺の小路か」

扉を背に周囲を見渡し、ぽつりとつぶやく。

名前は不明だが、藍市のツインタワー前ゲートのダンジョンは、左側に大きな川があり、右側には鬱蒼とした青黒い闇に沈む森があり、見上げれば晴れ渡る空があった。

『心眼』で見てみれば、川にも森にも空にもモンスターがうろついている。

その間にある小路を進んでいけば、いずれどこかから襲いかかってくるだろう。

「よし。行くか」

一通り準備はしてきたのだから、立ち止まっているより試してみよう。

まずは「気まぐれ」の傀儡を三体出し、新スキル『隠蔽対象指定』を発動、（「アイテムを拾ってこい。……行け」）と送り出す。

次は攻撃用と索敵用の傀儡、十二体を出し、スイッチと巨大化をオン。

（「この道を進みながらモンスターを迎撃しろ。深追いはするな。分かれ道、行き止まりがあった場合は一時停止。進行速度は私に合わせろ。……行け」）

そうして私は二つ目のダンジョン攻略を開始した。

Act. 23 魚と鳥の実験

藍市のツインタワー前ゲートから入った、二つ目のダンジョン。

川沿いの小路を歩くそこは、水棲モンスターからの攻撃が多かった。

今のところ私が援護をする必要もなく、ぬいぐるみ軍団がどのモンスターも一撃で仕留めている。

けれど、せっかくなので『傀儡作成』で魚のぬいぐるみを作って、泳がせてみようと思う。

今までは陸を歩くタイプしか作ってこなかったので、そもそも魚型の傀儡がうまく泳いでくれるのか分からないけど。

まあ、分からないことは実験してみよう。

というわけで、二つ目のダンジョンからの帰宅後。

「うーん。実験するなら、ついでに鳥型も作ってみるか」

魚型はパーツが少なかったので、あっという間に三体出来上がった。ので、思いつきの鳥型も作ってみることにする。

だいぶ前に購入したぬいぐるみ作りの本に、鳥の型紙もあったので、それを使って道具屋で買った布を裁断し、縫い合わせていく。

チクチクと針を通し、糸を進ませていく地道な作業だが、性格に合っているのかとても楽しい。

その日は魚三体と鳥二体が完成した。

翌日。

朝食をとりながらテレビを見ていると、政府が先日のＳＮＳ炎上の鎮静に乗り出していた。

珍しく対応が早いのは、それだけこの事態に対して危機感を持っているということだろうか。

具体的には、

「現在政府機関に登録しているプレイヤーへの対応の見直し」

「各機関が個別に登録プレイヤーに対して要請していた、未登録プレイヤーの捜索を全停止」

「様々な分野の人材を集め、未登録プレイヤーへの対応を話し合う有識者会議の発足」

「SNS等でプレイヤーに対して過度な攻撃的発言をする人への注意と、今後、それを刑罰対象とするかどうかの検討」

等をやるそうだ。

それで静かになるかどうかは分からないが、まあ、多少は登録プレイヤーの負担が減るだろう。

登録する気ゼロな私には関係ないニュースだな……、と聞き流したところで、ふと思う。

そういえば最近、この部屋で探査系スキルを受けることが無くなったな、と。

たぶんあれが「未登録プレイヤーの捜索」だったのだろう。

見つからなくて良かった、とほっとしつつ、関係ないと思っていたニュースが意外と身近なものだったことにちょっと驚いた。

ニュースはその後、第二次侵攻の被災地の話に移っていく。

食事が終わったのでテレビを消し、私はダンジョンに行く準備を始めた。

ナビの『転送』地点として登録した、ツインタワー前ゲートのダンジョンの中。

昨日進んだ最終到達地点から探索を再開するべく、まずは昨日と同じように「気まぐれ」傀儡を『隠蔽対象指定』付きで放ってから、ぬいぐるみ軍団を展開。

そして、三体の魚型ぬいぐるみを取り出した。

陸地でスイッチと巨大化をオン。

魚型傀儡はピクリとも動かず命令を待っている。

（「後ろにある川に入って、泳ぎながら私についてこい。会敵したら攻撃しろ。……行け」）

その命令を待っていたかのように体をくねらせて陸地を尾びれで叩くと、しなやかな曲線を描いて三体の魚型傀儡はパシャンと川に飛び込んだ。

私は彼らの動きを『心眼』で追い。

「……お、泳いでるぅ〜！」

初めてぬいぐるみが動いた時と同じくらい感動した。

布と糸とワタの塊が、私が作ったぬいぐるみが、泳いでいる……！

じーん、としばし感動に浸ったところで、ハッと我に返って次の実験に取りかかる。

アイテムボックスから二体の鳥型傀儡を取り出し、スイッチと巨大化をオン。

（「森の上を飛んで索敵しろ。敵を発見したらその場で旋回して報告。空まで攻撃が届く敵がいたら回避し、退避しろ。……行け」）

二体はバサリと翼を広げ、軽やかに飛び立って上空から森を監視する。

「……うわぁ〜！　飛んだぁ〜?!」

自分で作ってスキル発動させて命令した結果だというのに、意味が分からなさすぎて笑う。

なんで布と糸とワタの塊が泳げるの？？？

なんでぬいぐるみが空飛べるの？？？

今さらすぎることにしばらく笑ってから、私はダンジョン探索を再開した。

――ドロップアイテム『ハンマーフィッシュの尾びれ』取得
――ドロップアイテム『ハンマーフィッシュの肉』取得
――２１０Ｅ取得
――ドロップアイテム『レッドボアの核』取得
――２３０Ｅ取得
――ドロップアイテム『ソニックフィッシュの鱗』取得
――１２０Ｅ取得
――ドロップアイテム『ホーンラビットの肉・上』取得
――５５０Ｅ取得
――ドロップアイテム『ブルーシザーフィッシュの角』取得
――ドロップアイテム『ブルーシザーフィッシュの肉』取得
――１６０Ｅ取得
――ドロップアイテム『ハンマーフィッシュの鱗』取得
――２１０Ｅ取得

ｅｔｃ……、ｅｔｃ……

しばらく歩いてみて、ここのモンスターの強さは『翡翠の虚根』の序盤くらいだと分かった。

それと、たまに森から襲ってくるモンスターもいるが、このダンジョンには水棲モンスターの方が多いらしい。

小路を歩く『翡翠の虚根』では主力だったぬいぐるみ軍団よりも、川に放った魚型傀儡の方が、三体しかいないのによく戦っている。

地上より川の中の方が、モンスターの出現率が高いのだろう。

帰ったら魚型傀儡を増やそう、と決めて、一時間アラームを知らせるナビの声で休憩に入った。

Act. 24　無の境地でストレッチ

魚と鳥の動作実験をした日の午後は、まるごと『傀儡作成』を発動させて魚のぬいぐるみ作りに没頭した。

布を用意して型紙をあて、数体分まとめて裁断。

あとは一気に縫いあげていき、ワタと一緒にモンスター素材を詰め込んで完成。

半日集中したら十四体作れたので、ひとまずこれだけあればいいだろう、と満足して道具を片付けた。

〈全プレイヤーへ通達。侵略者《インベーダー》による地上攻撃部隊の接近を探知しました〉

翌日、早朝。

雪柳に「ご飯の時間よ」と指示（物理）され、半分寝たままぼーっとご飯皿にカリカリを入れていたところで、いきなり緑色のルームランプになったナビが言った。

まだ半分寝たままの頭で「はぁ？」と見上げれば、ナビはいつもの淡々とした口調で続ける。

〈探知した『＊＊ル＊＊＊ダ＊』により、現在敵出現予測地点に結界を構築中。これより五分後、ランダムにプレイヤーの転送を行う〉

五分後にランダム転送、と聞いてようやくはっきり目が覚める。

これ前もあったやつ！

ドラゴンに狙われまくって筋肉痛地獄になったやつ！

嫌だー!!　行きたくないよぉー!!

と、心の中で叫びつつ雪柳のご飯皿をカリカリ山盛りにして、目覚ましに水を一杯飲んでからトイレをすませ、顔を洗ってさっぱりしたところで準備体操。

そこまでくると、もう何も考えるまい、という無の境地でストレッチの動作に入る。

地上攻撃部隊迎撃戦は強制参加だ。

侵攻戦の時のようにプレイヤーが戦場を選び、参戦するか否かを決めるような自由はない。

〈現在構築中の結界は、現実に存在するものを完璧に複製した異空間であり、プレイヤー以外の生物は存在せず、破壊されたものは現実に影響しない。転送されたプレイヤーは、使用言語にかかわらず、結界内での他プレイヤーとの対話が可能となる。
この地上攻撃部隊迎撃戦では、モンスター討伐によりランクポイントの取得が可能。
結界は敵部隊の殲滅によって解除され、解放されたプレイヤーは再度別の結界へランダムに転送される。全敵部隊の殲滅完了をもって、地上攻撃部隊迎撃戦の完了とし、プレイヤーを元の地点へ帰還させる。
なお、契約しているチェスマンはプレイヤーとともに転送されるが、結界内で契約が解除された場合、単独で元の地点へ送還される。
同じくナビゲーターが戦闘続行不能と判断したプレイヤーも、元の地点へ送還される〉

前も同じこと聞いたな、と思いながら、やっぱり「地上攻撃部隊を殲滅しねーとお前ら家に帰さねーから」って横暴すぎでは？？？　と、これまた前と同じことを考えるが、黙ってストレッチを続ける。

真夜中に叩き起こされるよりはマシだが、今回も寝起きなのは一緒なので、念入りに体をほぐしておく。

〈時間です、Ｒｘ〉

いつの間にか常の青いルームランプに戻っていたナビが言う。

私はプレイヤー装備に変更し、スキル『隠密』を発動させた。

〈カウント開始。五、四、三、二、一、……〇。転送完了〉

ナビがカウントを終えた時、私はまたもや見知らぬ街に立っていた。

他のプレイヤーの探査系スキルに引っかからないよう、できるだけ物音や土埃を立てないよう気を付けて『跳躍』と『二段跳躍』で外壁を駆けのぼり、近くの建物の屋根の上に立つ。

面倒なので、国名も地名も聞かない。

どうせモンスターを殲滅させたら次の戦場に飛ばされるのだから、現在地がどこの国かなんて気にするだけ無駄だと前回の迎撃戦で学んだ。

ただ、風景を見て風の匂いを感じれば、ここが日本ではないと分かる。

そういえば、前回『転送』されたのも、ランダムといいながらすべて海外の都市だった。

プレイヤーを出身国で戦わせない意図が、いまいち不明だ。

今回もモンスターを閉じ込める結界を構築したというヒトの名前は、よく聞き取れなかったし。

数秒考えて、今すぐには答えを得ようもないことだと気付き、意識を現実に戻す。

ここはすでに太陽が顔を出していて、朝日を浴びる歴史的建造物が独特の威容を誇る。

たぶん地名を聞けば「ああ、ここが」と思い当たるような観光地っぽい感じだ。

が、残念ながら私は観光客ではないので、それらをのんびり眺めている暇はない。

〈敵部隊の出現は、プレイヤー転送から一分後と推測されています〉

前回も聞いたナビのアナウンスを聞き流しながら、地形と状況の把握に集中する。

古い建造物が点在する市街地。所々に開けた場所があり、チェスマンを連れたプレイヤーがそこで待ち構えるべく陣形を組んでいる。

大通りは何本かあるし、小路も数多くあるが、隙間なく隣接して連なる建造物が目立つ。

際立って高い建物はないが、地上よりも屋上が主戦場になると予想したプレイヤー達が何人かいるようで、次々とチェスマンを連れて建物をのぼってきていた。

その中にはすでに探査系スキルを使っているプレイヤーがいるらしく、先ほどから私の『スキル探知』が働いているが、相変わらず「探られている」感はあっても「捕捉された」感はない。

私のスキル『隠密』のレベルがマックス値まで上がっているせいか、他のプレイヤーの探査系スキルには引っかからないらしい。

それでも前回の地上攻撃部隊迎撃戦では、ドラゴン達に見つけられて追われまくったが。

今回はそうならないといいなぁ、と願いつつライフルを構えなおしていると、ナビのカウントが始まった。

〈敵部隊、出現します。カウント開始。五、四、三、二、一、〇〉

カウントが終わるのと同時に街のあちこちに黒い霧、湧きポイントが発生し、その奥からモンスターが飛び出してくる。

前回と同じ展開に、プレイヤーもチェスマンも落ち着いて迎撃を開始する。

私も屋上に出現した湧きポイントから飛び出してきたモンスターを連続して七体撃ち抜き、不意にゾワッと発動した『危険察知』に応じて『跳躍』と『遁行』でその場から離れた。

そしていくらか距離をとって着地し、自分を襲ったものを見て、ええ～？　と思う。

今度はグリフォンにも襲われるの？　マジで⁇

〈敵部隊、出現。第二回地上攻撃部隊迎撃戦が開始されました〉

ふよふよとのんきに浮遊するナビが言うのを聞きながら、はぁ、と諦めのため息をついた私はスコープにグリフォンを捉えた。

第二回地上攻撃部隊迎撃戦、最初の地で行われた戦闘の主戦場は、複数のプレイヤーの予想通り街並みの上になった。

しかしそれは飛行系モンスターが多く出たためではなく、地上に出現した蜘蛛モンスターの特殊技のせいだった。

その蜘蛛モンスターはプレイヤーには見向きもせず、建物と建物の間に巣を張り、地上から屋上まで続く階段のようなものを作ると、巣の中心で硬化して動かなくなったのである。

この支援行動により、飛ぶことができないモンスターも蜘蛛の巣をのぼって地上から屋上へ移動することができるようになった。

もちろん、途中で飛び降りて、地上にいるプレイヤーやチェスマンを頭上から急襲したりもする。

複雑化した戦況に、遅ればせながら蜘蛛モンスターの駆除をしようとしたプレイヤー達は、しかし巣の中心で硬化したそれの防御力の高さに苦戦することになる。

私も隙を見て一発当ててみたけど、素手で金庫をコンコンと叩いた時みたいな、「あっ、これダメだわ」という感触だったし、弾丸は軽く弾かれてしまった。

たぶん硬化した蜘蛛モンスター、物理攻撃特化の防御スキルか、無効スキル持ちなんじゃないかと思う。

魔法を使うことに特化したチェスマンが、炎系の攻撃魔法を連続して当てることで仕留めたところを一度見たけど、その攻撃で消費する精神力が大きいのか、魔法の連続使用には限界があるっぽいし。

今、同じ結界内にいるプレイヤーの中に、炎系魔法を習得している人はいないっぽい。

……これ、わりとヤバいのでは？

前回と同じくドラゴンに追われ、それに加えてグリフォンやキマイラやハーピーなんかにも追われまくりながら、私は思わず遠い目になった。

Act. 25 第二回地上攻撃部隊迎撃戦

空を蹴って『二段跳躍』で強制的に軌道変更。

背後から高速で突っ込んできたグリフォンをギリギリでかわし、『滞空延長』でその場に留まってトリガーを引く。

スコープで照準を合わせている余裕はなかったが、距離が近かったおかげか的中した。

片翼を撃ち抜かれたグリフォンが耳障りな声をあげて墜落していくのと同時に、『滞空延長』が切れた私も落下するが、すぐ真下にある気の流れに『遁行』し、まだ壊れていない建物の屋根に着地する。

「ふー、はぁー」

わずかな間をぬって呼吸を整える。

プレイヤーは身体能力が強化され、生理現象も一時的に止められ、疲労を感じにくくなった、戦うための肉体《どうぐ》を与えられている。

だが、常に動き続けることを強いられれば息は乱れる。

「ッ⁉」

スキル『危険察知』が発動。

背後からきた攻撃を『跳躍』と『遁行』で回避し、着地した別の建物の屋根の上からライフルを構えてトリガーを引く。

私に急襲を仕掛けて失敗し、逆に急所を撃ち抜かれたハーピーが色を失って砕け散った。

第二回地上攻撃部隊迎撃戦が始まってからどれくらいの時間が経過したのか。

まだ三十分くらいしか経っていないような気もするし、もう数時間経っているような気もする。

確かなことがあるとすれば、プレイヤー側が苦戦しているということだ。

結界内では使用言語にかかわらず、すべてのプレイヤーが対話可能になる、という仕様のおかげで、プレイヤーやチェスマン達の、苛立ちと焦りのこもった怒声や罵声がよく聞こえる。

蜘蛛モンスターが地上から屋上にのぼれるよう街中に巣を張り、戦闘フィールドを広げたせいで、プレイヤーとチェスマン達が対応しきれず罵り合いになっているらしい。

まあ、性別も年齢も、出身国も社会的地位も、生い立ちもプレイヤー契約をした理由も。

何もかもが違うプレイヤー達を見知らぬ土地に強制転送して「協力しろ」というのは、だいぶ無理のある話だ。

プレイヤー同士で協力するのは無理だとしても、炎系魔法が使えるチェスマンは落としてくれるなよ、と思う。

現状、硬化した蜘蛛モンスターに対する唯一の有効戦力だ。

蛇の尾を撃ち抜いたキマイラの背に『遁行』と『跳躍』で着地し、氷魔法『アイスフィールド』を発動。

氷漬けになって砕け散ったそれから『二段跳躍』で離れ、『遁行』で他のモンスターと距離をとる。

が、そこに突っ込んでくるレッドドラゴン。

『危険察知』のおかげで回避はできたが、わりと深刻に休む暇がない。

ほんの一時、呼吸を落ち着ける時間が確保できれば――

……ん？

（「……ナビ、今って『結界』の展開、できたりする？」）

〈現在地は特殊な隔離空間です。ナビゲーターの機能は一部使用不可となっています。使用不可となっているサポート機能は、『結界』、『転送』、の二つです〉

襲ってくるレッドドラゴンから逃げながら、やっぱりか、と遠い目になる。

最初からさほど期待はしていなかったが、地上攻撃部隊迎撃戦、過酷すぎない？

死ぬまで休息無しで戦えって、平和ボケした日本人にはとくに鬼畜じゃない？

だいぶ昔に二十四時間戦えるサラリーマンがいたらしいけど、そういうのはもう絶滅したと思うよ⁇

文句を言う暇もないので心の中で愚痴って、氷魔法の効きが悪いレッドドラゴンに、至近距離から『チェーンシードアローⅡ』発動。

緑の矢が二本現れて放たれ、当たった所からツルが爆発的な勢いで伸びて拘束しようとする。

しかしレッドドラゴンに触れたところから焼け焦げたように黒ずみ、巻きついて拘束する前に炭化していってしまった。

足止めにもならなかったことに小さく舌打ちし、次に『ドレインフラワーⅡ』を試してみたが、これも体に埋まった種が、かろうじて芽を出したところで炭化して力尽き、花を咲かせるところまでいかなかった。

ちなみに『ドレインフラワーⅡ』も二つ出てきていた。

どうやらⅡが付いたことで、『チェーンシードアローⅡ』も『ドレインフラワーⅡ』も、一度に放てる数が一つ増えたらしい。

と、それは置いておくとして、やはりレッドドラゴンに緑魔法は効かないようだ。

氷魔法も、前回試して効果が低いことが分かっている。

となれば、残るはライフル連発のみである。

レッドドラゴンに捕まらないよう、『跳躍』と『二段跳躍』と『遁行』を駆使し、可能な範囲で距離を取りながらひたすらにライフルで撃つ。

　地味な戦い方だしレッドドラゴンは怒り狂ってめちゃくちゃ追いかけてくるという、しんどいやつである。

「……終わってないけど、終わった」

　そうしてどうにかレッドドラゴンを地道に倒した時には、もう肩で息をしながら、屋上の物陰に倒れこみそうなくらい消耗していた。

　前回の地上攻撃部隊迎撃戦の時より、ドラゴンのステータスが上がっている気がする。

　第二次侵攻で楽々倒せたドラゴンとは、まったくの別物だと考えた方がいいだろう。

　おまけに他の飛行系モンスターも交ざって攻撃してくるから、『危険察知』で回避できるとしても、攻撃のリズムを崩され、対ドラゴン戦に集中できないのが面倒だ。

　かといって、他の飛行系モンスターを先に倒そうとしても、そこにドラゴンが突っ込んでくるから、結局は乱戦になる。

　なんという面倒くさい状況なんだ……

　前回と同じく、他のプレイヤーもそれぞれ襲ってくるモンスターに対応するので手一杯で、ドラゴンに手出ししようとする人はいなさそうだし。

「一個ずつ、片付けてくしかないな」

　ようやく呼吸を整え、意識を切り替えてそうつぶやいた時、『危険察知』が次の敵を報せた。

真上。

後ろ向きに『跳躍』し、急襲を回避しながら狙いもつけずにライフルを撃つ。

背中を撃たれたグリフォンが怒りの咆哮をあげ、少し離れた場所で別のプレイヤーと戦っていたグリーンドラゴンがその声を聞いてこちらを向くのを肌で感じる。

同時に背後からハーピーの急襲がくるのを『危険察知』が報せる。

すべてが同時に進行していくが、呼吸を整え、意識を切り替えた私は一つ一つ、対処していく。

『二段跳躍』と『遁行』で他のプレイヤーのいない建物の屋根に着地。

今度はスコープでグリフォンを捉え、急所に三連発、撃ち込んで仕留める。

その間に猛スピードで追いかけてきたハーピーは、ギリギリのところまで引き付けて『アイスウォール』に激突させる。

頭から氷壁に激突し、建物の屋根に落ちて傾斜を転がっていくのを、これもまた冷静にスコープで捉え、急所に二連発。

砕け散る半透明の破片を視界の端に、猛然と突撃してくるグリーンドラゴンへ『アイスアロー』を叩き込み、怯んだ隙をついて『跳躍』と『二段跳躍』でその背中に着地。

『アイスフィールド』、発動。

緑系モンスターには氷魔法がよく効く。

氷漬けになり、そのまま真下へ落下していくグリーンドラゴンの背中を蹴って『跳躍』。

近くにあった気の流れに『遁行』し、近くの建物の屋根に着地するのと同時にライフルを構える。

ピシピシ、とひび割れていく氷の向こうにあるグリーンドラゴンの左眼と、スコープ越しに視線が結ばれた瞬間、トリガーを引いた。

口元はいまだ氷から解放されていなかったらしい。

グリーンドラゴンは断末魔の悲鳴もなく、氷漬けにされたまま砕け散った。

「これで四体。……ドラゴンは全部仕留めたか？」

最初に『心眼』で視た時、ドラゴンは六体いたはずだ。

今は超大型モンスターはいなさそうだから、私が四体仕留めている間に、他のプレイヤーが二体仕留めたのだろう。

まだ残っている飛行系モンスター、キマイラとハーピーを撃ち落としながら、地上から蜘蛛の巣を上ってくるモンスターにも注意を払う。

対空戦が終わったなら、次は地上戦だ。

まず、戦闘フィールドを広げる厄介な蜘蛛モンスターをどうにかせねばならない。

だが唯一有効な炎系の魔法を、私は取得していない。

さて、どうすべきか。

最後の一体となった飛行系モンスター、ハーピーが近くの建物から跳んだプレイヤーの長剣に刺し貫かれ、砕け散って消えていくのを眺めながら思案する。

炎系の魔法は有効……

場所を移動し、近くで巣を張って硬化している蜘蛛モンスターをスコープ越しにじっくりと観察してみるが、急所らしきところが見つからない。

やっぱり物理攻撃特化の防御スキルか、無効スキル持ちなんだろうか。

単純に硬いだけなら同じ所に連続して攻撃を当て、弱らせて強引にぶち抜く一点集中攻撃で押し切れるだろうが、無効スキル持ちの場合はどうにもならない。

物理無効なら、やっぱり炎系の魔法……、……あ？

（「ナビ。今、武器変更って可能？」）

〈可能です〉

（「焼《しょう》夷《い》弾《だん》を撃てるグレネードランチャーに変更したい」）

〈変更完了しました〉

仕事早いな。

さて、これで炎系の魔法の代わりに蜘蛛モンスターを燃やせたら大成功なんだけど。

というわけで、さっそく一発ぶち込む。

人工炎魔法、焼夷弾の威力はどうかな？

「うわぁ……。めっちゃ燃えるぅ……」

効果は抜群だ！　って感じの光景を見おろし、私は何とも言えない顔になった。

だって凄まじい勢いで燃え上がる炎に巻きつかれて巣の中心から転げ落ちたうえ、地上をゴロンゴロン転げまわりながら黒焦げになって炭化して、ようやく動かなくなったところで砕け散る蜘蛛モンスター、わりとエグい。

いやでも敵だし。

モンスターだし。

まあ、いいか。

わりとすぐに割り切れたので、『跳躍』と『遁行』で次の蜘蛛モンスターを探し、発見したら即座にグレネードランチャーで焼夷弾をぶち込む、のを繰り返す。

ライフルの撃ち方と同じで、グレネードランチャーの扱い方も、習ったこともないのに〝体が知っていた〟から、何の問題もない。

プレイヤーになった時、一通り武器の扱い方を刷り込まれたのだろうか。

しかしこの焼夷弾、蜘蛛モンスターに炎が効果高いことを考えても、一発で倒せるの凄いな？

（「ねえ、ナビ。なんで他のプレイヤーはグレネードランチャー使わないの？　蜘蛛モンスター、これならすごい楽に狩れるのに」）

〈変更可能な武器の種類はランクアップによって増加します。武器『グレネードランチャー』はランク8から選択が可能です。この結界内に転送されたプレイヤーはランク8に到達していても武器『グレネードランチャー』への変更を行っていない、あるいはＲｘの他にランク8到達者が存在しない、等の理由が推測されます〉

（「えぇえ？　その情報、初耳なんですけど。ランクアップで、変更可能な武器の種類が増える？　ってことは、初期ランクが低いと選べる武器がだいぶ少ない……？　え。なんでこれ私知らなかったの？」）

〈プレイヤー契約の後、初期装備を選択される際に提供した情報に含まれています〉

（「そりゃ覚えてないわ」）

即、納得した。

プレイヤー契約後、初期装備の選択をしていたのは、第一次侵攻がすでに始まっていると知らされた直後のことである。

あの時はとにかく大慌てで、戦える状態に装備を整えることで頭がいっぱいだった。

そんな状況で細かい話まで覚えていられるほど、私の基本スペックは高くない。

ナビは説明したのかもしれないが、大慌てだった私は今必要な情報ではないと判断して聞き流し、そのまま忘れたんだろう。

声は出さずにナビと話してそんなことを考えつつ、身体は動かして着々と蜘蛛モンスターを仕留めていく。

そして結界内の蜘蛛モンスターをすべて倒すと、残りのモンスターは他のプレイヤーに任せて少し休むことにした。

まだ無事な建物の高層階にあるベランダの陰に身を隠し、呼吸を整える。

そうしてほっと、気を緩めた瞬間。

――――……ッ⁉

何かが、起きた。

Act.26　無意識の攻防の結果と、質問

その時、何かが起きたことは確かだ。
けれど、何が起きたのか、私には理解できなかった。
ただ私の無意識が、本能が吠えた。
——またか！
それは激怒していた。
次に、嗤《わら》った。
——今度は私が喰ってやる!!
そして、何も分からなくなった……

ふと目が覚めた時、顔の真横におだやかに呼吸する白い塊があった。
考える間もなく名が浮かぶ。
雪柳。
じゃあ、ここは私達の家。
ペット可物件、三年暮らしたマンションの部屋だ。

「……」

かすかに口を開けたが、声は出ず、か細い息がこぼれただけだった。

静かな部屋で、聞こえてくるのは雪柳の寝息だけ。

ひどく体が重たくて、指一本、動かすことができなかった。

ぼぅっとしたまま、ため息をつくように瞼を閉じた。

また、意識が暗闇に沈んだ。


次に目を覚ました時、自分の状態がいつも通りに戻っていることを感じ取ってホッとした。

同時に、どれくらい眠っていたのか気になり、寝室に雪柳の姿が見当たらないことに焦った。

「雪姉さん？」

ベッドから降りて隣の部屋へ行き、ぐるりと見回したが白い毛並みは見つからない。

「雪姉さん、どこ？」

呼びかけながらお気に入りスポットであるコタツの布団をめくれば、ようやく目当ての色が見つかった。

世界で一番美しい、黄金。

「……騒いでごめん。ただいま、雪姉さん」

雪柳は小さく「にゃあ」と鳴き、くあ、とあくびをして、瞼を閉じた。

それを見て体から力が抜けるのを感じ、自分が緊張状態にあったことに気付く。

そうしてようやく、目を覚ました時にはいつも通りだと思ったが、いつもより体が重く、頭がぼんやりして、食欲がないのを自覚する。

典型的なストレスによる症状だ。

何があったのか、よく覚えていないのだが。

たしか、第二回地上攻撃部隊迎撃戦という強制イベントにいきなり転送され、飛行系モンスターを片付けた後にグレネードランチャーで蜘蛛モンスターを焼き払ってから、物陰で休もうとした、はずだ。

「……頭、痛い」

思い出そうとすると、頭に鈍い痛みを感じる。

無意識が「思い出すな」と警告を発しているみたいに。

「お風呂に入って、コタツでゆっくりご飯食べよ……」

今の私は、前の私とは違う。

頑張る、ということができない。

だから、今できることだけ、ゆっくりと、やる。

とくにこんなふうに弱っている時はなおさらだ。

自分に過負荷をかけてはいけないのだと、この三年で学んだ。

〈Rx。報告事項があります。よろしいでしょうか?〉

空になっていた雪柳のご飯皿にカリカリを盛り、水を替えて。

お風呂に入って髪を洗い、体を拭いて楽な服に着替えてゆるめの卵粥を作りながら、ドライヤーで髪を乾かし。

雪柳に足が当たらないようコタツに入って、出来上がった卵粥を食べる。

テレビもつけずにぼうっとモグモグしている私に、ずっと無言でついて回っていたナビが言った。

正直、最近その存在に慣れすぎて、そこにいることを忘れていた。

(「うん。なに?」)

発声無しに応じれば、ふよふよとナビが私の視界に入るところへ浮遊して移動する。

いつ見ても青いルームランプ……

〈第二回地上攻撃部隊迎撃戦でのランクアップにより、Rxはランク4になりました。これにともない当機のサポート機能『身体能力制限解除《ギアス・リリース》』、『特殊スキル取得支援』、以上の二つが新たに解放されました〉

……ん? んんん?

私のランクって、6じゃなかったっけ?

第二回地上攻撃部隊迎撃戦は途中退場したっぽいし、最初に転送された所でしか戦ってないからランクアップに必要なポイントが大量取得できるわけない、はずだ。

それなのに、なんでいきなりランク4になってるの?

〈『身体能力制限解除《ギアス・リリース》』は、身体能力の更なる強化を行う機能です。対価として、一回の使用につき１００，０００Ｅの支払いが必要です。なお、このサポート機能は隔離された特殊空間内においても使用することが可能です〉

高っ！

……というか、システム内通貨を対価に、身体能力の強化をするサポート機能って、何だ？

どうしてシステム内通貨がそれの対価になりえるんだ？

しかも、制限解除ってことは、今まで私の身体能力は何かしら制限を受けてたってことか？

プレイヤー装備の私、マジでゴリラ並みなんだが、それ以上って何？

どっかの映画に出てくる怪獣かな？？？

疑問だらけの私にかまわず、ナビは淡々と説明を続ける。

〈『特殊スキル取得支援』は、プレイヤーが現在取得可能な特殊スキルの一覧を提示し、その取得をサポートする機能です。その他、『結界』展開可能回数は、一日に九回、展開持続限界は四十五分間、面積はレベル9相当になりました。『転送』は、転送先六ヶ所の登録が可能です。

以上、ランクアップによる当機のサポート機能の解放についてのナビゲートを終了します〉

えええ……？

うちのナビゲーターのナビゲート、雑すぎでは……？

だいぶ冷めてきた卵粥を食べながら、やれやれと肩を落とす。

でもまあ、いつも通り、できることを一つ一つやっていこう。

コタツの上に置いてあるメモ帳とペンを取り、頭の中にある疑問を書き出す。

元気な時ならこの手間を省いていきなり質問するけど、今それをやると、途中で何を聞きたかったのか忘れそうなので。

えーと、分からないことは……

・第二回地上攻撃部迎撃戦は終わっているのか？
・第二回地上攻撃部迎撃戦の時、何かが起き、気付いたら自宅のベッドにいた。あの時、何が起きたのか？
・プレイヤーとしては途中退場になったはずだが、それはどう処理されているのか？
・前回と比べて、大量のモンスターを倒したわけでも、超大型のモンスターを複数倒したわけでもない。それなのに、なぜランクが一気に6から4にアップしたのか？
・『身体能力制限解除《ギアス・リリース》』で強化された時、どれくらいの身体能力になるのか分からない。一度、試しにやってみたいが、対価が高額すぎる。初回のみE割引、等はないか？
・『特殊スキル取得支援』で私が取得できる特殊スキルの一覧を見てみたい。
・「取得可能な特殊スキルの一覧」が出せるのなら、「選択可能な武器の一覧」も見たいのだが、そちらは出せるのか？

とりあえず、この七つくらいだろうか。

意外とたくさんあったな、と思いつつ、卵粥を食べ終えた私はお茶を飲みながらナビを呼んで質問開始。

まず一つ目。

・第二回地上攻撃部迎撃戦は終わっているのか？

〈第二回地上攻撃部迎撃戦はプレイヤー側の勝利で終結しています〉

そりゃあ良かった。

じゃあ次。

二つ目。

・第二回地上攻撃部迎撃戦の時、何かが起き、気付いたら自宅のベッドにいた。あの時、何が起きたのか？

〈Ｒｘは外部からの干渉を受け、極度に消耗しました〉

〈「外部からの干渉？　外部ってどこから？　干渉って、具体的には何をされたの？」〉

〈その情報は当機のデータベースには存在しません〉

うーむ？

「外部からの干渉」と、それによる「極度の消耗」は話せるのに、それ以上は無理なのか。

それじゃあ次だ。

三つ目にいこう。

・プレイヤーとしては途中退場になったはずだが、それはどう処理されているのか？

〈極度の消耗により、Ｒｘは意識を失いました。当機はこれを戦闘継続不能と判断。この判断により結界から元の地点へ送還され、休息が必要であると判断した当機がベッドに移動させました〉

（「マジか。今の季節だと床で倒れっぱなしはヤバかっただろうから、ナビがベッドに運んでくれて助かったわ。ありがとう」）

〈当機は契約したプレイヤーのサポートをするのが役目のナビゲーターですので〉

（「うん。いつもありがとね」）

いつ見ても青いルームランプだが、世話になっているのは確かだ。

礼を言って、次の質問に移る。

四つ目。

・前回と比べて、大量のモンスターを倒したわけでも、超大型のモンスターを複数倒したわけでもない。それなのに、なぜランクが一気に6から4にアップしたのか？

〈その情報は当機のデータベースには存在しません〉

（「どう考えてもさっきの〝外部からの干渉〟とかいうのと関係あると思うんだけど。こういうことって、よくあるの？」）

〈その情報は当機のデータベースには存在しません〉

んんん。

ガードが固いんだよなぁ～。

どうしたものか、と考えて、ふと別のことが気になった。

（「そういえば、ナビ。今回もたくさんポイント取得した上位五人のプレイヤー名公開って、あったの？」）

〈はい、Ｒｘ。今回もランクポイント取得合計値の上位五名のプレイヤー名がナビゲーターに通知されています。表示しますか？〉

（「ん。見せて」）

〈はい、Ｒｘ。こちらが上位五名のプレイヤー名です〉

空中に表示されたプレイヤー名に、前回と同じ名は一つも入っていなかった。

戦闘中に意味不明なことが起きて気絶したのは嫌だし不気味だし、二度とあってほしくないが、このリストから私のプレイヤー名が消えたことだけは良かったと思う。

たとえ見つからないとしても、テレビやネットで騒がれたり捜されたりするのは嫌だ。とりあえず今回はテレビでプレイヤー名を読み上げられたりしないだろうと安堵して、この質問についてそれ以上の情報を得ることは諦めた。

同時に、この上位リストに私のプレイヤー名が無いということは、今回のランクアップは地上攻撃部隊迎撃戦とは別の要因で起こったものなのだろう、と察した。

さて、次の質問にいこう。

Act．27　質問の続きとステータスのチェック

質問、五つ目。

・『身体能力制限解除《ギアス・リリース》』で強化された時、どれくらいの身体能力になるのか分からない。一度、試しにやってみたいが、対価が高額すぎる。初回のみＥ割引、等はないか？

〈割引はありません。ですがプレイヤーが希望した場合、一度だけ、隔離空間で試行体験を行うことが可能です。この時、Ｅの支払いを求められることはありません〉

ナビはあっさりと答えた。

聞いてみるもんだな、と思う。

まさか無料で体験させてもらえるとは考えてもみなかったが、たぶん、対価が高額過ぎて、そうしなければ誰も使おうとしないからだろう。

私も実際に体験してみてから、実戦で使うかどうかを考えよう。

さて、次だ。

六つ目の質問。

・『特殊スキル取得支援』で私が取得できる特殊スキルの一覧を見てみたい。

〈はい、Ｒｘ。現在Ｒｘが取得可能な特殊スキルの一覧を表示します〉

（「……んー。わりと少ないね？」）

表示された一覧に書かれていた特殊スキルは、十個。

●『冥道《めいどう》視《し》眼《がん》』
●『曲射』
●『跳弾』
●『天《てん》駆《く》』
●『滞空』
●『縮地』
●『傀儡感覚共有』
●『傀儡遠隔操作』
●『エキス抽出』
●『エキス調合』

〈取得可能な特殊スキルは、Ｒｘの現在のステータスにあるスキルの中から、条件を満たし、派生させることができるもののみとなります。より多くの特殊スキル取得を希望される場合は、基礎スキルのレベル上げを推奨します〉

へー、と聞きながら、どんな特殊スキルなのか、タップして詳細を見る。

『曲射』と『跳弾』は武器スキル『ライフル』から派生したもので、文字通り、撃った弾を曲げたり跳ねさせたりして、方向を変える特殊スキル。

『天駆』は『跳躍』から派生したもので、『二段跳躍』の完全上位互換バージョンだ。回数制限無しに、自由自在に空を駆けまわることができる。

等々、確かに基礎スキルからの派生で出てきたものらしい。

取得には「〇〇スキルを〇レベルまで上げること」という条件を満たし、「Ｅの支払い」をすればいいらしい。

今回よく出てくるな、システム内通貨、Ｅ……

取得したい特殊スキルについては後でじっくり考えるとして、最後の質問。

七つ目。
・「取得可能な特殊スキルの一覧」が出せるのなら、「選択可能な武器の一覧」も見たいのだが、そちらは出せるのか？
〈Ｒｘが現在選択可能な武器について、一覧を表示させることはできません。質問された場合、答えることは可能です〉

マジかぁ～。

じゃあ一覧が欲しかったら自分で武器の種類を書き出して、一つずつ選択可能かどうかナビに聞くしかないの？

そんな面倒なこと、やる気ゼロなんですけど。

……まあ、やる気もないし、これについては忘れよう。

グレネードランチャーの時みたいに、必要になったら選択可能かどうか確認して、可能なら変更してもらえばいいだけだし。

（「ん。とりあえず質問終わり。ありがとね、ナビ」）

〈はい、Ｒｘ。必要な時はお声がけください〉

（「うん。そうさせてもらう」）

話を終えるとナビはまたふよふよと浮遊し、私の視界から外れた。

『心眼』を使わなくても、背後の少し離れた所で待機していることは知っているので、気にせずお茶を飲み、テレビをつけた。

「再び起きた地上攻撃部隊迎撃戦、ナビゲーターによると今回は〝第二回〟ということなのですが、詳しい内容をコメンテーターの――」

今回もテレビは地上攻撃部隊迎撃戦について報道していて、前回と同じくポイント取得上位五名のプレイヤーについて特集していた。

第二回の上位五名は全員、どこの国の誰なのかが明らかになっていて、それぞれの所属国がプレイヤーへのインタビュー映像をネット上に公開。

テレビではこの映像が繰り返し流され、コメンテーターが「強いプレイヤー」＝「軍事力」になりつつあり、各国が自国の保有する軍事力《プレイヤー》をアピールするために行われたのがこのインタビューではないか、と話していた。

プレイヤーが、通常兵器がまともに効果を発揮しないモンスターに対する有効な戦力であることは前から分かっていることなのに、なぜ今さらそんな話が出てきたのか、私には理解できなかったが、とりあえず自分のプレイヤー名が出ていないことにホッとした。

そしてついでにネットを覗いてみると、五人の中でどのプレイヤーがカッコいいか、で大勢の人が盛り上がっていて、そののん気さに苦笑した。

まあ、ここしばらく第二次侵攻の被害とか復旧作業とかで暗いニュースが多かったから、こうして息抜きができるなら、その方がいいのかもしれないが。

さて、一服したら、今度はステータスのチェックだ。

ステータス画面を開く。

私の現在のステータスは――

プレイヤー名：　Rx
ランク：　4
武器：　第6段階　タイプ『グレネードランチャー：焼夷弾／黒』
防具：　第6段階　タイプ『敏捷・ステルス優先／黒』
◆武器スキル
●『グレネードランチャー』レベル2　↓『威力強化』レベル2
◆防具スキル
●『消音』レベル10　↓『隠蔽』レベル10
　↓『静寂迷彩』レベル1
●『高速移動』レベル1
◆装備品

・瞬足のイヤーカフ（速度アップ［大］）
・探知透過のペンダント（モンスターの索敵とプレイヤーの探査系スキルに発見される確率の低下［中］）
・忍の腕輪（『隠密』消費精神力60％軽減）
・剛腕の指輪（攻撃力アップ［大］）
・万華鏡のアンクレット（被ダメージ反射［発動確率・中］）

◆特殊スキル
●『氷魔法』レベル5　↓『アイスアロー』レベル4
　↓『アイスウォール』レベル5
　↓『アイスフィールド』レベル4
●『緑魔法Ⅱ』レベル3　↓『チェーンシードアローⅡ』レベル3
　↓『ドレインフラワーⅡ』レベル3
　↓『グラスフィールドⅡ』レベル2
　↓『ガーデン・オブ・ジ・エンド』

◆補助スキル
●『隠密』レベル10　↓『心眼』レベル10　↓『遁行』レベル9
　↓『鑑定』
　↓『隠蔽』レベル10　↓『分身作成』レベル1

↓『隠蔽対象指定』レベル1

↓『透過』レベル3

●『跳躍』レベル10　↓『二段跳躍』レベル8

↓『滞空延長』レベル6

●『スキル探知』レベル4

●『危険察知』レベル4

●『裁縫』レベル9　↓『傀儡作成』レベル8　↓『仮想人格憑依』レベル5

↓『傀儡管理』レベル4

↓『巨大化』レベル6

↓『縮小』レベル1

↓『能力付加』レベル2

↓『護符作成』レベル1

↓『アイテムドロップ率アップ』レベル9

●『調理』レベル7　↓『特殊効果付与』レベル5

↓『アイテムドロップ率アップ』レベル7

おや。

武器がグレネードランチャーのままになっている。

あれを通常武器にするつもりはないので、ナビに言って変更。

武器：　第6段階　タイプ『ライフル／黒』

◆武器スキル

●『ライフル』レベル10　→『鷹の目』レベル10
　　　　　　　　　　　→『追尾』レベル1

いつもの『ライフル』に戻すと、レベルがマックス値の10になっていて、新スキル『追尾』が派生していた。

他にも防具スキルがレベルマックスになり、新スキル『静寂迷彩』が派生。他にもスキル『高速移動』を新たに取得。

漢字で何となく分かるが、詳細を見てみる。

『追尾』は任意の弾に追尾性能を付加できる。

『静寂迷彩』は『消音』の強化バージョンで、自分がそこにいないかのようにあらゆる音を誤魔化してくれる。

『高速移動』は今までより速く動けるようになる。

……素朴な疑問。

『追尾』ってどれくらい曲がるんだ？

『曲射』とは違うのか？

まあ、元気になったらダンジョンで試してみよう。

しばらくは休みたいから行かないけど。

「あ、道具屋」

ランクアップすると商品数が増える道具屋を思い出して見てみると、相変わらず絶好調だった。

「うわぁぁ……。パンツ買えるようになってるぅ……」

今回は食料品のラインナップが増えた他に、衣服と家具の項目が追加されていた。

なので買えるようになったのはパンツだけではないのだが、なんとなく「モンスターを狩って得たお金でパンツが買える」ことになった、この状況のシュールさに、何とも言えない顔になる。

「道具屋の快進撃が凄すぎる。ランク１になったら家も買えるようになるのでは……？　……ん？　なんだこれ、『良質な針』？」

衣服と家具、新しくラインナップに加わった食料品を見てから、いつも『傀儡作成』で使っている布と糸を見てみると、こちらも新商品があった。

『良質な糸』や『良質な布』などの、『良質』シリーズだ。

これは裁縫道具だけでなく、調理道具でも新商品として並んでいたので、Ｅの残金を見て全部買い替えることにした。

結果、かなりの散財になったが、必要な投資だと思って割り切る。

「新しい針と布で、ぬいぐるみ作ってみよ」

心身ともに疲れきっているので、外に出る気はゼロ。

テレビをつけても迎撃戦の特番ばかりで心癒やされる系の番組はやってないから、持っている映画のDVDを流しながらぬいぐるみを作って気分転換をしようと思う。

『身体能力制限解除《ギアス・リリース》』の無料体験とか、特殊スキルの取得とか、やった方がよさそうなことはあるが、今はみんな後回しだ。

「DVD、何にしようかな～」

テレビ台の中にしまってあるたくさんの映画の中から、ひょいひょいと目についたパッケージを取り出してコタツの上に積みあげ、たまたま手にしていたものをDVDプレーヤーに入れる。

そうして再生されはじめた映画を見もせず聞き流しながら、裁縫道具を取り出して『傀儡作成』スキルを発動させた。

Act. ??　*戯****ろ***

「駒一つごときに、またずいぶんと削られたものだな、エクルーズローダー卿」

からかう様子はなく、むしろ感心した口調で女が言った。

欠けた左腕の袖が揺れ、迷惑そうな表情を隠しもせず少年は答えた。

「この程度、じきに戻る。わざわざそれを言いに来たのか？　グリンデルト卿」

「まさか。私とてそこまで暇ではないよ」

長い回廊の途中、柱に寄りかかって休んでいた少年の、それでも微塵も揺らがない強い眼差しに、珍しく女は真面目な顔で唇を開く。

「主があの遊戯盤に制限をかけられた。今後、あの世界に触れられるのは私と坊や、それにアングレイヴィス卿だけだ」

遊戯盤に介入する際、枢機卿は主からその世界への接続路《リンクルート》を与えられる。

これがあることで、枢機卿は興味を持った駒にマーカーを付け、その動きを追ったりすることができるようになるのだ。

グリンデルト卿が今あげた三名は、かの世界に繋がる接続路を持つ枢機卿だった。

そして制限がかけられた今、他の枢機卿にその権限が与えられることはなく、かの世界で何が起きているのか知ることもできない。

「当然の処置だな」

あっさりと応じた少年に、グリンデルト卿の眉がくっと吊り上がって不快を示す。

「……エクルーズローダー卿。ログを見たが重要な部分は完全に破損していて、復元することができなかった。枢機卿がそこまで削られるなど、前例の無い異常事態だ。あの駒はいったい何をした？」

枢機卿と駒では、そもそも存在している場が違うのだ。

通常であれば、駒が枢機卿に対して危害を加えることなどできない。

しかし、その「通常」が壊され、駒が枢機卿を「削る」という想定外が起きた。

この異常事態に強い不快感を抱くグリンデルト卿に対して、実際に被害を受けたエクルーズローダー卿は冷静だった。

「あの駒が原因であると、確信しているのだな、グリンデルト卿。僕があの駒に接触することを知っていたとしても、通常の思考であれば、駒ごときに枢機卿へ干渉する力は無いと判断するはずだ。卿はなぜ、僕の状態があの駒のせいだと考えた？」

「それはもちろん……、……？」

即座に答えようとして、しかし声が途切れる。

今、自分が言おうとした言葉を、急に取り上げられたかのように。

何が起きたのか理解できず、まばたくグリンデルト卿に、エクルーズローダー卿が頷いた。

「それが答えだ。貴殿も、僕も。そしておそらくアングレイヴィス卿も。あの駒について知るには階位が足りていない」

「まさか！　駒と枢機卿だぞ？　階位にどれだけの差があると思っている?!」

驚きに大きくなったその声に、淡々とした答えが返る。

「貴殿が見たログ。破損が起きたそこで、僕はあの駒に対して精神接続による内部精査を試みた。しかし逆に、そこにあった『欠落』に呑まれそうになった。

貴殿は僕を見て〝削られた〟と言ったが、正確には〝喰われた〟のだ。

そして僕がその欠落に喰われ、この身の六割を失った時、主が強制介入によって僕達の接続を切断し、こう仰られた」

グリンデルト卿の大きく見開かれた瞳に、少年が告げる。

「あの欠落は侵蝕されて戻らぬ永遠の虚《うつろ》。通例であれば耐えきれず死ぬはずが、どうしてか生きのびて、今も無自覚に生きている。

――――これは『ありえない残骸《ざんがい》』だ、と」

Act．28　新サポート機能の無料体験

気がつけば、五月中旬。

我が家にはまだコタツがあり、今日もスイッチを入れていないそこに雪柳がもぐっている。

晴れた日は真夏のように暑くなることもあり、そろそろコタツ布団を片付けてもいい季節になってきたが、私は雪柳がコタツにもぐる回数が減ってきた頃に片付けるので、毎年だいぶ遅くなる。

今年もそうなりそうだな、と思いながら、『良質な針』で『良質な布』をするすると縫い合わせていく。

第二回地上攻撃部隊迎撃戦から、数日。

ランクアップによって新しく売り出された裁縫道具があまりにも使いやすくて、私はずっと家に引きこもってぬいぐるみを作っている。

新商品の『良質』シリーズの布には属性付きもあったけれど、今のところ一番安い属性無しの布で量産中だ。

属性付きの布はちょっと高かったし、「火属性には強いけど緑属性には弱い」みたいな、長所と

短所がセットになってるやつしかなかったので、結局のところ属性無しのが使いやすそうな気がしたからだ。

今はまず、属性無しの布で『傀儡作成』のレベル上げをすることを優先する。

そして特定の属性モンスターが大量にいるダンジョンに行く時になったら、その属性に対する耐性持ちのぬいぐるみを作るのが効率的だろう。

そうしてぬいぐるみを作る合間に、裁縫道具と一緒に新調した調理道具も使ってみたくて、いくらか料理もしている。

こちらも道具が『良質』シリーズになったおかげか、材料は前と変わらないのに、付与される効果が上がってより美味しくなった。

そんな数日を過ごしてぬいぐるみを量産していると、『傀儡作成』と『仮想人格憑依』のレベルが上がった。

『仮想人格憑依』レベル6で新しく選べるようになった性格は二つ。

一つ目は「ドジっ子」。

基本的に命令に従順だが、ドジなのでよく失敗する。しかし、たまにクリティカルヒットを出したり、倒したモンスターから珍しいアイテムがドロップする。

二つ目は「戦闘狂」。

スイッチを入れた瞬間、モンスターを探して爆走する。破壊されるまでモンスターを探し、戦う。誰の命令も聞かないが、攻撃対象はモンスターのみ。

どちらも面白そうな性格だったので、何体か設定した。

性格「戦闘狂」の鳥型傀儡とか、次に大規模な戦闘があったら、放つだけで勝手に飛行系モンスターを狩りに行ってくれそうだな、と思って期待している。

命令を聞かなくても、攻撃対象がモンスターのみなら、他のプレイヤーやチェスマンに迷惑をかけることはないだろう。

「お。雪姉さん、起きた？」

コタツから出てきた雪柳がウロウロと部屋中を歩き回った後、私が裁縫道具を広げている机の上に飛び乗った。危ないので、『傀儡作成』を中断して針とハサミをすぐに片付ける。

雪柳は暇なのか、作りかけのぬいぐるみをペシペシと前脚で叩いた。

「あっ。待って、雪姉さん。どうせなら完成したので遊んでほしい」

作りかけの物をどけて完成品を置くと、ベシッ、と思いのほか強い猫パンチで机から落とされる。

「おおぅ……。そうか、作りかけのが良かったのか……」

完成品のぬいぐるみ、しっかりワタが詰めてあるからそこそこ重さがあるのに、一発で落とされたの、ちょっと驚く。

それにしても、雪柳の興味が何に向くのか、さっぱり分からない。

先ほど遊んでいた作りかけの物をもう一度目の前に置いてみたけど、一瞬見おろしただけで、ぷいと顔をそむけてしまった。もう興味は無くなったらしい。飽きるの早すぎでは……？

「うーん……。そういえば、しばらく新しいオモチャ作ってないなぁ」

手芸にハマっていた時期に、本やネットで紹介されていた手作り猫オモチャはいくつか作った。猫の性格や年齢によって気に入るものが違うと書かれていたので、何種類も作って、雪柳が実際に遊んでくれたものだけを残してある。

「前に作ったのは何種類かあるし、順番に遊んでるから飽きてる感じは無いけど……。何か新作も欲しいよね、たまには。んー……、ん？　傀儡って、新作なのでは？」

戦闘に使う道具、という意識で作っていたので考えもしなかったが、動くオモチャじゃないか。

さっそくアイテムボックスから性格「従順」の鳥型傀儡を取り出し、縮小化スイッチをオンにして、小さめサイズになったそれを思念操作する。

（「床でぴょんぴょん動き回って」）

指示された鳥型傀儡は、翼をパタパタさせながら、ぴょんぴょんと跳ねるように飛び回る。

さて、この動きが雪柳の狩猟本能を刺激するか否か……

「あ、ダメだこれ。目がまん丸になっちゃって、固まってる。完全に置物状態だよ……。ええ……？　もしかして雪姉さん、狩猟本能が無かったりするタイプなの……？」

小さなネズミのぬいぐるみを付けた猫じゃらしには反応するし、お気に入りのオモチャなのに、小鳥に対しては置物化してしまう、その違いがよく分からない。

あ、でも、そういえば、しばらく前に作った傀儡を部屋で試しに動かしていた時、たまたま目撃した雪柳がキャットタワーの上でこの状態になっていたような気がする。

「あー、もしかしてこういう系が苦手とか？　ごめんね、雪姉さん。今、いつものやつ出すから」

結局、オモチャ入れの引き出しから、アルミホイルをぎゅっと潰して丸めた銀色キラキラボールを取って床に放ってやると、雪柳は凄い勢いで飛びついて一人遊びを始めた。

置物状態があっさり解除されたので、少しホッとする。

驚かせちゃって、悪いことしたな。

今日はお気に入りのおやつをあげよう。

そんなこんなで雪柳と遊び、たっぷり布遊びをして美味しいものを食べ、夜はぐっすり眠っていたので、ちょっと動いてもいいかな、という気になってきた。

というわけで、お昼ご飯を食べて一服したら、『身体能力制限解除《ギアス・リリース》』の無料体験をしてみることにする。

〈それではこれより『身体能力制限解除《ギアス・リリース》』の体験をしていただきます〉

（「ん。よろしく」）

プレイヤー装備になった私が連れてこられたのは、一面緑の草原だった。

空は青く、大地はどこまでも広く、果てが見えない。

そういう、特殊な隔離空間だ。

〈それではまず、この崖を登り、一ｋｍ先の標的を攻撃してください〉

（「ん」）

ナビの言葉とともに現れた、五階建てのビルくらいの高さの断崖絶壁を、『跳躍』と『二段跳躍』であっという間に登り、頂上に着地するのと同時に構えたライフルで一ｋｍ先の大岩に貼り付けられた的の中心を撃ち抜いた。

的は砕け散り、大岩には抉られたような凹みができた。

〈ありがとうございます、Ｒｘ。下に戻ってください〉

近くでふよふよ浮いているナビに言われ、崖からトンッと跳ぶ。

そして落下していく途中、『二段跳躍』でその勢いを殺し、スタッと元の位置へ着地。

〈それではサポート機能、『身体能力制限解除《ギアス・リリース》』を行います。制限が解除される時間は三十分間ですが、途中で身体負荷が規定値《リミット》を上回った場合、自動的に停止となります。制限が解除された直後と、解除が緊急停止された直後の感覚調整にご注意ください〉

（「ん」）

〈プレイヤー、Ｒｘ。――――『身体能力制限解除《ギアス・リリース》』〉

ナビのその言葉で、鎖が外れた。

五感が一気に鋭敏になり、体に力が満ちる。

今なら何でもできる、という全能感で体中の細胞が沸き立つ。

そういう肉体的な変化を受ける一方で、思考は冷静だった。

エナジードリンクを飲んだ時みたいな、不自然な感じ。

ああ、これはドーピングなんだな、と理解する。

人の体は自分で自分を壊さないよう、無意識にセーブされているのだと、前に何かで読んだ。

今はそのセーブが外されている状態で、だからこそこれを強制的に止めるために「規定値《リミット》」なんてものが設定されているのだろう。

つまり、無茶をしそうになったら規定値《リミット》に引っかかって制限解除は終わる。

だからそれまでは好きにしていいってことだ。

いきなり鋭敏になった五感に脳が馴染むのを待って、『跳躍』一回で先ほど登った断崖絶壁の頂上に着地する。

軽い体、思った以上に効果を発揮するスキル。

構えたライフルのトリガーを引けば、一ｋｍ先で大岩が爆砕。

（「ナビ、地形設定の変更ってできる？」）

〈はい、Ｒｘ。可能です〉

（「無人の市街地にして」）

〈地形設定、変更。完了しました〉

（「ありがと」）

断崖絶壁の頂上が、一瞬にしてビルの屋上になっていた。

私はまず『跳躍』で市街地を一気に駆け抜け、『二段跳躍』で高層ビルを一息に登った。

その屋上から適当に建物を狙い、ライフルのトリガーを引く。

狙撃された建物は一発で瓦礫の山と化し、弾が貫通したせいで後ろにあった二棟のビルも半壊状態になった。

身体能力の強化による攻撃力アップがライフル狙撃の威力アップになるの、相変わらず謎仕様だけど、良いと思う。

そうして三十分間、私は高層ビルからライフルを撃ちまくり、市街地を瓦礫の山にした。

最後に足場にしていた高層ビルから『跳躍』で距離を取り、ライフル二発で倒壊させ、土煙の届かない場所へ『二段跳躍』で着地する。

結論。

〈――三十分経過。『身体能力制限解除《ギアス・リリース》』、終了します〉

これはたしかに、１００，０００Ｅを支払うだけの価値がある。

Act.29　特殊スキルの取得

『身体能力制限解除《ギアス・リリース》』の無料体験を終え、マンションの部屋に戻ると、まずはクールダウンのためのストレッチ。

それから簡単レシピで作ったチョコムースを出し、ミルクティーを作って休憩。

常にはない運動をした体が落ち着くのを待って、ナビに特殊スキルの一覧を出してもらう。

「うーん……？　どのスキルが優先かなぁ……？」

●『冥道視眼』
●『曲射』
●『跳弾』
●『天駆』
●『滞空』
●『縮地』
●『傀儡感覚共有』
●『傀儡遠隔操作』
●『エキス抽出』
●『エキス調合』

表示してもらった一覧にある十個の特殊スキル。

改めて、その詳細を見ていく。

●『冥道視眼』
スキル『鷹の目』と、スキル『心眼』。

この二つからさらに派生したのが『冥道視眼』で、性能は『鷹の目』の上位互換バージョンだ。

モンスターでも建造物でも、ありとあらゆるものの絶対の致命傷となる一点を見抜くことができ、一発でもそこに正確に当てれば即死・全壊する。

しかしその一点はいつでも視えるわけではなく、相手との距離や角度が完全に「視るための条件」

と一致していなければならない。

ピーキーなやつだな、というのが第一印象。

現状、『鷹の目』がじゅうぶん役立っているので、急いで欲しいとは思わない特殊スキルだ。

取得条件は「スキル『鷹の目』レベル10」と「スキル『心眼』レベル10」と「50，000Eの支払い」。

レベル条件は満たしているし、面白そうだなぁという興味はあるが、ひとまず保留。

●『曲射』
●『跳弾』
武器スキル『ライフル』から派生したもので、文字通り、撃った弾を曲げたり跳ねさせたりして、方向を変える特殊スキル。

障害物の向こう側にいる敵への攻撃に使えそうだけど、二つも要らないな、と思う。

『曲射』は取得したばかりの新スキル『追尾』で代用できそうだから、選ぶとしたら『跳弾』だ。

『跳弾』の取得条件は「スキル『ライフル』レベル10」と「50，000Eの支払い」。

スキルのレベルは条件を満たしているから、あとはお財布と相談だ。

いったん保留。

●『天駆』
『跳躍』から派生したもので、『二段跳躍』の完全上位互換バージョン。

回数制限無しに、自由自在に空を駆けまわることができる。

文句なしに欲しいスキルだ。

取得条件は「スキル『跳躍』レベル10」と「５０，０００Ｅの支払い」。

やっぱりお財布と要相談なので、これも保留。

●『滞空』
『滞空延長』から派生したもので、最長一時間、足場のない空の上で立っていられる。

これ、対空攻撃できるモンスターの的になるだけでは？

空に立って、何するの？

という、私的にはメリットが分からない謎スキル。

かろうじて、空から無防備に落ちるのを防げるかも？　というのは思いついたが、『天駆』を取得できればそれは無用の心配だ。

取得条件も「スキル『滞空延長』レベル10」と「５０，０００Ｅの支払い」で、スキルのレベルが不足している。

今の段階ではスルーしておく。

●『縮地』
『遁行』から派生したもので、短距離、視界の範囲内に瞬間移動できる。

使い勝手の良さそうなスキルだから、できれば取得したいのだが。

取得条件は「スキル『遁行』レベル10」と「５０，０００Ｅの支払い」。

スキルのレベルが、あと1足りない。

惜しい……。ゲームあるあるの妖怪「1足りない」が、こんなところで出てくるとは……

レベルが上がったらお財布と相談して取得したいが、今は保留。

●『傀儡感覚共有』
●『傀儡遠隔操作』

『傀儡作成』から派生したもので、文字通り、スイッチをオンにして動きまわる傀儡と感覚を共有して、遠隔操作で自由自在に操ったりすることができる。

あってもいいけど、無くてもかまわない、という特殊スキルだ。

偵察のために遠くへ飛ばした鳥型傀儡と視覚を共有し、自分の目で見ることで把握できることもあるだろうが、現状、それは必須のものではない。

むしろ傀儡と感覚を共有し、遠隔操作をしている最中、本体である自分の体が無防備な状態になりそうで怖い。

一度に二つのことができるマルチタスクの能力は、私には無いのだ。

傀儡のことは傀儡に任せて、私は自分の体でできることをしようと思う。

ということで、これもスルー。

●『エキス抽出』
●『エキス調合』

『調理』から派生したもので、素材から特殊効果を持つエキスを抽出し、それを調合することでオリジナルの特殊効果付与ポーションが作成できる。

これは単純に「なんか面白そう！」「やってみたい！」と思った特殊スキル。

しかし取得条件が「スキル『調理』レベル10」と「５０，０００Ｅの支払い」で、レベルが3足りない。

もっと料理して『調理』レベル10になったら、お財布と相談して取得したいが、今は保留。

「これで特殊スキルの確認は終わりか。……さて。Ｅさえあればすぐ取得したいのは『跳弾』と『天駆』の二つ……。ぬいぐるみに入れるモンスター素材のストックもだいぶ減っちゃったし、Ｅも稼ぎたいし、そろそろダンジョン行くかな」

ひとまずそれは決定だ。

明日は午前中に攻略途中の、藍市のツインタワー前ゲートのダンジョンへ行くことにする。

そして、うーむ、と腕を組んで悩みつつ、現在のＥの所持金額を見つめる。

「どっちか一つなら、今すぐにでも出せるな……。今取得するとしたら、やっぱり『跳弾』だよなぁ……。移動速度アップより、新しい攻撃手段を取得してＥを稼ぐほうがいいだろうし」

考えて、これも決定。

（「ナビ。『跳弾』を取得したい」）

〈はい、Ｒｘ。スキル『ライフル』レベル10、達成を確認。取得可能な特殊スキルです。５０，０００Ｅの支払いで取得が完了します。支払いますか？〉

目の前にテキストボックスが浮かび、「はい」と「いいえ」のボタンが表示される。

私は「はい」を押した。

〈５０，０００Ｅが支払われました。特殊スキル『跳弾』取得、完了です〉

（「ん。ありがと」）

ステータス画面を開いてさっそくチェック。

すると間違いなく武器スキルに『跳弾』が増えていた。

よし、明日ダンジョンに行ったら使ってみよう。

ワクワクしながらステータス画面を閉じると、スキル『調理』のレベル上げのため、キッチンに向かった。

エキス抽出・調合も、早く取得できるといいなぁ。

Act．30　ダンジョン攻略再開と新スキル

翌日、久しぶりのダンジョン攻略。

アイテムボックスからモンスター肉の薄切りと野菜をアルミホイルで包んで蒸したものを出し、ポン酢をかけて朝食のおかずにする。デザートにはイチゴミルクと生クリームをゼラチンでゆるめに固めた、とろける食感のパンナコッタ。そうしていくつかの特殊効果を付与。

食後は少し休憩してから、ゆっくりじっくりストレッチをして体をほぐし、部屋の隅に敷いたビニールシートの上でプレイヤー装備に変更。

（「ナビ、『転送』して」）

了解の返事とともに周囲の景色が変わる。

左側に大きな川。

右側には鬱蒼とした青黒い闇に沈む森。

見上げれば晴れ渡る空。

藍市のツインタワー前ゲートのダンジョン。

その中の、現在の最終到達地点だ。

私はまず性格「気まぐれ」の傀儡五体をアイテムボックスから取り出し、スキル『隠蔽対象指定』を使ってからアイテムを拾ってこいと命じて放つ。

次に陸上型の傀儡の中から、哨戒・迎撃・護衛に向いたぬいぐるみを十体取り出し、私と同じ歩調で進むよう命令。

あとは川に魚型傀儡十二体を放ち、空に性格「戦闘狂」を混ぜた哨戒役の鳥型傀儡を放って、準備完了だ。

いつでも撃てるようライフルを構えて歩き始めれば、ぬいぐるみ軍団も進軍を開始した。

――ドロップアイテム『グリーンバードの嘴』取得

――２５０Ｅ取得

さっそく視界の端を流れていくアナウンス。

最初にモンスターを仕留めたのは、さすがというか、性格「戦闘狂」の鳥型傀儡だった。
しかしそこからは川の中で魚型傀儡も活躍し、私はライフルを一発も撃つことなく怒涛の勢いで流れていく視界の端のアナウンスを眺めながら川辺の小路を歩いてゆく。

――ドロップアイテム『ブルーシザーフィッシュの鱗』取得
――１６０Ｅ取得
――ドロップアイテム『ハンマーフィッシュの核』取得
――ドロップアイテム『ハンマーフィッシュの肉・上』取得
――２１０Ｅ取得
――ドロップアイテム『グリーンバードの羽』取得
――ドロップアイテム『グリーンバードの肉・上』取得
――２５０Ｅ取得
――ドロップアイテム『カメレオンフィッシュの鱗』取得
――ドロップアイテム『カメレオンフィッシュの肉・上』取得
――５２０Ｅ取得
――ドロップアイテム『ソニックフィッシュの薄翅』取得
――１２０Ｅ取得
――ドロップアイテム『ホーンラビットの角』取得

――５５０Ｅ取得
――ドロップアイテム『レッドボアの肉・上』取得
――２３０Ｅ取得
――ドロップアイテム『ハンマーフィッシュの尾びれ』取得
――２１０Ｅ取得
――ドロップアイテム『ラッシュビードルの甲殻』取得
――ドロップアイテム『ラッシュビードルの核』取得
――２３０Ｅ取得

ｅｔｃ……、ｅｔｃ……


戦闘スピードが速すぎて、せっかく取得した『跳弾』を試す隙が無い。

いや、いいことなんだけど。

私が作った傀儡達が有能ってことで、それはとても嬉しいんだけど。

今日は『跳弾』を試したいんだ！

というわけで、まだ傀儡と距離があるモンスターを探し、見つけた獲物を『跳弾』で狙撃。

森の中に身を潜めていたモンスターは、その上空に向かって撃った弾が空中の何もないところで弾かれたように急激に向きを変え、真上から撃ち抜かれて砕け散った。

――ドロップアイテム『ビッグラビットの肉・上』取得

――150E取得

傀儡達が倒したモンスターのアナウンスにまぎれて、私が『跳弾』で仕留めたモンスターのアナウンスが視界の端を流れていく。

……これ、面白いな？

今までにはない面白さに、口元まですっぽり覆うネックガードの下で、唇が勝手に笑う。

撃った弾を指定した所で跳ねさせて標的に当てるこれは、ビリヤードみたいな感じだ。

ビリヤード、やったことないけど。

でもたぶん、狙った玉を思った通りに動かしてポケットに落とすのに似たような面白さだと思う。

目視では障害物に遮られて姿が確認できず、向こうもこちらを攻撃するには離れすぎた位置から一方的に、しかも不意打ちで狙撃するのは独特の緊張感と面白さがあるのだ。

「やっぱ『跳弾』にしといて良かった」

うむ、と頷いて、歩調を乱さず落とさず、ダンジョンの小路を進んでいく。

何度か試してから、歩きながらでも『跳弾』で森に隠れたモンスターに当てられるようになったので、ますます楽しくなる。

弾を跳ねさせて狙い通りの角度に弾道を曲げる、というのは、本来なら難しい計算が必要なのだろうが、このスキルは私の感覚で指定した所に指定した角度で無色透明の板が現れ、それがライフルの弾を弾く。

私は計算などしていないが、モンスターに弾を当てられている。

だからたぶん、このスキルを使いこなすのに必要なのは、勘と慣れだ。

よし、何度も繰り返して、体で覚えよう。

それから一時間の攻略と十分の休憩を三セット行う間、ずっと傀儡達と競うように『跳弾』を使い続けた。


ナビのアラームで三時間二十分のダンジョン攻略を終えると、帰宅してお風呂に入り、上がったらクールダウンのストレッチ。

ちょうど昼時なので、あとはそのまま昼食休憩。

今日のお昼ご飯はアイテムボックスから取り出したモンスター肉の焼き肉丼。

朝に沸かしたヤカンから湯飲みにお茶を注ぎ、コタツの上に置いて両手を合わせる。

「いただきます」

返事をするみたいに、キャットタワーの上で香箱座りをしてこちらを見おろす雪柳が「なぁお」と鳴いた。

「雪姉さんのはご飯皿に入ってるよ」

ちょっと笑ってそう言ってから、テレビをつけて食べ始める。

ニューススタジオで真面目な顔をしたアナウンサーが原稿を読み上げている。

「第二次侵攻で寸断された高速道路が一部プレイヤー達の協力により復旧されましたが、今もライフラインを断たれ孤立した……」

道路の復旧作業ができるプレイヤー？

そんなスキルがあるんだろうか？

アナウンサーの言葉に内心首を傾げながら、そういえばコウモリの音波反響みたいなやり方の探査系スキルを受けたことがあったな、と思い出した。

私も最初から『隠密』や『心眼』、『裁縫』や『調理』のスキルを持っていたし、ナビは今までの生活や習慣から抽出されたものがスキルになっている、的なことを言っていた気がする。

いつ言われたかは忘れたけど（また最初の大慌てだった時かもしれない）。

ともかく、そういうことなら土木工事系のスキルを最初から持っているプレイヤーがいてもおかしくはない。

たぶん、そういう系統の仕事をしていた人がプレイヤーになって、その経験から抽出されたスキルがあったのだろう。

そう考えてから、ふと、そういえばネットにスキル考察をしている人達はいないんだろうか、と気になった。

焼き肉丼を食べ終えたところで、テレビをつけっぱなしにしたまま調べてみる。

そうしたらもう、少し検索してみただけで、けっこうな数のサイトがヒットする。

やっぱりみんな気になるよね、と一人うんうん頷き、内容を読んでいく。

「ええっ⁉　『ベンケイ』が何本も背負ってる刀って、スキルで攻撃に使えるやつだったの？　は？　触ってないのに勝手に動いて、モンスターぶった切ったのを目撃した人の書き込み……？　うわぁー。凄い情報持ってる人がいるなぁ……。いやしかし、何をどうしたらそんな特殊スキルを取得することになるんだ？　ジャグリングの世界大会優勝者とか⁇」

初っ端から驚きの情報が飛び込んできて、首を傾げつつ他も見ていく。

「へー。ドローン操縦するのが仕事だった人、ドローンを補助武器みたいに使えるスキル取得できてるのか。ふんふん？　プレイヤー装備の武器でワイヤーを選択して、コントローラー無しに操作できるドローンと一緒にワイヤー張りまくってトラップゾーン作って、そこにモンスターの群れを連れて行って、待ち構えていたチェスマンと協力してほぼ一方的に抹殺……。え、怖いな？」

戦法としては有効なものだし、実際にそれができるのは凄いけど、えげつないというか。

「自分も動きながらドローン操作してワイヤー張ってトラップ作るとか、自分や仲間はそれに引っかからないようにしつつ、モンスターを連れてきてトラップゾーンで反転攻撃……。これ頭良い人じゃないとできないやつだ……。賢い人、怖いな……」

自分にはできそうもない戦法だ。

なんか怖いし面倒そうだから、やりたいとも思わないけど。

ちょっと引き気味に感心しつつ、他のスキル目撃談も読んでいく。

「おー、ハリセン振り回して衝撃波でモンスター切り刻むスキルとか、シュールで面白いな」

本当に、元が何なのかさっぱり分からないくらい多彩なスキルが目撃されていて、興味深い。

目撃者がプレイヤーとモンスターとの戦闘に近すぎて、それが見られる距離にいて大丈夫だったのかこの人？　という書き込みもあるけど、目撃談は詳細なほど楽しいから何とも言えない。

「人間って業が深いよね……」

なんだかよく分からない結論に至り、ネットでの情報収集を終えた。

そしてふとテレビに目を戻すと、いつの間にか話題が第二回地上攻撃部隊迎撃戦についての話になっている。

その番組では、テレビ局おなじみの〝独自のルート〟とやらで迎撃戦の戦地となった場所を調べ、世界地図に赤い点で表示していた。

それを見た私に分かったことは、世界中に赤い点が散らばっていて、これだけの情報では法則性は見つけられないだろう、ということだ。

そもそも戦地になった場所に意味があるのかどうかも分からない話だし。

コメンテーターは、なんだか色々と難しいことを言ってたけど、全部「かもしれない」という推論で、さして頭に残らないコメントばかり。

聞くのに飽きてチャンネルを変えると、天気予報がやっていたので手を止めた。

明日、この辺りは晴れるらしい。

お布団干そうかなと思いながら見ていると、週間予報では、三日後くらいから雨マークが続いていた。

布団干しだけでなく、洗濯物も早めに洗っておいたほうが良さそうだ。

その後、各地に設置されたカメラの中から、無事なものが送ってきた映像が映される。

山の上のカメラらしく、雪の降り積もった山脈の、青空を背に連なる真白の峰が綺麗だ。

上空には相変わらず正体不明の結晶体が浮かんでいるが、世界中どこにでもあるのでもはや日常風景の一部と化していて、初めて見た時のインパクトは薄れ、違和感が無くなってきている。

訳も分からないまま始まり、今も続く侵略者《インベーダー》の侵攻『幻想侵蝕《ファンタジー・イクリプス》』。

それはいつまで続いて、この世界をどれだけ壊すのだろうかと、ふと思った。

Act．31　中ボス遭遇と予想外の困惑

三日ダンジョン攻略をして、一日休み。

これを繰り返しているうちにあっさりEが貯まったので、『天駆』を取得した。

今攻略中のダンジョンは空が開けていて空間が広いので、空中を何度でもジャンプできる『天駆』で森の上を駆けまわり、『心眼』で見つけたモンスターを狙撃や『跳弾』で仕留める。

私の進みが速いので、ぬいぐるみ軍団の進軍スピードも上がり、ダンジョンで遭遇するモンスターの強さもぐんぐんと上がっていく。

傀儡は『巨大化』がレベル7に上がったので、もはやカバ並みのサイズになって力も強くなって

いるのだが、元々の能力値が低かったり運が悪かったりすると、わりとサクッと倒されてしまう。

まあ、そうしたら次の傀儡を出して補充するだけなんだけど。

〈Ｒｘ、設定された時間になりました〉

（「ん。ナビ、『結界』よろしく」）

ナビに呼ばれて地上に降り立つと、ぬいぐるみ軍団の進軍も止まる。

傀儡達はそのままそこで待機させ、近づいてくるモンスターの迎撃を任せる。

そして十分間、ナビの『結界』の中でアイテムボックスから取り出したハンモックチェアへ沈み込むように座り、酷使した感覚を閉じて休ませた。

何も考えず、箱を閉じるように感覚を閉じる。

〈Ｒｘ、設定された時間になりました〉

十分なんてあっという間だ。

閉じた感覚にするりと入ってきたナビの声で、瞼を開いて身を起こす。

「そろそろ中ボスが出てきてもいい頃だと思うんだけどなぁ」

なかなかエンカウントできないそれを思ってぼやきながらハンモックチェアを片付け、『結界』から出てライフルを構えると、再び天を駆けた。

五月下旬。

いまだ中ボスっぽいモンスターとはエンカウントできないが、Ｅは貯まったので特殊スキル『冥道視眼』を取得してみた。

これは自動発動タイプのスキルなので、発動時にスキル名を言う必要が無いことに感謝した。

私が持っているスキルの中では、一番アレな感じのスキル名だ。

もしスキル名を言わないと発動しないという条件が付いていたら、取得しなかっただろうなぁと思う。

それはさておき、このスキル、発動条件を満たすのが難しいらしく、なかなか発動しない。

けれど『天駆』で駆けまわっている時にいきなり発動し、モンスターの体に極小のブラックホールみたいなものが視えるようになることがある。

そういう時、『滞空延長』でその場に留まり、ライフルでその一点を撃ち抜くと、どんなモンスターでも一発で色を失って砕け散るので、かなりの爽快感があった。

ピーキーなスキルだ、という第一印象だったし、実際に使ってみても本当に癖の強いスキルだけど、そこがまた面白くて楽しい。

それに、極小のブラックホールみたいな黒い点が視えるのが『鷹の目』で見つけた急所とは別のところ、というのも興味深い。

どうやら「急所」と「崩壊点」は、似て非なるもののようだ。

そうして新スキルを試しながら、いつものようにどんどんダンジョンを進んでいたある日、急にゾワッと寒気がきた。

けれど悪寒の種類がいつもと少し違って、はっと気づく。

「川から離れろっ！」

思わず叫んだが、その命令は間に合わなかった。

水辺の小路を歩いていた陸上型傀儡が一体、いきなり真横の川から現れた大口を開く巨大サメに丸呑みにされ、反撃する間もなく川に戻っていく巨体を見送るはめになる。

どうやら『天駆』で森の上を駆ける私ではなく、小路を歩く傀儡の危険を、『危険察知』が報せたらしい。

悪寒の種類が違う、という感覚的すぎて説明できないもので察知させられたので、反応が遅れた。

それにしても、自分に対する危険でなくても発動したのは『危険察知』のレベルが上がってきたからか？　あるいは相手が強いからなのか？

気になったが、検証している暇はない。

陸上型は森へ入って逃げるよう、水中型は今のモンスターを追って攻撃するように、命令を出す。

離れた場所に分散しているアイテム収集役達は放置で、飛行型への命令変更もしない。

私は『心眼』で巨大サメを追い、魚型傀儡が果敢に攻撃を仕掛けるのを見おろしながら、『天駆』で水上に出る。

が、しかし。

ライフルで水中のモンスターを攻撃って、無理なのでは？

ふと思ったそれに、どう対処すべきか考えていると、一口で丸呑みにされた傀儡が巨大サメの腹の中で耐久値を0にされたらしく、アイテムボックスに『傀儡の欠片』が一つ増えた。

『心眼』で見ていると、魚型傀儡達はそれなりに健闘しているものの、巨大サメに大きなダメージを与えるのは難しそうで、むしろ一体ずつ丸呑みにされて『傀儡の欠片』にされていく。

このままでは魚型傀儡がじわじわ全滅させられるばかりだ。

私も攻撃に参加するなら、どうにか巨大サメを陸上に引きずり出さなければならない。

考えて、まずは魚型傀儡をすべてアイテムボックスに戻す。

次に数体の鳥型傀儡に巨大サメの真上、川の上空を旋回するよう命令（性格「戦闘狂」の傀儡と、アイテム収集役はそのまま放置）。

そして自分は森の中で待機しつつ、陸上型傀儡を森の奥に散開させ、私に近づくモンスターの排除を任せる。

すると数分後、巨大サメは釣り餌に引っかかり、川の上を飛ぶ鳥型傀儡を丸呑みにしようと、大口を開けて空中に飛び出した。

『心眼』でその動作を注意深く観察し、『ドレインフラワーⅡ』を発射。

大きな的なので問題なく当たり、体内に埋まった二つの種が芽吹いて爆発的な勢いで緑の葉を生い茂らせていく。

そうしてほんの数秒のうちに急成長していく二本の『ドレインフラワーⅡ』を見ながら、『鷹の目』で見抜いた急所を狙撃。

魔法と物理の攻撃を横から食らい、巨大サメはジャンプの勢いを失った。

そのせいで狙った鳥型傀儡《獲物》を捕らえることができないまま川へ落ち、水柱を高く上げ、凄まじい量の飛沫をまき散らす。

その余波でさざ波が小路を濡らし、そこだけ土の色が変わった。

さて、水系モンスターには『緑魔法』が有効だろう、というゲーム知識からの思い込みで『ドレインフラワーⅡ』をぶち込んでみたが、効果はどうだろう？

これがゲームなら巨大サメの残存ＨＰが表示されて効果を確かめられたり、エフェクトや効果音で有効度を知れたりするのだが。

ゲームみたいなこの現実には、そのどれもが無い。

（「ナビ、あれって中ボス？」）

〈その情報は当機のデータベースには存在しません〉

（「あのモンスターの名前は？」）

〈その情報は当機のデータベースには存在しません〉

（「今の攻撃はどれくらい有効だと思う？」）

〈当機のサポート範囲外の質問です。お答えできません〉

いつもついてくるナビゲーターは、こういう時にはまるで使えない。

ううむ。

『緑魔法』が有効であることを祈って、鳥型傀儡を囮に攻撃し続けるしかないか……

水系モンスターっぽいブルードラゴンに『氷魔法』があんまり効かなかったことを考えると、それくらいしか攻撃手段がない。

雷系の魔法があれば真っ先に使うんだけどなぁ、となりつつ、『心眼』で再びジャンプの予備動作に気づいて『ドレインフラワーⅡ』を用意。

そして二度目のジャンプも真横から食らった『ドレインフラワーⅡ』とライフル狙撃で勢いを失い、何もできないまま落下していく巨体を見送る。

「一回目の『ドレインフラワーⅡ』がもう枯れてたな……。効果が高いから、ハイスピードで育ってそのまま枯れるのか？」

高く上がる水柱を前に首を傾げるが、やはりそれを知る術はない。

地道に攻撃していくしかないか、と諦めてライフルを構えなおした時、『心眼』でまっすぐにこちらを向く巨大サメに気づく。

おお、やっとこっち向いたぞ、と内心喜びながらも、冷静に準備。

次の瞬間、小路を乗り越えて森に突っ込んできた巨大サメから『跳躍』で空に逃れ、同時に『チェーンシードアローⅡ』を発動。

森の木々を一瞬にして薙ぎ払った巨体に二本の緑のツルが絡みつき、拘束しようと試みる。

巨大サメは抵抗するようにもがき、薙ぎ倒した木々の上でのたうつ。

私は陸上型傀儡達が離れた場所にいるのを確認してから、のたうつ巨大サメの近くに着地。

一回使ってみたかった魔法を試してみる。

『ガーデン・オブ・ジ・エンド』、発動。

当たれば即死の範囲魔法。

しかしそれは驚くほど綺麗な庭園の幻影となって現れ、咲き乱れる色とりどりの花々と、えもいわれぬ芳香に思わず陶然となる。

私を中心に、半径十m。

唐突に現れた夢のような楽園に、そうして心奪われていれば、音もなく黒々とした槍のごとき鉄柵が地面から生えてきたかのように庭園を取り囲む。

そしてただ一つの出口がギギィ……、と閉まっていき、カシャン、と軽い音がして完全に閉ざされるのとともに、耳障りな断末魔の悲鳴をあげて巨大サメが色を失い砕け散った。

「……」

そして視界の端を流れていくアナウンス。

――ドロップアイテム『ガルプシャークの牙』取得

――ドロップアイテム『ガルプシャークの肉・上』取得

――ドロップアイテム『魔法書「水魔法の素養」』取得

――３５００Ｅ取得

「いや、中ボスに即死魔法が効くって、そんなんアリか？？？」

ええええぇぇぇ……？？？

意味分からん。

マジで意味分からん。

あの魔法使ったの私だけど、ただ使ってみたかっただけだったのにな……？

何が起こるか見てみたかっただけの実験が、なんで効いちゃったん……？？？

ボス系モンスターに即死魔法は効かないのが普通なのに、私の知っているゲームと違いすぎて困惑の極みである。

しかしフォレストタートルの初回戦闘と同じように、『魔法書「水魔法の素養」』がドロップしているし、他のモンスターより稼げるEも多い。

ガルプシャークとかいう巨大サメは、だからおそらく中ボスだと思うのだが。

「えええぇぇぇ……⁇」

困惑と脱力がひどすぎて、一気にやる気が失せてしまった。

『魔法書「水魔法の素養」』で『水魔法』の取得だけやって、今日はもう帰ろう……

Act．32　新魔法の確認とダンジョン攻略の日々

帰宅後、昼食をとって休憩しながらステータス画面をチェックすると、特殊スキルの欄に『水魔法』が増えていた。

また三つの魔法が使えるようになったらしく、レベル1の『ウォーターカッター』と『ウォーターシールド』と『ウォーターフィールド』が並んでいる。

その名称だけでなんとなく効果は分かる気がしたが、事前に詳細を確認しておいて、ダンジョンに行った時に試してみよう。

今日はもう休みたいので、雪柳と日向ぼっこしながら『傀儡作成』して遊ぶことにする。


翌日。

ガルプシャークに丸呑みにされて減ったぬいぐるみも作って補充できたので、モンスター肉入りの朝食をとるとダンジョン攻略を再開する。

いつも通り水中型傀儡《サカナ》と陸上型傀儡《ケモノ》と飛行型傀儡《トリ》をアイテムボックスから出し、それぞれに命令を出して放つ。

あとは勝手にモンスターを狩ってくれるので、私は『天駆』で空に出て、新しい魔法を試す。

事前に説明は読んでいるので、傀儡達を巻き込まないよう注意しつつ。

以下、試した新魔法はこんな感じ。

『ウォーターカッター』は水の刃で指定したところを高速で切り裂く魔法。

水の刃は一度に一つだけしか出せないが、切れ味は鋭い。

『ウォーターシールド』は水の盾で攻撃を防ぐ魔法。

見た目は空中に浮かぶ盾の形の水でしかないが、かなりの衝撃を吸収し、ダメージを防ぐことができる。

しかも、三枚までなら重ね掛けが可能だったので、レベルが上がったらその枚数が増えるのでは、と期待している。

『ウォーターフィールド』は使用者を中心に半径十mを水没させる魔法。

地面が底なしのプールのようになり、そこにいたすべてのものを水に沈める。

もちろん、使用者だけはその水の上に立てるので無事。

以上。

個人的には水の上に立てる『ウォーターフィールド』が気に入ったのだが、スナイパーでよく空を駆けまわっている私には、使う機会があんまり無さそうな魔法だった。

地上戦で、これに加えて雷撃を落とす魔法が使えるようになったら面白そうなのだが。

今のところ武器をライフル以外のものに変える気はないので、機会があったらその時に、ということにしておく。


そこから数日、また三日ダンジョン攻略をして一日休み、というのを繰り返す。

だいぶ体力がついてきたので、ダンジョン攻略の時間を一セット増やし、一時間探索して十分休憩、というのを四セットやる。

行く前と帰った後のストレッチも欠かさずやっているおかげか、一セット増やしても筋肉痛にならなかったのは嬉しかった。

帰宅後は、昼食をとったら『調理』か『傀儡作成』。

早く特殊スキルの取得条件を満たして、エキス抽出・調合をやってみたい。

そうして過ごしていると五月は侵攻無しに終わり、『調理』がレベル9に上がって、ガルプシャークとのエンカウントが十回を超えた。

ガルプシャークにはあれから何度か『ガーデン・オブ・ジ・エンド』を使ってみたが、成功したのは初回を含めて二回。

有効ではあるが、確実に仕留められるわけではなく、運の要素が強いように感じる。

それでも二回も成功しているのだから、やはり水系モンスターには『緑魔法』が有効なんだろうとは思うが。

そして一回だけ『冥道視眼』が発動し、ライフル狙撃一発で仕留めることができ、レアアイテム『ガルプシャークの真核結晶』がドロップ。

これを詰め込んで作った魚型傀儡は今までで一番能力値の高いものになったので、ダンジョンの川に放つと縦横無尽に泳ぎまわってモンスターを狩りまくり、絶好調で無双している。

そのおかげか『巨大化』がレベル8になり、傀儡達のサイズがカバの成獣を超え、『傀儡管理』

もレベル5になって使いやすくなった。

ちなみに『傀儡管理』のレベルアップでできるようになったのは、グループ分けと、そのグループの一括操作。

今、ちょうど水中型傀儡《サカナ》と陸上型傀儡《ケモノ》、飛行型傀儡《トリ》とアイテム収集役の四グループを使っていたから、グループの一括操作ができるようになって物凄く手間が減り、かなり楽になった。

管理スキル、地味にいい仕事をする、ありがたいやつである。

とまあ、それなりに進歩はしているのだが、問題が一つ。

ボス戦が、こない。

前のダンジョンではこんなに中ボスとエンカウントしなかったのに、今回のダンジョンでは即死魔法を何度も試せるくらいエンカウントする、その違いは何なのか。

私のランクやスキルレベルが上がったせいか?

あるいはダンジョンごとにボス戦までの距離や時間が違うのか?

さっぱり分からないが、とにかくボス戦がこない。

そうして「ラスボスどこー?」と探しまくりながら迎えた六月上旬の今日。

どこまで進んでも変わり映えしないダンジョンの中で起きた、異変。

「やっと来た……!」

――――霧。

その中へと数歩進めばナビが言う。

〈Rx、警告します。進行方向に当機のサポート機能、『結界』、『転送』が使用不可となる領域《エリア》が存在します〉

よしよし。

ずっとこれを待ってたんだ。

ダンジョンは川の中の方がモンスターが多かったし、中ボスも巨大サメだったから、おそらく水中に生息するモンスターがラスボスだろう。

水が豊富にある地形がボスエリアになるはずだ。

傀儡はすべてアイテムボックスに戻し、久しぶりにダンジョンを一人で歩く。

さて、中ボスの巨大サメの次には、どんなラスボスが出るのかな？

進めば進むほど濃くなっていく、ミルクのような白い濃霧の中。

ずっと待っていたお楽しみタイムにワクワクしながら、足を進めた。

Act. 33　ツインタワー前ゲートのダンジョン、ラスボス戦

「お、っと」

霧を抜けた先にあったのは、あちこちに高さの違う岩が突き立つ湖だった。

いつの間にかその中の一つの岩の上に立っていた私は、先に進もうとして落ちかけ、急いで体勢を整える。

「ッ！」

足元の小石がパラパラと湖へ落ちていったのに反応したらしく、その場所に攻撃が来るのを『危険察知』が報せる。

『跳躍』で回避し、『天駆』で空中を駆けながら敵を見おろした。

「クラーケンか」

ゲームでおなじみ、巨大イカのご登場だった。

一瞬、戦闘中であるという状況を棚上げして、川から出てきたサメといい、湖から登場したイカといい、お前ら海水じゃなくてもいいんかい、と突っ込みたくなる。

いや、川や湖が塩水である可能性もあるけど、舐めて確かめる気は無いし。

でも磯臭さがないからなぁ。

まあ、そもそもモンスターだから、淡水とか海水とか、関係ないかもだけど。

「お、わっと」

考えている間にも巨大イカの長い足が鞭のようにしなり、四方八方をめちゃくちゃに攻撃しまくるのを、『天駆』で回避して射程範囲から出る。

ダンジョンのラスボスにも『隠密』は有効なようで、私を見つけられないクラーケンは苛立たしげにあちこちを無意味に攻撃していた。

ちなみにイカの足は十本あるように見えるが、そのうちの二本は触腕と呼ばれる腕なのだそうだ。

二本の触腕は伸縮させることができ、獲物を捕らえるのに使うらしい。

他の八本の足も獲物を捕まえる時に使われるので、機能的には「腕」でもあるそうだが、動物学的には「足」でいいんだとか。

と、いうのを、いつかテレビで見た気がする。

ダンジョンのラスボス戦だというのに、〝雑学系番組を見ているとくに役に立たない雑学がふと頭に浮かぶ〟現象が発生したらしい。

眼下で暴れているクラーケンに、今思い浮かんだ雑学が当てはまるのかは知らないが。

さて。

（「ナビ」）

中ボス出現からラスボス登場まで、結構時間がかかったおかげでＥは貯まっている。

（「『身体能力制限解除《ギアス・リリース》』使う」）

久しぶりに一対一の戦闘といこう。

〈はい、Ｒｘ。サポート機能『身体能力制限解除《ギアス・リリース》』、使用可能です。注意事項の確認は必要ですか？〉

（「いらない」）

〈了解しました。１００，０００Ｅの支払いに同意しますか？〉

（「ん。払う」）

〈支払いの完了を確認〉

ボスエリアへの侵入者である私を見つけられないことをどう判断したのか、クラーケンが無意味な攻撃をやめて水中にもぐる。

それを眺めながら応じれば、やっと準備が整った。

〈プレイヤー、Ｒｘ。――『身体能力制限解除《ギアス・リリース》』〉

二度目の感覚。

全身から、鎖が外れる。

力があふれ、全能感に満ちてゆく。

……のを、どこか他人事のように認識する。

高揚する体とは別に、思考はいつもと変わらず通常運転。

体の状態に引きずられてヒャッハーしたいタイプでもないので、とくにかまわない。

まずは『チェーンシードアローⅡ』を発動。

いつもは二本しか出ない緑の矢が十二本、空中に展開する。

一瞬驚いたが、ちょうどクラーケンが出てきたのでさっそく放つ。

十二本もの緑のツタに絡まれたクラーケンはさすがに動きを止め、水面近くでどうにかツタを引きちぎろうとビチビチ暴れている。

近くにある岩場に着地しながら、私は次に『ドレインフラワーⅡ』を発動。

これもまた十二の緑の光が浮かび、もがくクラーケンに放てば全的中。

爆発的な勢いで葉を生い茂らせて成長していくそれに、巨大イカの姿が覆い隠されるが、すでに『鷹の目』で弱点は見つけてある。

ライフルを構えて、トリガーを引く。

一発撃つごとに巨体が跳ね、ツタに絡まれたクラーケンがもがくが、かまわず次を撃ち込む。

そうして、無料体験では一発でビルを崩壊させたライフル狙撃にクラーケンは三回まで耐え、砕け散った。

――ドロップアイテム『クラーケンの肉・上』取得
――ドロップアイテム『クラーケンの眼』取得
――ドロップアイテム『魔法書「水魔法・中級編」』取得
――７８００Ｅ取得

視界の端を流れていくアナウンスを眺め、ふー、と息をついて『身体能力制限解除《ギアス・リリース》』を終わらせる。

まだ使用開始から三十分経過していないのだ。

しかもすごく一方的にこっちのやりたい放題で、だいぶオーバーキルだった感じがする。

けれど、私はソロプレイヤーだし、これは死んだら終わりの現実だ。

やっぱり１００，０００Ｅを支払うだけの価値があったと思う。

そして『身体能力制限解除《ギアス・リリース》』を終えた体から高揚と全能感が抜けていくのを感じながら、どこからともなくふわふわ落ちてきた水色の宝石を手のひらで受け止めた。

――ダンジョン『アクアマリンの千路《せんろ》』踏破の証『アクアマリンの紋章』取得

アナウンスが流れていき、ふよふよと目の前に来たナビの腹がコンパクトみたいにパカッと開く。

〈ダンジョン踏破おめでとうございます、Ｒｘ。どうぞ当機の収納スペースをご利用ください〉

二度目なので、もうナビの腹パカに驚きはしない。

驚きはしないが、どうにも落ち着かない。

無言で同じ形の凹みに雫型の宝石を嵌め込む。

「……よし。とりあえずダンジョン二つ目、攻略完了だ」

んむ、と頷いて、ナビの『転送』で帰宅した。

Act. 34　ステータスのチェックと次のダンジョン

ダンジョンからの帰宅後。

いつも通りお風呂に入って昼食をとり、食後にお茶を飲んで休憩してからアイテムボックスを開いた。

まずは『魔法書「水魔法・中級編」』を取り出して使い、『水魔法Ⅱ』を取得。

ステータス画面を開いてチェックする。

プレイヤー名：Rx
ランク：4
武器：第7段階　タイプ『ライフル／黒』
防具：第7段階　タイプ『敏捷・ステルス優先／黒』

◆武器スキル
●『ライフル』レベル10　↓『鷹の目』レベル10
↓『追尾』レベル2
↓『跳弾』レベル5

◆防具スキル
●『消音』レベル10　↓『隠蔽』レベル10
↓『静寂迷彩』レベル4
●『高速移動』レベル5

◆装備品
・瞬足のイヤーカフ（速度アップ［大］）
・探知透過のペンダント（モンスターの索敵とプレイヤーの探索系スキルに発見される確率の低下［中］）
・忍の腕輪（『隠密』消費精神力60％軽減）
・剛腕の指輪（攻撃力アップ［大］）

・万華鏡のアンクレット（被ダメージ反射［発動確率・中］）

◆特殊スキル

●『冥道視眼』レベル3

●『氷魔法』レベル5　↓『アイスアロー』レベル4

↓『アイスウォール』レベル5

↓『アイスフィールド』レベル4

●『緑魔法Ⅱ』レベル4　↓『チェーンシードアローⅡ』レベル4

↓『ドレインフラワーⅡ』レベル4

↓『グラスフィールドⅡ』レベル2

↓『ガーデン・オブ・ジ・エンド』

●『水魔法Ⅱ』レベル1　↓『ウォーターカッターⅡ』レベル1

↓『ウォーターシールドⅡ』レベル1

↓『ウォーターフィールドⅡ』レベル1

↓『テラー・フロム・ザ・シー』

◆補助スキル

●『隠密』レベル10　↓『心眼』レベル10　↓『遁行』レベル9

↓『鑑定』

↓『隠蔽』レベル10　↓『分身作成』レベル1

●『跳躍』レベル10
　↓『透過』レベル3
　　↓『隠蔽対象指定』レベル4
　↓『二段跳躍』レベル9
　↓『天駆』レベル5
　↓『滞空延長』レベル7
●『スキル探知』レベル4
●『危険察知』レベル4
●『裁縫』レベル9
　↓『傀儡作成』レベル9
　　↓『仮想人格憑依』レベル6
　　↓『傀儡管理』レベル5
　　↓『巨大化』レベル8
　　↓『縮小』レベル1
　　↓『能力付加』レベル6
　↓『護符作成』レベル1
　↓『アイテムドロップ率アップ』レベル9
●『調理』レベル9
　↓『特殊効果付与』レベル8
　↓『アイテムドロップ率アップ』レベル9

エキス抽出・調合の特殊スキルを取得するのに『調理』のレベルがあと1足りない……！

くぅ……！　妖怪「1足りない」……！

と、いうのは置いておいて、Ⅱが付いた水魔法をチェック。

タップすると出てくる詳細説明を読む。

『ウォーターカッターⅡ』は一度に出せる刃が二枚になったが、ほぼ重なった状態で出るらしいので、単純に威力が倍になっただけみたいだ。

『ウォーターシールドⅡ』は盾が大きくなり、受け止められるダメージ量がアップ。

これもシンプルに防御範囲と防御力アップのみ。

『ウォーターフィールドⅡ』は、水に沈む範囲は変わらないが、その浮力が五十％下がった。

つまり、浮きにくいモンスターは自重で勝手に沈んでいき……

ただプールに落っことすだけの魔法が一気にエグいものになってしまったが、使用者の私は水上に立てるから問題ないし。

うん、深く考えるのはやめておこう。

さて、新魔法のチェックに進もう。

『テラー・フロム・ザ・シー』は海から大型の水棲モンスターを召喚し、そのモンスターが使用者の指定した標的を攫って海に戻る魔法。

召喚される大型水棲モンスターはランダムで決まり、そのモンスターと標的の能力差や、標的の状態によって攫われた後、海から生還できるか否かが決まる。

しかし生還できたとしても、攫われる時に大型水棲モンスターから受けたダメージが残るので、攫われる前より倒しやすくなる。

「いやこれ即死魔法じゃん。失敗しても敵にダメージは与えられる、わりと使いやすい即死魔法じゃん。中級編でゲットできる新魔法って、みんな即死魔法なの？」

首を傾げるが、答えは分からない。

ちょっと考えて、結論。

「まあ、次のダンジョンで他の魔法の中級編を手に入れれば分かるか」

というわけで、明日は次のダンジョンに行こうと思う。

藍市のダンジョン『アクアマリンの千路』を踏破した翌日。

ナビの『転送』先に登録済みで、すぐに行ける未踏破ダンジョンのゲートは二つ。

紅梅市の市民公園モニュメント前ゲート。

菫市の大型ディスカウントストア前ゲート。

たしか紅梅市の方は第二次侵攻をうまく凌いでいたので被害は少なく、菫市の方はディスカウントストアの出入り口が完全に塞がれるほどの被害が出ていたはずだ。

菫市の方の復旧作業がどうなっているのか気になったので、まずは菫市のゲート近くに『転送』してもらう。

プレイヤー装備で『隠密』常時発動の私は、転送された地点から『天駆』でぐるりと周辺を見てまわり、ゲート近くの人気《ひとけ》のない建物の屋上に着地。

上から辺りの様子を見る。

……壊されたまんまだなぁ。

ディスカウントストアは営業を停止しているらしく、店員や客の姿はない。

道の瓦礫が撤去されている以外ほとんど放置された状態なのは、第三次侵攻でまた破壊されることが分かっているからだろう。

ディスカウントストア前ゲートには警備役らしき重装備の自衛隊員と警察官が立ち、近くに張られたテントには折り畳み式の机とイス。

そこに座ってノートパソコンに向かい、カタカタとキーボードを叩いている作業服姿の人は政府関係者だろう。首から名札を下げている。

ちょうどそこに彼らと顔見知りらしきプレイヤーが身軽くジャンプして上空から現れ、ゲート近くに着地した。軽く手をあげて挨拶したプレイヤーに、一瞬警戒した自衛隊員と警察官がその顔を見て銃器を下げる。

そして大急ぎでテントから飛び出してきた作業服姿の人が、プレイヤーに声をかけた。

遠く離れた場所の会話を聞くスキルは無いし、そもそも彼らの会話の内容に興味もない。

無言で眺めていると、プレイヤーは巡回中に立ち寄っただけのようで、頭を下げる政府関係者にまた軽く手をあげ、ジャンプしてその場から立ち去る。

なんとなく、これはチャンスなのでは？　と思っていた私は、そのプレイヤーが立ち去るのと入れ替わりに地面に降り立ち、静かにゲートに向かう。

　そしてその場にいる人達が去っていくプレイヤーの背を見送っているうちに、鉄扉を開いてするりとその隙間からダンジョンに入った。

　背後では何やら騒ぐ声が聞こえたが、ステルス系プレイヤーが勝手にゲートを開けるぐらい、今となってはニュースにも取り上げられない些事だろう。

　テレビ局はもっと別のことを報道するのに忙しいし、政府は有識者会議との協議の後、未登録のプレイヤーに対し、未登録であることを理由に罰則を科すことはしない、と宣言している（他のことはいまだ協議中らしいが）。

　そんなわけで、自動的に閉まっていく鉄扉の向こうの喧騒が消え、三つ目のダンジョンに入った私は、まず周囲の景色を見た。

　今にも雨が降りだしそうな曇天。

　あちこちに点在する木や岩の他には何もない、どこまでも広がる一面緑の草原に、傷跡のように刻まれた一本の道。

　遠く、遠く、大地を取り囲むように連なる山脈。

「開けた場所だな……。とりあえず陸上型傀儡《ケモノ》グループと飛行型傀儡《トリ》グループ、アイテム収集役グループ出しとくか」

　アイテム収集役グループに『隠蔽対象指定』を発動させて送り出し、陸上型と飛行型にはエンカウントしたモンスターの討伐を命じる。

次は忘れず『転送』先の登録。

（「ナビ、『転送』地点の登録お願い」）

ナビに言って、今まで藍市のダンジョン『アクアマリンの千路』の最終到達点を登録していたところへ、現在地を上書き登録する。

これで準備は完了。

私が進み始めるのを待つ陸上型のグループを地上に置いて、『天駆』で空に上がる。

曇天だが、一面緑でわりと景色はいい。

そんなダンジョン序盤の空中を、さっさと『天駆』で駆け抜けてゆく。

その時。

〈全プレイヤーへ通達。侵略者《インベーダー》の一斉攻撃により、ゲート耐久値が急激に低下。残存耐久値三％。ゲート破壊後、第三次侵攻が開始されます〉

青いルームランプから緑色のルームランプになったナビが言う。

同時に体が強風で吹き飛ばされたような感覚を受け、気づけば入ったばかりのゲートの前に転がっていた。

辺りを見れば、同じくダンジョンから強制的に放り出されたプレイヤーとチェスマン達。

私はすぐに『跳躍』でその場を離れ、『天駆』で近くの建物の屋上に移動。

アイテムボックスを開いて、傀儡達がそこに戻されていることにホッとする。

〈ゲート崩壊。封印が破られました。モンスター多数出現、インベーダーが侵略を開始〉

眼下の鉄扉に亀裂が入り、ナビの声とともに砕け散る。

ゲートだった場所は黒い靄の塊になり、無数のモンスターが湧き出る。

〈第三次侵攻の発生を宣言する。全プレイヤーはこれを阻止せよ〉

そうして三度目の侵略が始まった。

閑話　昇格

どこまでも続くかのように見える回廊、その途中。

パァン、と、派手だがどこか間の抜けた音が響いて、少年は顔をしかめた。

「おめでとう！　歴代最年少、最短期間で駒から枢機卿に昇格した気分はどうだい？　エクルーズローダー卿」

問われたエクルーズローダーは浴びせられた色鮮やかなテープと紙吹雪を払い落とし、不快だという表情を隠しもせず女を睨み上げた。

「たった今、最悪になったところだ。祝いの言葉の前に、名乗る程度の礼儀も知らんのか？」

空になったクラッカーをアイテムボックスに片付けると、女は肩をすくめた。

「やれやれ。愛想のない坊やだ。まあ、そうしてツンツンしているところはハリネズミのようで可愛らしくもあるが。ああ、私の名はグリンデルトだよ。同じ拠点で活動する枢機卿の一人として、仲良くやろうじゃないか」

駒が枢機卿と接点を持つ機会は、特殊なミッションに参加する以外ではほぼ無い。

このため昇格したばかりで他の枢機卿を見知っている者は少なく、その点はエクルーズローダーも例外ではない。

しかしこのような調子では、それは幸運なことだったのかもしれん、と思う。

駒より上位の存在とはいえ、元は同じような世界から連れてこられた人間だったのだ。

当然、性格の合う者もいれば、合わない者もいるだろう。

「今の会話でなぜ仲良くやれると思うのか、理解できんな」

この女は合わない方だなと胸の内で判定しつつ、エクルーズローダーは素っ気なく応じてから、ふと目を細めた。

「貴殿は欠けていないのか？」

「ああ、坊やはまだ知らないのか？」

どこか優しげに微笑んで、グリンデルトが教える。

「欠けるところは人によって違うのだよ、エクルーズローダー卿。私は目には見えぬところ、内側が欠けている。……左手に物を持つ癖も欠けてしまった」

ひらりと持ち上げた自分の左手を眺めて、どこか独白めいたつぶやきがこぼれる。

「それを代償に得たものがあるとはいえ、どうせなら欠けた記憶も失わせればよいものを」

欠けた記憶ごと失わせてしまえば、最初からそれは〝無かったもの〟になる。

はたしてそれは代償と呼べるのか。

少年が問おうとしたところで、別の声が響いた。

「グリンデルト卿、主への報告は済んだのか？」

「これから行くところだよ、アングレイヴィス卿。ちょうど姿を見かけたものだから、我らが卓へ新たに加わった期待の新人に、昇格祝いの言葉を贈っていたところでね」

自分の後ろから現れた男に答えるグリンデルトを、エクルーズローダーは冷めた目で見る。

「祝いの言葉を贈られた記憶はないが」

アングレイヴィスはため息をついて促した。

「早く行った方がいい。祝いの言葉はまた場を改めて贈る方がよかろう」

ふふ、と笑い、グリンデルトがひらりと手を振った。

「そうだね、また次に会う時の楽しみにしておこう。ではね、ハリネズミの坊や」

好き勝手に言って立ち去る女の背を睨み、エクルーズローダーが渋面の男に聞く。

「いつもああなのか？」

「……うむ。有能なのだが、悪戯好きなところがあるようでな。何かされたか？」

「たいしたことはないが……」

ふと気になって、エクルーズローダーが問う。

「グリンデルト卿には、左手に物を持つ癖があったのか？」

アングレイヴィスはかすかに顔を傾けた。

「左手に物を持つ癖……？　それは確か、スレッタート卿の癖だったように思うが」

エクルーズローダーの知らない名を出したアングレイヴィスの口調は、どこか硬い。

「野球のボールに、テニスボール、ゴルフボール……。丸く、固いものがいいのだと、いつも左手に持っていたように記憶している。……しかし、彼女はだいぶ前にミッションで戦死した。枢機卿にのみ出される、難易度の高い対『侵蝕者《イナニス》』戦だ」

なるほど、それで口調が硬かったのか、と内心で理解した。

そして、「そんなものがあるのか」と厳しい表情でつぶやいた少年は、同時に別のことを考える。

自分のものではない癖なのに、それが「欠けてしまった」と言った時、グリンデルトに嘘をついている様子はなかった。

けれど、水面下で何かがざわめくような違和感を覚えたのだ。

その違和感の正体は分からないが、自分のものではない癖を「失った」と、嘘ではなく言えるというのは不可解だ。

どうやら枢機卿の中にも要注意人物がいるらしい、と察して、エクルーズローダーは年齢に似合わない重たげなため息をついた。

「そう深刻な顔をすることはない」

そのため息に気付いて、アングレイヴィスが言った。

「この拠点の主は無駄な損害を嫌う。ゆえに難易度の高いミッションには、チームを組んだりバックアップを付けるなどの対策が講じられる。戦死することは無いとは言えんが、今のところ確率は低いのだ」

エクルーズローダーはため息の理由を誤解されていると気付いたが、グリンデルトへの違和感については口にせず、話を合わせた。

興味深い話題が出たからだ。

「〝この拠点の主〟？」

今までにそのような言い方で「主」を呼ぶ者はいなかった。

　これまでとは別の情報が得られそうだと感じ取り、質問する。

「ということは、別の拠点にもここと同じように主がいるのか。アングレイヴィス卿は、別の拠点の主に会ったことは？」

「それは無いが、別の拠点から異動してきた枢機卿と話したことがある。そこの主は枢機卿も駒も消耗品扱いするタイプで、随分と苦労したらしい。興味があるなら、彼に直接話を聞くのがいいだろう。機会があれば紹介するが？」

「興味がある。紹介を頼みたい」

　拠点についても主についても、自分が昇格した枢機卿という地位についても、まだ知らないことばかりだ。

　意志の強さを感じさせる眼差しで見上げてくる少年に、アングレイヴィスは頷いた。

「承知した」

第四章　第三次侵攻と、地道な工夫とスキル取得

Act．35　第三次侵攻

――二〇XX年六月八日。

『幻想侵蝕《ファンタジー・イクリプス》』第三次侵攻、発生。

ゲート警備勤務中の警察官から、ゲートの軋み音を感知、表面に亀裂が入り、それが徐々に広がりつつある、との報告。

同時にプレイヤーがナビゲーターからの警告を受け、これを報告。

第一級警報が発令され、国民への避難命令が出されるのと同時に、機動隊、自衛隊、プレイヤーとチェスマンが出動。

破壊されたゲートから出現したモンスターへの対処に当たる。


入ったばかりのダンジョンから強制的に放り出され、そのまま第三次侵攻に突入するというのは、運が良いのか悪いのか。

幸運なのは、これからダンジョン攻略をしようとしていたから、戦うための準備ができているということ。

不運なのは、雪柳の皿にご飯を山盛りにしてこなかった、ということ。

ダンジョン攻略は午前だけで終えて、昼には帰るつもりだったからなぁ……

まあ、雪柳は昼ご飯を食べたり食べなかったりするから、たぶん大丈夫だと思うけど、と考えつつ、ダンジョンから強制的に放り出された時、すべての傀儡が戻されたアイテムボックスを開く。

そして五体の飛行型傀儡、性格「戦闘狂」に『隠蔽対象指定』を発動させ、スイッチと巨大化をオンにして放ち、自分はライフルを構えて無限湧きするモンスターを次々と撃ちながら様子を見る。

第二次侵攻でも思ったが、侵攻で出現するモンスターは地上攻撃部隊迎撃戦の時に出現するモンスターより弱いようだ。

『隠蔽対象指定』を受けて姿が見えない状態になっている私の傀儡達に、一体のドラゴンが押し負けて落下、色を失って砕け散る。

（「ナビ。傀儡って私から離れた場所でも動ける？」）

〈同一世界内であれば問題なく稼働します〉

は？　同一世界内、だと……？

え……？　何それどういう意味……？

まさか、異世界転移フラグとかじゃないよね……？

雪姉さんを置いて別の世界に行くとか、絶対に嫌なんですが。

と、一瞬そんな思考が走ったが、今は気にしている場合じゃない。

幸い、出現するモンスターは私の傀儡達で対応できる能力値のようだ。

私と離れても問題なく稼働するなら、ここは五体の傀儡と地上で戦うプレイヤー&チェスマンに任せて、他のところを見に行こう。

ナビに『転送』を頼み、まずは紅梅市の市民公園モニュメント前ゲートへ移動。

ここはすでに地上戦に対応するプレイヤーと対空戦を担当するプレイヤーが連携していたので、彼らを邪魔しない程度の狩り要員として三体の戦闘狂な飛行型傀儡を『隠蔽対象指定』付きで放つ。

次は家に帰り、雪柳が私のベッドの上で寝ているのを見てから、ご飯皿にカリカリを山盛りにして『遁行』で部屋を出る。

そのまま『跳躍』と『遁行』で浅葱駅前ゲートに向かえば、討ち漏らしらしき飛行系モンスター、ハーピーを発見。

即座に『滞空延長』でその場に留まり、急所への狙撃で撃ち砕く。

まだゲートまで少し距離があるが、戦闘狂の飛行型傀儡を五体出し、『隠蔽対象指定』付きで送り出す。

そして移動を再開。

数分と経たず到着した浅葱駅前ゲートの周辺は、第二次侵攻の時に藍市のツインタワー前ゲートを見に行った時のことを思い出すほど破壊され、黒煙と土煙が立ちのぼっていた。

まだ無事なビルの屋上に着地するのと同時に、ライフルを構えてトリガーを引く。

ほぼ同時に到着した五体の飛行型傀儡が飛行系モンスターを次々と狩っていってくれるので、私が標的にするのは地上で暴れる大型と中型のモンスターだ。

それらを数十体も始末すれば、地上で応戦していたプレイヤーとチェスマン達が勢いを盛り返し、徐々にゲートを包囲していく。

前回より多く出現する飛行系モンスターは私の傀儡達が倒すから、ひとまず形は整っただろう。

私は場所移動をしながら様子を見て、地上のモンスターへの狙撃をやめる。

すると私とは別の場所から飛び道具で遠距離攻撃をしているプレイヤーがいるのに気が付いた。

先ほどまでは見かけなかったから、まだ到着したばかりなのかもしれない。使っている武器はクロスボウだ。

ふと思い出して、戦闘の様子を見ながらナビに聞く。

（「ナビ。クロスボウってランクいくつから選択できるの？」）

〈クロスボウはランク10から選択可能です〉

（「ライフルは？」）

〈ライフルはランク9から選択可能です〉

マジかぁ～。

私が聞いたことなかったからだけど、初耳だな～。

私は初期ランクが8だったし、最初に希望したライフルが問題なく装備できたからあまり気にしたことがなかったけど、前にナビが〈この世界のプレイヤーの初期ランクの平均値は11です〉とか言ってた気がする。

もしかして、いや間違いなく、遠距離攻撃タイプのプレイヤーが少ないのってそのせいなのでは？

ランクは侵攻か地上攻撃部隊迎撃戦のモンスター討伐でランクポイントを稼ぐしか、上げる方法無さそうだし。

……私が一気に2ランクもアップした、あの意味不明なやつは例外として。

それならやっぱり対空戦はプレイヤー側が不利なんだろう。

浅葱駅前ゲート戦は五体の飛行型傀儡に任せて、藍市のツインタワー前ゲートへナビの『転送』で移動。

第二次侵攻で破壊されたまま、再建されていないそこは、瓦礫と化したビルの屋上を転送先として登録したせいで足場がない。

『天駆』で無事なビルの屋上に移動しながら、戦況を確認。

前回の侵攻で甚大な被害を受けたせいか、周囲は破壊された状態で放置されているものの、プレイヤー達は近距離攻撃タイプ、遠距離攻撃タイプともに揃っている。

とくに魔法攻撃やアーチェリーで攻撃するチェスマンの活躍が目立つので、ここでは傀儡を出すのはやめておく。

（「ナビ。近くのゲートでまだモンスターがたくさん残ってる所ってある？」）

〈当機のサポート範囲外の質問です。お答えできません〉

やっぱダメかー。

まあそんなに期待はしてなかったので、諦めて次はどこへ行こうか考えようとしたところで、

「うわっ！」

「きゃぁぁっ！」

急に複数の悲鳴が聞こえ、反射的にライフルを構える。

スコープ越しに捉えた姿はブルードラゴン。

湧きポイントから出てすぐのところで戦っていた近距離戦タイプのプレイヤーとチェスマンが、長い尻尾で弾き飛ばされたらしい。

おかげで遮蔽物が無くなったので、遠慮なく急所に三発撃ち込む。

やはり地上攻撃部隊迎撃戦で戦った個体より能力値が低いらしく、ブルードラゴンはあっさり色を失って砕け散った。

うーん。やっぱりここも傀儡出しとこう。

プレイヤーとチェスマン達の連携の邪魔になりそうだよなぁ、とは思うが、どうも遠距離攻撃タイプのチェスマンより、私の飛行型傀儡の方が攻撃力高い気がするし。

戦闘狂はマジでモンスター以外は全スルーするから、たぶん大丈夫だろう。

というわけで、三体の戦闘狂な飛行型傀儡を『隠蔽対象指定』付きで放つ。

命令無しでモンスターだけ勝手に狩ってくれる戦闘狂の飛行型傀儡、すごい便利だ。

いっぱい作っておいて良かった。

それからしばらく様子を見て、問題なさそうだったので、別のゲートへ移動することにする。

現在地の藍市のツインタワー前ゲートから近く、私が行ったことのないゲートは、たしか常盤《ときわ》市の植物園前ゲートだったはず。

常盤市の植物園は、中学生の頃に学校行事で行ったことがある。

植物園としてはこの辺で一番広い施設で、大きな温室の中は熱帯のジャングルに入ったような気分が味わえるほど、大きな南国の植物が生い茂っていた。

なんとなくこっちだろう、という程度だが方向は分かるので、とりあえず『遁行』と『天駆』で移動。

途中、『心眼』で数体のモンスターを見つけたので、『滞空延長』で数秒その場に留まって急所へのライフル狙撃で仕留めておく。

思ったより討ち漏らしが多いな、と思ったが、私がこれまで見つけたはぐれモンスターはすべて飛行系だったことを思い出し、そのせいかもしれない、と考える。

そして討ち漏らしの飛行系モンスターを狩りながら移動しているうちに、常盤市の植物園前ゲートに到着。

ここは飛行系モンスターに対抗できる戦力がチェスマンしかいなかったらしく、数十体のドラゴンが野放し状態で暴れまわるという、とんでもない危険地帯と化していた。

即座にここを今回の私の主戦場にしようと決め、五体の戦闘狂な飛行型傀儡を『隠蔽対象指定』付きで放つと、ライフルを構えてトリガーを引く。

いつものように、撃ったあとは場所を移動するので、自然と戦場の状況が目に映る。

植物園の出入り口や塀は所々大きく破壊されてもはや用をなさず、入園者を最初に出迎える花畑は踏み荒らされ、中央にあった日時計も壊されている。

かつて私も中を歩いた大きな温室は、屋根の一角がドラゴンがぶつかったように大きく潰れて鉄筋がひしゃげ、ガラスが割れて悲惨な状態になっていた。

モンスターの方向誘導がうまくできれば、遮蔽物が多い上に足場の悪い植物園の中ではなく、湧きポイントのすぐ前にある広い駐車場を戦場にできるだろう。

私はまだ壊されていない植物園の建物の屋上から狙撃して、こちらへ来ようとするモンスターを片っ端から撃ち砕いた。

そうして植物園側を通行止めにしてやれば、残ったモンスターは勝手に駐車場の方へ流れていく。地上型モンスターばかりのその群れを、この戦場でどうにか踏みとどまっていたプレイヤーとチェスマン達がうまく連携して次々と仕留めていく。

ドラゴン数十体が野放し状態だったのに今まで戦線崩壊せず踏みとどまっていられたのは、その連携の巧さがあったからなのだろう。

植物園側に来ようとするモンスターを仕留めながら、視界の端で戦う彼らの連携プレーを眺める。

〈次元の亀裂が『＊リン＊＊ト』により封印され、設置されたゲートが正常に起動。侵略者《インベーダー》による第三次侵攻の終了が宣言されました。お疲れ様です、Ｒｘ〉

唐突にナビが言い、湧きポイントだったところに新しいゲートとなる扉が現れる。

それは美しいステンドグラスで全面が鮮やかに彩られた、扉というよりガラス製の絵画と金属製の瀟洒《しょうしゃ》な額縁、といった代物だった。

同時に、あちこちに放った傀儡達の戦果であるドロップアイテムと取得Eのアナウンスが、視界の端を怒涛の勢いで流れていく。

それをちらりと見やって、私も残党狩りに戻る。

モンスターを狩りつくすまでが侵攻だ。

それに、今のところドラゴン素材はこのタイミングでしか手に入れられない。

ナビが〈戦闘の継続意志を確認〉と言って、前回と同じ説明をするのを聞き流しながら、残ったモンスターを殲滅する。

それからしばらく後、『心眼』で分かる範囲にモンスターがいないことを確認すると、ライフルをおろして息をつく。

次の獲物を探して戦闘狂な飛行型傀儡があちこちに散らばって飛んでいくのを見送り、追加で二十体ほど、これもまた『隠蔽対象指定』付きで放つ。

戻したい時は遠くにいる傀儡でも『傀儡管理』でアイテムボックスに収納できるから、しばらく飛んでまわって残党狩りをしてもらおう、と思ったのだ。

ついでにダンジョンとは違うモンスターの素材を収集できるし、Eも稼げるし。

私はさすがに疲れたので、一足先に退場だ。

現在地をナビの新しい『転送』先として登録してから、『転送』で帰宅した。

Act. 36　ステータスのチェックと情報収集と安否確認

侵攻の翌日は動く気にならない。

前は筋肉痛で強制休みになっていたが、筋肉痛がだいぶ軽くなった今でも、どうにも動けず窓辺でクッションを枕にゴロ寝している。

ちなみに私は直射日光が当たらない所に寝転がっているが、雪柳は陽だまりでのんびりくつろいでいる。陽射しをあびた白い毛並みが淡く光っているように見えて、とても綺麗だ。

休養も大事。

クアッ、とあくびした雪柳につられ、私もふぁ～、と大あくび。

テレビもつけず、一日のんびり休んだ。

翌日、朝食後。

お茶を飲みながら、まずは放置していた戦闘狂な飛行型傀儡達をアイテムボックスへ収納する。

昨日からずっと、時々ドロップアイテムとEの取得アナウンスが流れていたが、今日はあんまり流れなくなったので、もういいだろうと判断した。

次にステータスのチェックをすると、全体的に少しずつレベルアップしているスキルの中、注目していた『遁行』がレベル10に到達していた。

よし、これで特殊スキル『縮地』の取得条件、達成だ。

(「ナビ。『縮地』取得する」)

〈はい、Rx。スキル『遁行』レベル10、達成を確認。取得可能な特殊スキルです。５０，０００Ｅの支払いで取得が完了します。支払いますか？〉

目の前にテキストボックスが浮かび、「はい」と「いいえ」のボタンが表示される。

私は「はい」を押した。

〈５０，０００Ｅが支払われました。特殊スキル『縮地』取得、完了です〉

(「おお～。ありがと、ナビ」)

もう一度ステータス画面を開くと、新スキル『縮地』は特殊スキルの欄に入っていた。

短距離、視界の範囲内に瞬間移動できる『縮地』。

実際に使ってみないと、どれくらい役に立つかは分からないが、面白そうなスキルだ。

次のダンジョン探索が楽しみになった。

あとは久しぶりに加工屋でアクセサリーを見て、ランクアップで増えた商品や新たに取得したアイテムから作れるようになったものをチェック。

ダンジョンへ行くたびに放っているアイテム収集役の傀儡グループが拾ってきたレアアイテムも地味に溜まっていて、意外と多種類のアクセサリーが作れるようなので、迷いつつ決めていく。

結果。

◆装備品
・空色羽兎のイヤーカフ（跳躍高度アップ［大］）
・迷彩のペンダント（モンスターの索敵とプレイヤーの探査系スキルに発見される確率の低下［大］）
・妖精の腕輪（『隠密』と『隠蔽』消費精神力80％軽減）
・破砕の指輪（攻撃力アップ［特大］）
・鏡迷宮のアンクレット（被ダメージ反射［発動確率・大］）

最近、移動に『天駆』を使うことが増えたので、速度アップを跳躍高度アップに変更。

あとはそれぞれ上位互換バージョンの物を作って装備を変えたのだが、破砕の指輪を作るのにドラゴン素材をだいぶ持っていかれたので、『傀儡作成』で使える素材が少なくなってしまった。

ダンジョンでもドラゴンが出てくれたら、素材狩りができるのに……

アイテムボックスを見て、だいぶ減ってしまったレアアイテムの数にため息がこぼれたが、まあ、それはさておき。

空中に浮かぶ画面を閉じ、テレビのニュースとインターネットで情報収集をする。

「ご覧のように橋が完全に崩落しており、復旧にはかなりの日数が必要になるとみられ――」

「第三次侵攻における推定被害額は――」

「政府は各自治体にゲートから離れた場所へ避難所を作るよう指示していましたが、今回そこへ移動する途中で襲われるケースが相次ぎ――――」

「今回は第二次侵攻よりも飛行可能なタイプが多数出現した、との報告があり、今後は空を飛ぶ敵に対して攻撃できるプレイヤーとチェスマンがより多く求められるものと――――」

「ライフラインを断たれ、孤立した集落への救助隊が先ほど現地に到着し――――」

チャンネルを変えるたびに違う問題が報道されている。

問題山積み感がすごい……。

ネットの方でもあちこちで救助要請を出している人がいるが、今回はとくに、被害状況に偏りがあることを指摘する声が多かった。

政府は登録プレイヤーとチェスマン達を〝適切に〟分散して担当ゲートを決め、防衛を依頼しているると主張しているらしいが。

どうやら政府の考える〝適切に〟とは、首都圏や人口密集地、発電所などのライフラインに関わる拠点施設などへ重点的に登録プレイヤーを配置する、という意味であるらしい。

当然、その他のゲートはどうしたって手薄になる。

結果。

政府が重点的に登録プレイヤーを配置したゲートは、比較的被害が少なく終結を迎えた。

しかし担当プレイヤー達だけでは対応しきれず戦線崩壊して大被害が発生したゲートと、担当プレイヤーに加えて強い未登録プレイヤーが加勢したことでほぼ無傷で侵攻を凌ぎきったゲートなどの、地域格差があちこちで出たのだ。

未登録プレイヤーがどれくらいいるのかは知らないが、この問題に関しては早急な対応策が必要だろうな、と思う。

不満を持った国民は有効な対応策を出せない政府に矛先を向けるだろうし、未登録プレイヤーの戦力を活用できないでいる現状はもったいない。

私も未登録プレイヤーだけど、雪柳と一緒に暮らすこのマンションへの被害は絶対に阻止したいので、我が家の近くのゲートを優先して対応している。

だけど、今回のように傀儡を放つだけで戦力が足りたゲートもあり、それらは傀儡に任せて他のゲートへ移動した。

だから戦力不足だった植物園前ゲートの防衛に加勢できた。

こういう未登録プレイヤーもいるので、私はあまり自宅から遠く離れる気はないが、有効活用してもらいたい、とは思う。

じゃあより有効活用するためにも登録しろ、って言われたら逃げるけど。

……他の未登録プレイヤーもそんな感じだったら、有効活用とか、無理かもしれないなぁ。

「まあ、人間、やれることしかできないもんね」

うんうん、と頷いていたら、テレビの民放ニュースで「正体不明の何かがモンスターを倒した」と話す人が映った。

ん゙ッ、と思わず固まる。

しかもインタビュアーはその人の話を聞いた後、「同じような証言が他にも寄せられています」

と言い出した。

どうやらネットでも「何も無いところでいきなりモンスターが襲われたみたいに暴れて、それからすぐに砕け散った」という書き込みが複数あるらしい。

んんん……、たぶんそれ……、うちの子ですね……

悪いことをしたわけではないのだが、微妙に目が泳ぐ。

『隠蔽対象指定』付きで放ったことで安心していて、傀儡が見つからなくても、傀儡に倒されるモンスターを不特定多数に目撃される可能性があることをうっかり忘れていた。

何も無いところでいきなりモンスターが倒されたら、そりゃあ怪現象だよね……

ネットに書き込んじゃってもしょうがないかー……

それにしても、なんだか目撃者が多い気がするんだけど、みんなモンスターが見えるくらい近くにいたの？　危なくない？

今回ゲートで仕留めきれずに逃げられたモンスターが、それだけ多かったってことなのかなぁ。

でもまあ、傀儡から作成元の私にまで辿り着くことはできないはずだ。

放った傀儡は全部無事に回収できているから、他のプレイヤーに捕まって調べられているということも無いし。

うちの子達は獲物を探してだいぶ遠征したようで、目撃証言はかなり広範囲に散らばっていて、おそらくそこから私を特定するのも無理だろう。

今回、浅葱駅前ゲートでの防衛戦を見た人達は、もしかしてあのステルス系スナイパーの仕業ではないか、と思うかもしれないけど、今のところそこから私に辿り着いている人もいないし。

うん。余計なことしないで放置しておけば、大丈夫、かな……？

ううむ、とうなりつつ色々見ていくと、すでに正体不明の何かについて、『シャドウ』とあだ名を付けている人達がいた。

ダンジョンへ入るところを撮られた時は『ノイザー』と呼ばれたけど、今度は『シャドウ』か。

静かにひっそり単騎でやっているつもりなのに、なかなかうまくいかないものだなぁと思う。

でも、私の他にも目立つプレイヤーはたくさんいて、今はとくに白いマントがひるがえる様子が「翼を広げたみたい」「可愛い」と言われる『天使ちゃん』の話題も多い。

何枚も写真を撮られているようで、白いマントをはためかせながら弓を射る若い女性の姿がＳＮＳで拡散されている。

プレイヤーの話題以外だと、「なぜモンスターに現代兵器が通じないのか」を議論している人達もいて、なかなか興味深かった。

そこでは様々な可能性が議論されていたが、私が面白いと思った説は「モンスターか、その周囲にある何かが当たり判定をしている」というものだ。

どういうことかというと、「モンスターに有効な武器はプレイヤーに与えられた物だけ」という状況を作るには、それ以外の攻撃を「無効化」する必要がある。それには「プレイヤーに与えられた武器」を「当たり」、「それ以外からの攻撃」を「ハズレ」と判別しなければならない。

そこで必要になるのが「当たり判定」で、ゲームでは別の意味で使われる言葉だが、それと似たようなものがモンスターの体にも存在するのではないか、という説だ。

なるほど、と納得できる説だったし、もしその「当たり判定」を現代兵器でも「当たり」にする技術があれば、凄まじい戦力増加になるだろうなという、夢のある話だ。

まあ、この説が当たっているのかどうか分からないし、そんな技術も無いんだけど。

あと、この説を最初に言い出した人、たぶんゲーマーだろうなと思う。

ぼんやり考えつつ遠い目になっていると、不意にスマホがブルブル震えだした。

私のスマホに着信とは、珍しい。

詐欺か？　売り込みか？　と迷惑電話を疑ったが、表示された番号はこのマンションの管理会社のもの。

「はい、もしもし」

テレビを消して電話に出れば、だいぶ久しぶりに名前を呼ばれて本人確認され、「はい」と応じれば安否確認のための電話だと説明される。

自治体からの要請でやっているんだそうだ。

第三次侵攻の後で安否確認？

やるの遅くない？

と思ったが、余計なことは言わず、相手の質問に答える。

そして、ライフラインに問題はなく、怪我や病気もしておらず、食品や日用消耗品の買い出しにも行けていることを確認され、大丈夫です、と繰り返していたら話は終わって電話が切れた。

避難所へ行く予定はあるか、というのも聞かれたので、自治体としてはこれから増える避難者の数を把握したいのかもしれない。

引きこもりの猫飼いに、避難所へ行く、という選択肢は辛いものがある。

とりあえずこのマンションと周辺くらいは被害が出ないよう、できるだけ頑張ろう、と思った。

Act. 37　転送先登録とダンジョン攻略再開

今、ナビに登録できる転送先は六ヶ所。
そして、私が登録しているのは五ヶ所。
まず、現在攻略中のダンジョンの中（菫市の大型ディスカウントストア前ゲートから入ったダンジョン）。
それから、
藍市のツインタワー前ゲート
紅梅市の市民公園モニュメント前ゲート
菫市の大型ディスカウントストア前ゲート
常盤市の植物園前ゲート
の、近くにある建物の屋上。
うっかり自宅から一番近い浅葱駅前ゲートの登録を上書きで消してしまっていたので、第二次侵攻の時も今回も、自宅からスキルを使いつつ走って行くことになってしまった。

道中、討ち漏らしを始末できたので、結果的にはそれはそれで良かったのだが、とりあえず次の侵攻に備えて登録しておくことにする。

まあ、次にナビが緑色のルームランプになったら、第三回地上攻撃部隊迎撃戦の強制徴兵を告げられるんだろうな、とは思うけど……

というわけで、第三次侵攻から三日後。

私は自宅から『遁行』と『天駆』で浅葱駅前ゲートの近くの建物の屋上に着地すると、そこを転送先としてナビに登録。

それから『転送』で攻略中のダンジョンに移動し、探索を再開した。


〈「そういえば、ナビ。ダンジョンの中で他のプレイヤーと遭遇したこと無いんだけど、何か理由ってあるの?」〉

三グループの傀儡を放ってモンスターを狩りながら、草原の上を『天駆』で駆け抜ける合間に、ふと気になってナビに聞く。

返事は期待していなかったが。

〈同時にゲートへ入ったプレイヤーはダンジョン内にある同じ地点に転送されますが、別々に入ったプレイヤーはそれぞれ異なる地点に転送されます。このため、ダンジョン内での他プレイヤーとの遭遇は、確率の低いものとなっています〉

これは答えてくれるんだ……？

相変わらず、親切なのか不親切なのか、よく分かんない仕様だなぁ。

ふぅん、と頷き、見つけたモンスターを『滞空延長』で空から狙撃。

まだ序盤だからか、急所を撃ち抜かれたモンスターはあっさりと色を失い砕け散る。

それからしばらく無言で駆け続けていると、上空からゴロゴロゴロ……、と聞き覚えのある不穏な音が聞こえた。

まさか、と思いつつ、すぐさま草原に降り立ち、姿勢を低くしながら頭上に『ウォーターシールドⅡ』を展開。

念のため三枚重ねにして、周りに集まってきた陸上型傀儡達には散開の命令を出す。

空を見上げれば曇天の中、時おりジグザグに走る光が閃き、低く不穏な音が続き。

次の瞬間、それが少し離れた場所にあった木を直撃した。

目の前が真っ白になる閃光と、耳をつんざく轟音。

反射的にその場で丸くなって強張らせた体にビリビリと振動が伝わり、そのすべてが鋭敏になっている五感を攻撃する。

「ッ、ぐ……！」

間近で落雷に遭遇するのは初めてだが、思った以上に衝撃がキツイ。

プレイヤーとして身体能力が向上し、感覚が鋭くなっているせいかもしれないが、とにかく目と耳と体の感覚がおかしい。

耳をふさげば防げるようなレベルのものではないと、落雷の轟音と振動で叩かれた内臓からくる体の不協和音が告げている。

（「ナビ、『結界』展開して」）

了承の返事とともに即座に展開された『結界』の中、草原に倒れこむように脱力し、荒くなった呼吸を整えながら感覚が落ち着くのを待つ。

最初から『結界』に避難しておけば良かったのか？　でも『結界』は一日の使用回数九回しかなかったよな、などと考えつつ、パチパチとまばたきを繰り返しているうちに視界がゆっくりと元の状態に戻ってくることに安堵する。

「あー……、ビックリしたー……」

しばらくして感覚が戻ると、ゴロンと仰向けに寝転がってつぶやく。

（「ナビ。このダンジョンって今みたいに雷が落ちるやつ、よくあるの？」）

〈その情報は当機のデータベースには存在しません〉

ナビは安定のナビだった。

「知ってた……」

思わず声に出してぼやき、体を起こす。

「うーん。これたぶん、ダンジョンの特性なんだろうな。フィールドからの感覚器官への攻撃？

運営もうちょっと緩めに調整しといてくれよ……。あれはさすがに威力強過ぎ……。それにしても、あんまりしょっちゅうこれがあると、さすがにしんどいんだけど。でも落雷があるってことは、たぶん雷魔法が取得できるダンジョンだろうし。雷系の攻撃魔法、できれば欲しいんだよなぁ～」

安全と欲望の間で迷う。

が、欲望はいつだって強いもので。

「ようは雷さえどうにかできればいいわけだし、何か、使えそうなスキルかアイテムないかな……」

ううむ、と考え込みながらステータス画面を開く。

と、補助スキルの欄に『硬化』レベル1という、初めて見るスキルがあった。

「なんだこれ……？　攻撃を捨て、完全に防御に徹することで自動発動する？　……あっ！　さっき丸まって固まってたやつか！　……ええ？　それだけの動作で新スキル取得って、マジで……？」

納得しつつも、なんだそりゃ、と思う。

しかも防御できるダメージ量はレベルによるようで、使えるかどうか微妙だし。

これ、ステルス系スナイパーの私が取得してもなぁ……

首を傾げつつ、画面を道具屋に変える。

「そういえば『良質』シリーズの布に、属性が付いてるやつがあったはず」

今までは『良質』シリーズの、何の効果も付いていない一番安い布で傀儡を量産していたが、必要になったら属性付きの布で『傀儡作成』をしようと思っていたのだ。

これからこのダンジョンを攻略していくためには、雷耐性付きの布で作った傀儡が必要になるかもしれない。

「あ、あった。雷耐性付きの『良質な布』。……んんん。私はこれ被って伏せておくぐらいしかないのか？」

さすがにもうちょっと、何か欲しいところである。

とりあえず雷耐性付きの『良質な布』を買い、今度は加工屋を見てみた。

「あっ、雷耐性付きのアクセサリーある～！　けど、ドラゴン素材が無いから作れない～！」

くうううぅぅ……！

涙を呑んでうなるが、何度かドロップして手に入れた雷属性のドラゴン素材を、無造作に傀儡に突っ込んで使ってしまったのは自分だ。

エリクサー使っちゃうタイプは、こういう時にものすごく後悔するのである。

「……ま、しょうがないか。無い物は無いんだし。まずは落雷がどれくらいの頻度で起きるのか、調べることから始めよう」

幸い、諦めの早いタイプなので、サクッと意識を切り替えて立ち上がる。

ナビに『結界』を解除させ、一時間後にアラームをセットして、『跳躍』で空に上がると『天駆』で再び進み始めた。

その後、一時間で発生した落雷は三回。

私はその度に草原に降りて雷耐性付きの『良質な布』を被り、三枚重ねにした『ウォーターシールドⅡ』の下で瞼をぎゅっと閉じ、両手で耳を塞いだ。

雷はすべて少し離れた場所にあった木に落ち、新スキル『硬化』のおかげか布の効果か、初回ほど酷い状態にはならなかったので、どうにかなるかもしれない。

それでもしばらくの間、感覚がおかしくなるし、体が内側から揺れているような感じがして気分が悪くなるので、正直わりとしんどい。

どうしたものかなぁ、と考えながら、ひとまず帰宅して『傀儡作成』をすることにした。

Act.38 落雷対策とダンジョン攻略の後

スキル『傀儡作成』を発動させ、雷耐性付きの『良質な布』でイヌのぬいぐるみ作りをしている時、ふと思った。

雷の音が聞こえても止まらず突っ走って、落雷までの間に危険な場所から抜け出してみるのはどうだろう?

可能性、ある気がする。

現実のものだとどうか分からないが、あの落雷はダンジョン内の、フィールドからの攻撃だ。

プレイヤーに準備時間を与えるためか、予兆の音が聴こえてから実際に雷が落ちるまで、そこそこ時間があった。

今の私なら『天駆』で上空を全力疾走すれば、一気にかなりの距離を移動できるはず。

ついでに前に加工屋を見た時、たしか速度アップを補助してくれる、ちょっと変わった効果のアクセサリーがあった気がするから、それを付けてみたらいけるんじゃないだろうか。

ぬいぐるみ作りを中断し、加工屋の画面を開く。

見つけたのは『蒼風のペンダント』で、効果は「移動抵抗軽減［大］」。

今装備しているペンダントは、モンスターや他のプレイヤーに見つかりにくくするためのものだから、変更してもとくに問題ないだろう。

私のスキル、『隠密』も『隠蔽』もレベル10だし、地上攻撃部隊迎撃戦の時に出てくる飛行系モンスター以外、今のところ見つかったことないし。

作るために必要な素材も、幸運なことに飛行系モンスターの羽が数種類で、これにはまだ残りがあった。

核や爪、牙や鱗を傀儡に入れることが多かったから、羽はあまり使っていなかったのだ。

というわけで、『迷彩のペンダント』を『蒼風のペンダント』に変更。

効果は明日の探索で試してみることにして、『傀儡作成』を再開する。

アイテム収集役は戦闘を想定していないので、陸上型と飛行型の二グループを、雷耐性付きの傀儡にできるよう、せっせと縫っていく。

『良質』シリーズは作るスピードを上げてくれるので、こういう時、とても助かる。

そうしてその日は『傀儡作成』で終わった。

翌日。

モンスター肉の朝食をとって、ダンジョンに入る。

いつも通り陸上型傀儡と飛行型傀儡、アイテム収集役の三グループを放ち、自分は『跳躍』で空に上がって『天駆』で先へ進む。

「お、わっ⁉」

そう、いつも通りにやった、はずなのだが。

ほとんど空気抵抗を感じず、驚くほどのハイスピードで勝手に体が前に進む。

これが『蒼風のペンダント』の効果、「移動抵抗軽減［大］」の威力か。

慌てて足の力を緩め、スピードを落とす。

全力を出すのは落雷の予兆を察知してからでいい。

それまではスピードを緩めておかないと、モンスターを倒しながら追いかけてくる陸上型傀儡達を置き去りにしてしまう。

それからしばらく、見つけたモンスターを狙撃や『跳弾』で狩りながら進む。

するとその数分後くらいに、上空からゴロゴロゴロ……、と不穏な音。

その瞬間、思い切り足に力を入れて全力疾走を開始する。

当然、陸上型傀儡は置き去りになったが、今は落雷から逃げることが最優先だ。

瞬く間に草原の上、空中を一気に駆け抜けてゆく。

頭上から響いてきていた不穏な音が、徐々に背後になり、遠ざかり。

「ふぁ……ッ！」

落雷。

背後からビリビリと衝撃が伝わってきたが、遠く離れたおかげか、地上で布を被って丸まっていた時より体が受けるショックは少なかった。

「勝った……！」

思わずグッと拳を握った。

初めてダンジョンを踏破した時より、達成感と満足感がある気がする。

それに、布を被って丸まってるより、全力疾走で逃げるほうが自分らしい。

ただの思いつきだったけど、やってみるもんだなぁ。

頑張って走り過ぎたので、『天駆』で空を逆走して、置き去りにした陸上型傀儡のグループに合流する。

ちなみに雷はまた木に落ちたらしく、燃えて炭化したそれから黒い煙が細く立ち上っているのが見えた。

ダンジョンでは落雷から全力疾走で逃げつつ探索を進め、家では雷耐性付きの『良質な布』で陸上型と飛行型の傀儡を量産して、数日。

『仮想人格憑依』がレベル7に上がった。

新しく選べるようになった性格は二つ。

一つは「天然」。自分では命令を聞いているつもりだが、気づけばまったく違うことをしている。放置しておくと、珍しいアイテムを拾ってくることがある。

もう一つは「気配り上手」。命令を遂行しながら周囲の状況を観察し、受ける損害はより少なく、敵へのダメージはより大きくなるよう立ち回る。

「天然」はアイテム収集役に使えるし、「気配り上手」は攻撃グループに入れておきたい性格だ。いくつか作った傀儡に設定した。

あと、『傀儡管理』と『巨大化』、『能力付加』もレベルアップ。

レベル6になった『傀儡管理』は、傀儡の耐久値が残り1になった時、アラームが鳴るよう個々に設定できるようになった。

が、今のところどうしても失いたくない傀儡はないので、設定はしない。

そのうち貴重なアイテムを入れて能力値の高い傀儡ができたら、使ってみようと思う。

レベル9になった『巨大化』は、もはやゾウ並みの大きさだ。

飛行型傀儡やアイテム収集役はもう少し小さいほうがいいのに、と渋面になったが、個別の操作盤を見てみると、いつからあったのか、サイズ調整の項目が増えていた。

おかげでサイズを変えられるようになったので、飛行型とアイテム収集役の傀儡のサイズをライオンくらいまで小さくしておいた。


六月中旬。

午前中のダンジョン探索を終えて帰宅し、お風呂に入って昼食をとっていると。

〈全プレイヤーへ通達。侵略者《インベーダー》による地上攻撃部隊の接近を探知しました〉

緑色のルームランプになったナビが言った。

お、来たか、と今回は冷静に思う。

今のところ侵攻と地上攻撃部隊迎撃戦が交互に起きているので、誰もが予測できていただろう。

〈探知した『ア＊＊レイ＊＊＊』により、現在敵出現予測地点に結界を構築中。これより五分後、ランダムにプレイヤーの転送を行う〉

昼食の残りをかきこんでモグモグと口を動かし、お茶を飲んで流し込む。

雪柳はまだカリカリを食べているところだったので、別の皿に大盛りにしたカリカリをちょっと離れた場所に置いておく。

〈現在構築中の結界は、現実に存在するものを完璧に複製した異空間であり――――〉

前と同じく「地上攻撃部隊を殲滅しねーとお前ら家に帰さねーから」的なことを言うナビの淡々

とした声をハイハイと聞き流し、準備を整えて部屋の隅に敷いたビニールシートの上でスタンバイ。

プレイヤー装備になると全身黒ずくめでライフルを持った不審者と化す私を気にもせず、平然とカリカリを食べ続けている雪柳はすごい猫だなぁと思う。

〈時間です、Ｒｘ〉

青いルームランプに戻っていたナビが言い、私はスキル『隠密』を発動させた。

〈カウント開始。五、四、三、二、一、……〇。転送完了〉

ナビがカウントを終えた時、私は暗い街のどこかに立っていた。

ナビに頼んで目を暗視モードにしてもらうと、ようやく古びた建物の横にいることが分かる。

『跳躍』と『天駆』でその建物の屋上にのぼると、テレビやネットで見たことのある景色を眺めながら聞いた。

〈「ナビ、現在地の地名を教えて」〉

〈はい、Ｒｘ。現在地は国名『イギリス』、都市名『ロンドン』です〉

もう迎撃戦の時に国名を聞く気は無かったのだが、さすがに映画やニュースで何度も見た風景の中に自分が立っていると思うと気になってしまい、つい質問。

ナビの返答に納得しつつ、驚く。

ふぇ～、ここ、やっぱりロンドンなのかぁ～。

私が立つ宮殿の向こうに、大きな川が流れているのが見える。

おそらく現在地はウエストミンスター宮殿の屋上で、ビッグベンの足元。

流れる川はテムズ川だろう。

この景色テレビで見たことある～。

しかもこれからここがモンスターとの戦場になるとか、ファンタジー映画の開幕ですやん。

エキストラの一人になった気分だなぁ。

〈敵部隊の出現は、プレイヤー転送から一分後と推測されています〉

ぽやっとした気分はナビの一言であっさり終わった。

ああ、今度は何体のモンスターに追いかけられるんだろう……

街のあちこちで迎撃態勢を整えているプレイヤーとチェスマン達を見おろしながらライフルを構え、いつでも動けるよう準備する。

〈敵部隊、出現します。カウント開始。五、四、三、二、一、〇〉

カウントが終わるのと同時に街のあちこちに黒い霧、湧きポイントが発生し、その奥からモンスターが飛び出してくる。

〈敵部隊、出現。第三回地上攻撃部隊迎撃戦が開始されました〉

Act. 39　第三回地上攻撃部隊迎撃戦

四方八方から響いてくる戦闘音の中で、私もライフルを構えてトリガーを引く。

毎回ドラゴンを筆頭に飛行系モンスターに追われるので、翼持ちのモンスターを優先して倒す。

のだが。

……うん？

戦闘開始から数分後。

『跳躍』と『天駆』で場所移動しながら飛行系モンスターを狙って倒しているが、今回は不思議なくらい目が合わない。

後ろからいきなり襲われることもない。

『危険察知』も発動せず、静かなものだ。

マークが外れた、的な感じなのだろうか？

ふと、第二回地上攻撃部隊迎撃戦で、訳の分からないトラブルが起きたことを思い出す。

原因不明の何かのせいで気絶して、起きたら自宅のベッドの上にいて。あんまりモンスター倒していなかったのに、ランクが一気に2アップしていた奇妙な出来事。

もしかして、あれと何か関係があるのだろうか。

気になるが、やはり知る術は無い。

とりあえず、モンスターに見つからないのは快適だ。

『跳躍』と『天駆』、それに『縮地』を使って場所移動しながら、飛行系モンスターを叩き落とし、撃ち砕く。

今攻略中のダンジョンではほぼ使わない『縮地』は、こういう市街地での戦闘ではものすごく使い勝手がいい。

立ち位置を変えた時、たまに『冥道視眼』が発動して崩壊点を撃ち抜けることもあるので、いろんな意味でお役立ちスキルだ。

そうして動き回っていると、前回とても厄介だった蜘蛛モンスターが出現し、また建物の間に巣を張りはじめていることに気づいた。

ナビを呼んで装備武器をグレネードランチャーに変更し、焼夷弾で焼き尽くす。

そうして戦場を駆けまわって蜘蛛焼き職人をやっていると、今度は頭上が騒がしくなった。

なんだ？　と見上げれば、なんだかバージョンアップしたように姿形がトゲトゲしく、加えて一回り体躯が大きくなったドラゴンが暴れている。

ドラゴンの上位種族が出てきたのかと思ったが、私の『心眼』はそのドラゴンの首元に張り付いたコウモリのようなモノを見つけた。

注意深く辺りを見回せば、同じくらいのサイズのコウモリモンスターが数体飛んでいる。

それらは戦闘に参加せず、それぞれ別のモンスターにぴたりと張り付いた。

すると張り付いたコウモリモンスターは張り付かれたモンスターと同じ色に変化して見えにくくなり、張り付かれたモンスターは一気に体躯が大きくなって姿形がより強そうなものに変わる。

なるほど。

あれは他のモンスターをパワーアップさせる、サポート系のモンスターのようだ。

そんなものまでいるのか、と感心しつつ装備武器をライフルに戻し、まずは首元に張り付いたコウモリモンスターを狙撃。

弾かれるような手ごたえがあり、硬化した蜘蛛モンスターのように狙撃ではダメージが入らないようだと察する。

そして首元への狙撃で、パワーアップしたドラゴンの注意を引いてしまったので、『縮地』を何度か使ってその場から離れた。

それからはまだ飛んでいるコウモリモンスターを撃ち落とすことを優先した。

パワーアップしたモンスターが他のプレイヤー達に襲いかかっていくのを横目に、居場所を気取られないよう場所移動しながら、コウモリモンスターを探して撃ち砕く。

コウモリモンスターは、他のモンスターをパワーアップさせる前であれば、意外と簡単に倒せる。

的が小さいのが難点かもしれないが、飛ぶもの、動きまわるものの急所を狙って撃ちまくってきたので、私にとっては慣れた作業だ。

そう難しくはなかった。

そうしてコウモリ狩りをするついでに、武器をグレネードランチャーに変更して蜘蛛焼き職人もする。

パワーアップしたモンスター達は他のプレイヤーに丸投げだが、危険で派手な活躍はステルス系スナイパーの仕事ではない。

ひたすら地道にコウモリモンスターと蜘蛛モンスターを狩り、湧きポイントが消滅すると、最後に残ったパワーアップ版モンスターとの戦闘に参加する。

狙うのは、眼。

パワーアップ版モンスターの眼は、一発や二発では潰せないが、攻撃が通らない特殊な状態になったコウモリモンスターとは違い、繰り返し攻撃すれば破壊できる。

片眼を潰せば、もう片方。

モンスターはもちろん暴れるが、一時的なそれがおさまるのを待ち、次の的である残りの眼を狙撃した。

両眼を潰せば、どんなモンスターも瀕死ぐらいまで弱る。

あとは他のプレイヤーに仕留めてもらえばいい。

スコープ越しに見守っていれば、プレイヤーとチェスマン達の集中攻撃によって、あえなく色を失い砕け散る。

首元に張り付いたコウモリモンスターも、パワーアップ版モンスターが倒されると一緒に砕け散って消えた。

別々に攻撃して倒さなければならないのは面倒なので、楽でいい。

他のパワーアップ版モンスターも同じように倒していき、結界内のモンスターを全滅させれば、強制的に次の結界に送られる。

(「ナビ、暗視モード解除」)

〈はい、Ｒｘ。暗視モード、解除しました〉

次の結界内は明るかったので、咄嗟に目を閉じて暗視モードを解除。

瞼を開けば、あちこちに張られた蜘蛛の巣の中心で硬化した蜘蛛モンスターと、首元にコウモリモンスターをくっつけてプレイヤーとチェスマン達を襲うパワーアップ版モンスター。

おー、やっぱりどのモンスターとも目が合わない。

追いかけられずにステルス系スナイパーやれるの、めっちゃ快適。

まずはグレネードランチャーで蜘蛛モンスターを狩りながら、私は二ヶ所目の結界の中を走りはじめた。

Act．40　サクッと中ボス撃破と料理＆お菓子作り

第三回地上攻撃部隊迎撃戦は、個人的に楽しく狩りをして終わった。

何回目だったか忘れたが、転送された先で太い鎖にトゲ付き巨大鉄球という武器、モーニングスターを振り回すスキンヘッドの男性プレイヤーを遠目に見つけて、ステルス系スナイパーのくせに声をあげて笑いそうになったくらいだ。

まさかアニメやゲーム以外であんな武器を使っている人を見ることがあるとは思いもせず、最初は訳が分からなさすぎて二度見したけど。

実際に使うとなると鉄球の重さに自分が振り回されそうなものなのに、あのプレイヤーは巧みな重心移動で使いこなしていて、そのまま映画になりそうなくらいカッコ良かった。

とまあ、思わぬところで楽しみながら、大物はみんな他のプレイヤーに倒してもらい、サポートに徹していたから私の今回の個人戦績はさほど高くはないだろう。

けれど、ステルス系スナイパーのプレイとしてはパーフェクトに近い出来だったと思う。

事実、発表されたポイント取得上位五名のプレイヤーの中に、私の名前は無かった。

良かった、とホッとした。

迎撃戦の翌日は一日のんびり休み、次の日からダンジョン探索を再開する。

今回のダンジョン探索は、ほとんどずっと『天駆』で空の上を駆けているし、落雷の予兆に気づいた瞬間、全力疾走でその場から逃げているので、進みが速い。

そのせいか、わりと早くに中ボスとエンカウントした。

中ボスは、雷とともに落ちてきて、草原に黒焦げのクレーターをつくったサンダーウルフ。

紫色の毛並みと眼、パリパリと弾ける小さな雷をまとった四つ足の大型モンスター。

いつも通り、落雷の予兆を察知するのと同時に全力疾走で逃げた後、雷が落ちたのを確認してから置き去りにした陸上型傀儡のグループに合流するべく戻ったらサンダーウルフと戦っていたので、驚いた。

幸い『緑魔法Ⅱ』が有効だったので、私が『チェーンシードアローⅡ』で拘束して雷耐性持ちの傀儡に攻撃させたり、『ドレインフラワーⅡ』で体力を削りながら急所を狙撃して倒した。

戦闘後、手に入れたドロップアイテムは『ドレインフラワーⅡ』の花から出てきた『サンダーウルフの花蜜結晶』と、『魔法書「雷魔法の素養」』。

さっそく魔法書を使って『雷魔法』を取得した。

使えるようになったのは、他の魔法と同じく三つ。

『サンダーアロー』は雷の矢を三本作り、飛ばすことができる。

『サンダーチェイン』は指定した方向に雷撃を放ち、ぶつかったものに巻きついて雷ダメージを与える。

『サンダーレイン』は使用者の半径十mに雷の雨を降らせる。

以上。

シンプル！

だが分かりやすくて使いやすそうだし、すべてに麻痺効果が付いているのもいいと思う。

痺れて動けなくなったモンスター、とても狩りやすそう。


午前中のダンジョン探索を終えて、帰宅後。

軽めの昼食をとってから、刻んだチョコとアーモンドを混ぜ込んで焼いたビスコッティを取り出し、ホットミルクにちゃぽんと沈めて柔らかくして食べながら、ステータスのチェックをする。

プレイヤー名：Rx
ランク：4
武器：第8段階　タイプ『ライフル／黒』

防具‥　第8段階　タイプ『敏捷・ステルス優先／黒』

◆武器スキル

●『ライフル』レベル10

↓『鷹の目』レベル10

↓『追尾』レベル2

↓『跳弾』レベル6

◆防具スキル

●『消音』レベル10

↓『隠蔽』レベル10

↓『静寂迷彩』レベル6

●『高速移動』レベル6

◆装備品

・空色羽兎のイヤーカフ（跳躍高度アップ［大］）

・蒼風のペンダント（移動抵抗軽減［大］）

・妖精の腕輪（『隠密』と『隠蔽』消費精神力80％軽減）

・破砕の指輪（攻撃力アップ［特大］）

・鏡迷宮のアンクレット（被ダメージ反射［発動確率・大］）

◆特殊スキル

●『冥道視眼』レベル5

●『縮地』レベル2

●『氷魔法』レベル5　↓『アイスアロー』レベル4
↓『アイスウォール』レベル5
↓『アイスフィールド』レベル4

●『緑魔法Ⅱ』レベル4　↓『チェーンシードアローⅡ』レベル4
↓『ドレインフラワーⅡ』レベル4
↓『グラスフィールドⅡ』レベル2
↓『ガーデン・オブ・ジ・エンド』

●『水魔法Ⅱ』レベル1　↓『ウォーターカッターⅡ』レベル1
↓『ウォーターシールドⅡ』レベル1
↓『ウォーターフィールドⅡ』レベル1
↓『テラー・フロム・ザ・シー』

●『雷魔法』レベル1　↓『サンダーアロー』レベル1
↓『サンダーチェイン』レベル1
↓『サンダーレイン』レベル1

◆補助スキル

●『隠密』レベル10　↓『心眼』レベル10　↓『遁行』レベル10
↓『鑑定』
↓『隠蔽』レベル10　↓『分身作成』レベル1

●『跳躍』レベル10

↓『透過』レベル3

↓『隠蔽対象指定』レベル6

↓『二段跳躍』レベル9

↓『天駆』レベル7

↓『滞空延長』レベル9

●『硬化』レベル1

●『スキル探知』レベル6

●『危険察知』レベル4

●『裁縫』レベル9

↓『傀儡作成』レベル9

↓『仮想人格憑依』レベル7

↓『傀儡管理』レベル6

↓『巨大化』レベル9

↓『縮小』レベル1

↓『能力付加』レベル7

●『調理』レベル9

↓『護符作成』レベル1

↓『アイテムドロップ率アップ』レベル9

↓『特殊効果付与』レベル8

↓『アイテムドロップ率アップ』レベル9

ライフル狙撃とぬいぐるみ軍団の進撃で事足りてしまうので、ダンジョン探索ではあまり魔法を使わず、そのせいでレベルの偏りが酷いことになっている気がする。

が、今の戦い方を修正する必要も感じないので、これからもたぶんこのままだ。

それはそれとして、やっぱり『調理』のレベルがあと1足りない。

ので、ぬいぐるみもある程度溜まっていることだし、しばらくレベル上げのために料理をすることに決めた。

『調理』から派生した『アイテムドロップ率アップ』レベル9のおかげで、モンスター肉がよくドロップしているので、材料に困ることはない。

アイテムボックスに収納しておけば、いつでも出来立てが食べられるし。

というわけで、その日はひたすら経験値稼ぎのための料理、料理、料理……、たまに息抜きのお菓子作り。出来上がったものは、すべてアイテムボックスに収納。

しばらく食べるものに困らないだろう、大量の料理とお菓子がストックされた。

Act. ?? 遊＊＊＊見＊＊＊＊＊

黒い石造りの部屋、中央に置かれた円卓。

「マーカーをもう一度付けようとしたが、弾かれてしまった。おかげであの駒が見づらいのだが、これは主の御意向か？」

円卓の一席に座した女、グリンデルト卿が、観戦したいのにまともに見られない、と嘆いた。

マーカーを付けておかないと、ステルス系スキル持ちのプレイヤーを追い続けるのは面倒だ。

プレイヤー名で検索すれば一時的に映像を表示させることはできるが、その相手がプレイヤー装備になってステルス系スキルを発動した場合、マーカー無しではひどく見にくくなる。

プレイヤーより上位の存在である枢機卿であれば、ステルス系スキルによって完全に相手を見失う、ということはないが、それでも見にくい程度の影響は受けるのだ。そんな見にくい相手を追い続けるのは、どうしてもストレスになる。

グリンデルト卿と同じく席につき、円卓の上に浮かぶ無数の映像を眺めながら、少年、エクルーズローダー卿が応じた。

「それは単純にあの駒の階位が上がったせいだろう。主は興味を示してはおられたが、あの駒に直接手を伸ばすには、今はまだ難しい」

「うむ。主と駒では、たしかに階位に差がありすぎる。とくに今はまだ、かの駒は遊戯盤の上。主が触れようとしただけで壊れるやもしれんからな」

円卓の席に座すもう一人、アングレイヴィス卿が頷いて同意した。

この拠点のトップであり、自分達を束ねる上司でもある『主』について、彼らが知っていることは少ない。

それでも二人がそう断言するのは、枢機卿にランクアップした彼らでさえ、『主』とはいまだ遠く離れている、という格の差を理解しているからだ。

グリンデルト卿は顔を顰める。

「なるほど、マーカーが弾かれたのはあのランクアップのせいか」

非常に不可解な出来事であり、いまだ詳細が解明されていない事件を思い出し、不快げにつぶやいた。

枢機卿が駒に「喰われる」というだけでも注目すべき異常事態だというのに、その結果、駒がランクアップしたというのだから、不愉快を通り越して危機感を覚えるほどだ。

グリンデルト卿はいつもより低い声で言う。

「枢機卿を喰らって階位を上げる駒など、前代未聞だ。あれは人の皮をかぶった『侵蝕者《イナニス》』ではないのか？」

「ありとあらゆる計測データが、あの駒は人であると示している。やったことは『侵蝕者』に似ていようと、今のところあれはまだ『人』なのだろう」

喰われた当人であるエクルーズローダー卿は淡々と答える。

欠損はすでに修復され、駒に喰われたことなど気にもとめていない様子の少年のその言葉に、何を思ったのか女は急に悪戯っ子の顔になった。

不愉快そうな様子から一転、同席する少年と男が呆れるほどころりと態度を変えて言う。

「面白いじゃないか。それは『侵蝕者』が人であると偽装できる可能性を示しているよ」

指摘された可能性が想定外すぎて、エクルーズローダー卿は一瞬、何を言われたのか理解できなかった。そして理解したあとはその指摘の意味が分からず、首を傾げる。

「……『侵蝕者』が人であると偽装？　そんな話は聞いたことも無いが。そもそも『侵蝕者』が人に偽装するメリットは何だ？　あの連中にそんなことをする必要性があるのか？」

　疑問を口にしてから、エクルーズローダー卿はさらりと言い捨てた。

「そもそも『侵蝕者』に思考能力があるのか否かさえ、分かっていない」

「おや、あるのかどうか分からないくらいだから、それはきっと無いのだろうと思っているのかい？　エクルーズローダー卿、その思考は世界を狭くしてしまうよ。あるのか無いのか分からないなら、あるのかもしれない、と考えた方が世界は広く深く、より複雑ではるかに面白いものになる。それに、なによりね……」

「なんだ？」

　思わせぶりな沈黙に苛立ち、急かすように問うたエクルーズローダー卿に、グリンデルト卿が無邪気な幼子のような声で答えた。

「偽装は悪戯の基本なんだよ！　ほらほら、罠だって、獲物に気付かれないよう仕掛けるものだろう？　つまり、あの駒は『侵蝕者』が私達に悪戯しようとして仕掛けたものかもしれないってこと！　そう考えてみたら楽しいじゃあないか！」

　エクルーズローダー卿とアングレイヴィス卿は顔を見合わせた。

　そして数秒の沈黙の後、同時にため息をつく。

「アングレイヴィス卿、相手をしてやってくれ。享楽主義者に付き合っている暇はない」

「エクルーズローダー卿、押し付けてくれるな」

目の前でそんなやり取りをされ、グリンデルト卿は肩をすくめた。

「やれやれ、頭の固いことだ。もっと柔軟な思考を持たないと、楽しいことも大切なことも取りこぼしてしまうよ」

エクルーズローダー卿はもう返事をすることもなく、いくつかの映像を手元に引き寄せている。

グリンデルト卿は深々とため息をついた。

「ああ、些細な雑談さえも続かない。退屈で死んでしまいそうだよ。もはやこの遊戯盤の結末は決まったも同然だというのに、私達はいつまでここに拘束される？」

話題が変わったからか、アングレイヴィス卿が応じた。

「『ありえない残骸』が見つかった世界だ。そう簡単に閉じられはしないだろう。……とはいえ、適合者は見つかり、この世界に入り込んでいた『侵蝕者』は駆除されている」

地上攻撃部隊迎撃戦がなぜ枢機卿の構築した結界の中で行われるのか、そこで戦うことになるモンスターはなぜ他の場所でエンカウントするものより強いのか。

その理由を知るのは拠点に召集された駒か、枢機卿のみ。

なぜ、と思いながらも倒すしかない盤上の駒達に、それを知る術は無い。

「ふふ。駆除した者達は、急に放り込まれたところで少しばかり手強いモンスターを倒しただけ、と思っているだろうがね」

グリンデルト卿が笑って言い、うむ、とアングレイヴィス卿が頷いた。

「ゆえに、目的は達成されている。そろそろ閉じる頃合いではあろうな」

「ほう？」

グリンデルト卿が器用に片眉を上げる。

アングレイヴィス卿が言葉を続けた。

「『ありえない残骸』が存在する理由。そしてこれまでの戦闘記録であの駒が見せた、底無しのごとき精神力の源《みなもと》。これまでの我々の接触から、主はおそらくすでに見当をつけておられるだろう。……残念ながら、私にはいまだ予測もつかんが」

「ああ、確かにあの駒の精神力は異常だな。他の駒であれば昏倒する量の精神力を消耗しても、平然とした顔で戦い続けていた。主が仰られた『ありえない残骸』であることが、その原因なのではないか？」

「今はまだ、何もかもが不明だ。そもそも、喰らわれて戻らぬ永遠の虚を抱えた駒に、ライフルを扱えるだけの精神力があることも謎だ。あの武器は攻撃力が高い分、消費する精神力も多いというのに」

「あの駒は魔法も平気で連発していたしねぇ。あれだけの魔法戦、やれるものなら私もやってみたいものだが。しかし、アングレイヴィス卿がそれでは、私にはさっぱり分からんな」

グリンデルト卿はあっさりと思考を投げた。

そして、話を変える。

「そもそも、なぜ『ありえない残骸』が存在するのだろうね？　これまで『侵蝕者』に喰われたら、死因は様々だがとにかく死ぬ、というのが当たり前だった。精神的に疲弊した者が狙われるから、周囲もそれを不審に思わない、それが『侵蝕者』による死だった。それがなぜ、あの駒は生きのびることができた？　あの駒とて、精神的に疲弊したタイミングで喰われているはずだ」

「理由はあるだろう。あの駒が先天的に生まれ持った何らかの特性のため、あるいは『侵蝕者』側に不測の事態が発生したため、もしくは第三者の介入……。だが、考えつく理由は多々あれど、かの駒にマーカーも付けられず、接触することもできない今、我々にはそれを探る手段が無い」

　アングレイヴィス卿は眉を寄せ、気難しげな顔で言う。

「なにしろ隠密特化のせいか本人の性質のせいかランクのせいか、マーカーが外れたとたん、ほとんど動向が見えなくなっているからな。かろうじてナビゲーターからの情報で追えてはいるが」

「枢機卿の結界内での迎撃戦の時も、マーカーが外れたせいでモンスターに見つからなくなったら、それを良い事にほとんど表に出てこなかったものなぁ。あの実力なら上位五名に入ることなど簡単だろうから、わざと上位に入らないよう立ち回ったんだろうね。大型を倒してポイントを大量獲得してもっとランクアップしようという向上心も無ければ、上位に入って実力を見せつけてやろうという自己顕示欲も無いとは、理解に苦しむよ。それに、あのような立ち回りをされては、こちらは八方塞がり。主のように広く深く視る力があれば、まだ探りようもあろうになぁ」

　グリンデルト卿は残念そうにため息をついた。

　その時、エクルーズローダー卿がふとつぶやく。

「いや。こういう時、その理由は思ったより近くにある……」

　どういう意味だ、と二人の枢機卿が視線を向けたが、少年はその無言の問いには答えず、再び手元に引き寄せた映像の解析に没頭した。

　こういう時の彼は声をかけても反応してくれないことを知っているグリンデルト卿は、つまらなさそうな顔をして、暇つぶしに手近にあった戦闘記録の映像を引き寄せる。

　ゆえに、エクルーズローダー卿の手元に集められた映像が遊戯盤が開かれる前のものであると気づいたのは、アングレイヴィス卿だけだった。

Act.41　エキス抽出と調合

午前中にダンジョン探索。

午後は料理&お菓子作り。

休日を挟んで三日ほどそれを続けると、ようやくスキル『調理』がレベル10になった。

特殊スキルの取得条件、達成だ。

（「ナビ、特殊スキル取得する。エキス抽出と調合」）

〈はい、Rx。スキル『調理』レベル10、達成を確認。『エキス抽出』、『エキス調合』、ともに取得可能な特殊スキルです。100,000Eの支払いで取得が完了します。支払いますか？〉

目の前にテキストボックスが浮かび、「はい」と「いいえ」のボタンが表示される。

私は「はい」を押した。

〈100,000Eが支払われました。特殊スキル『エキス抽出』『エキス調合』取得、完了です〉

（「やった〜。ようやくゲットだ。ありがと、ナビ」）

二つの新スキルは、ステータス画面の一番下、補助スキル欄の『調理』の下に表示された。

そして、新スキルの取得により道具屋に新商品が入荷されました、という案内がポップアップ。

ステータス画面から道具屋に移動し、新商品をチェックする。

エキス抽出に使うビーカーや試験管、調合に使うフラスコやスポイトやガラス製の攪拌棒、完成したオリジナルポーションを入れておくための小瓶があるみたいだ。

小瓶はすべてガラス製で、透明と色付きのタイプがあり、サイズは大中小と分かれている。形状はシンプルな物からブランド品の香水瓶のように可愛い物まで、様々なデザインで数種類ある。

それと、『エキス調合の手引き』。

「これは最初に読んどいたほうがよさそうだな」

まずは『エキス調合の手引き』を購入。

薄いパンフレットみたいなそれをアイテムボックスから取り出し、ペラペラとめくってみる。

内容はシンプルで、本当に基礎の基礎を教えてくれる手引書だ。

以下、基本的なことがイラスト付きで解説されている。

・素材からエキスを抽出する時は、空のビーカーに入れる。
・エキスを抽出された素材は、消費されたものとして消える。
・基本的に混ぜるエキスは二種類か、三種類までを推奨する。

・同量を混ぜることを推奨する。
・属性によって相性の良い悪いが存在する。
・調合が成功するとエキスが光って、オリジナルのポーションが完成。
・失敗した場合はエキスを混ぜたものが消える。
・使用法はポーションと同じく、飲むか、体にかける。
・エキスも使用は可能だが、ポーションより効果の持続時間が短い。

以上。

安くて薄いわりに、重要なことを簡単に分かりやすく教えてくれる、ありがたい手引書だった。

おかげで必要そうな物が分かったので、一揃い購入する。

ビーカーを十二個。

試験管を十二個。

フラスコを五個。

スポイトを十二本。

攪拌棒を五本。

０・００１ｇから計量できるデジタルスケール。

コルク栓付きの透明な小瓶を十二個。

完成したポーションを小瓶に入れるための漏斗《じょうご》を一個。

試験管の木製スタンドと完成品の小瓶に貼るラベルシールも買って、準備は完了。

「よし。やってみよ」

さっそく空のビーカーを用意して、特殊効果の付いた素材、モンスター肉をアイテムボックスから取り出す。そしてビーカーの上でモンスター肉を持って、スキル『エキス抽出』を発動させた。

「おお～」

モンスター肉はスキル『エキス抽出』発動によって淡く光り、ふわりと浮いた。手を放すと、宙に浮いたままビーカーの上でクルクルと回りながら小さくなっていき、ポタポタと色のついた水のようなものを滴らせて、しばらくすると完全に消える。

後に残ったのはビーカーの中に溜まった、赤い水だ。

とりあえずそれを『鑑定』してみる。

アイテム名：レッドボアのエキス
カテゴリー：素材
レアリティ：B
基礎効果：――
特殊効果：攻撃力アップ［中］

どうやら特殊効果だけが抽出されたようで、素材にした『レッドボアの肉・上』に付いていた基

礎効果が消えていた。

ここからどうやってオリジナルポーションを作っていくのか、考えるだけで面白い。

そうして他の素材からもエキスを抽出していると、十二個買ったビーカーがあっという間にエキスで埋まり、空のビーカーが無くなった。

色とりどりのビーカーを並べて、今度は調合してみようと、スポイトを手に取る。

まずはデジタルスケールにフラスコを置き、スポイトで少量のエキスを入れて計量。

次に別のスポイトで二種類目のエキスを同量入れてから、軽く振ってみる。

攻撃力アップ効果のある赤い色水と、速度アップ効果のある白っぽい色水が混ざり、綺麗なピンク色になってキラキラと淡く光った。

「お、成功か？」

光の消えた試験管の中身を『鑑定』する。

アイテム名：攻撃力・速度アップのポーション
カテゴリー：ポーション
レアリティ：B
基礎効果：——
特殊効果：攻撃力アップ［中］　速度アップ［中］

「やった、ちゃんとできてる！　しかもレアリティBだ！」

色的に良さそうな組み合わせで試したのが良かったのか、二種類のエキスを混ぜた液体はフラスコの中で無事ポーションになっていた。

試しに体にかけてからステータス画面を開くと、しっかり二つの特殊効果が付いている。

効果は数分しか続かないようだが、少量だったから当然だろう。

ポーションは体にかけた瞬間、蒸発するみたいに消えるので、服や周りのものが濡れたりもせず、便利だ。

飲まずとも効果があるのなら、かける使い方をしていきたい。

原材料のことを考えると、あんまり飲みたい物でもないし……

そうしてそのあとは一日、ビーカーとスポイト、フラスコと小瓶を買い足し、オリジナルポーション作りに没頭した。

ポーションを作る、というより、より綺麗な色水を作るにはどうすればいいか、と考えてやってみる方が成功率が高かったので、途中からはほぼ「綺麗な色水作り」だったが。

それでもそのやり方で最高四種類のエキスを調合してポーションにすることに成功したりして、とても楽しかった。

しばらくキッチンに立たなくてもいいくらい料理とお菓子を作り溜めたので、アイテムボックスからその出来立てを取り出して食べては、ダンジョン探索に出かけた。

エキス抽出・調合も順調で、着々と増えるポーションをダンジョンで使い、効果や持続時間を調べる。

そうして分かったのは、オリジナルポーションの持続時間は体にかける量によって長短が変わり、一定値以上は重ねがけしても無効になる、ということだ。

せっかく作ったオリジナルポーションがもったいないので、重ねがけはしないことにした。

こうなるともう、モンスターが素材にしか見えない。

元々『傀儡作成』でモンスター素材を使いはじめた頃からその傾向はあったが、エキス抽出・調合で加速し、もはや頭の中では「モンスター」と「素材」がイコールでガッチリと結ばれている。

なので草原ダンジョンで十数回サンダーウルフを狩り、ようやく白い霧に遭遇した時、真っ先にこう思った。

――ボス素材きた！

ついでにこれも思った。

――魔法書きた！

そうして緊張感の欠片もなく、足取り軽く。

すべての傀儡をアイテムボックスに戻した私は、意気揚々とラスボス戦に向かった。

Act．42　ダンジョン踏破と新魔法

草原ダンジョンのラスボスは、キマイラだった。
雷撃の他に尻尾のヘビの牙で毒攻撃もできるようだったが、こちらはステルス系スナイパー。
しかも『身体能力制限解除《ギアス・リリース》』をしたので、空中を自由自在に駆けまわって最後まで接近を許さず、ほぼ一方的な狙撃と魔法攻撃で仕留めた。

――ドロップアイテム『キマイラの尾ヘビ毒袋』取得
――ドロップアイテム『キマイラの嘴』取得
――ドロップアイテム『キマイラの羽』取得
――ドロップアイテム『魔法書「雷魔法・中級編」』取得
――７８００Ｅ取得

流れていくアナウンスを眺め、ふわふわ落ちてくる稲妻型をした紫色の宝石を手のひらで受け止めた。

――ダンジョン『アメジストの雷原《らいげん》』踏破の証『アメジストの紋章』取得

踏破して初めて知るダンジョン名。

そして腹パカするナビ……

収納スペースをご利用ください、と言われるがまま、頷いて同じ形の凹みに紫色の宝石を嵌め込む。慣れたといえば慣れたのだが、いつもの丸っこいルームランプみたいな形に馴染んでいるので、パカッと腹を開いた姿はナビじゃないみたいで落ち着かない。

紋章を収納スペースに入れてやれば閉じるから、まあいいんだけど。

魔法書を使ってから、帰宅。

お風呂に入って昼食をとり、お茶を飲んで一服しながらステータス画面を開く。

魔法書で『雷魔法Ⅱ』になって、取得した新魔法は『ダンス・イン・ザ・スカイ』。

タップして説明を読んでみると、優雅な名前とは裏腹に、使用者の周囲にランダムで雷を落とし、衝撃で周囲にいるものを空に舞い上がらせて雷撃で滅多打ちにする、というえげつない魔法だった。

空の上で踊ってるように見えるくらい、舞い上がらせたものを雷撃で滅多打ちにするから、『ダンス・イン・ザ・スカイ』なのだ。

「いやこれ、マジでえげつないな……？」

あと使用者の周囲でこれが起こるってことは、使う時は耳を塞いだ方がよさそうだ。

すごい轟音が発生しそう……

使用者の鼓膜にダメージがこない仕様であるよう、祈るばかりである。


これで踏破したダンジョンは三つ。

浅葱駅前ゲート『翡翠の虚根』。

藍市のツインタワー前ゲート『アクアマリンの千路』。

菫市の大型ディスカウントストア前ゲート『アメジストの雷原』。

ナビの転送先として登録してあるゲートで、まだ攻略していないダンジョンはあと二つ。

紅梅市の市民公園モニュメント前ゲート。

常盤市の植物園前ゲート。

どちらでもかまわないので、ひとまず紅梅市の市民公園モニュメント前ゲートのダンジョンへ行ってみようと決めた。

六月下旬。

三回の侵攻で焼け野原となった公園にちらほらと生える、草の緑に目を細め、『転送』で近くの建物の屋上に来た私はダンジョンに入る機会《チャンス》を待つ。

美しいステンドグラスのような扉の両横には、武装した自衛隊員。

近くに同じく武装した警察官と、簡易テントの中に作業服姿の政府職員。

それだけならさっさと動くのだが、今回はプレイヤーとチェスマン達が簡易テントで政府職員と何やら話し込んでいて、その横で姿を消したままゲートを開けるのはちょっと躊躇する。

以前ナビに聞いたことが本当なら、もし彼らに気付かれ、追われて一緒にダンジョンに入ってしまったら、同じ場所に転送されてしまう。

ソロプレイヤーとしては避けたい事態だ。

プレイヤー達がいなくなるまでその場でじっと待ち、数分後、彼らがナビゲーターの『転送』で姿を消すと、一気に動いた。

『跳躍』と『二段跳躍』で距離を詰めてから『縮地』で扉の前に立ち、思ったより硬い感触の扉に手のひらを当ててグッと押す。

扉は軋む音なくなめらかな動きで開き、その隙間にするりと体を通した。

四つ目のダンジョンの土を踏んだ私の背後、閉まっていく扉の向こうで騒がしい声がしたが、返事をする気はないのでスルー。

それよりも周囲の様子を注意深く観察する。

現在地は、全体的に黒ずんだ石と岩と砂でできた山の中腹。

遠くで噴火する火山から流れ出る溶岩の、鮮やかな朱金のマグマ。

地面から響いて体の奥を震わせる、噴火の衝撃。

あちこちから立ちのぼる黒煙と、焦げくさい匂いと、独特の異臭。

「なんか嫌な匂いだな……。火山特有のガス……？　あれ、もしかして有毒なのか？」

プレイヤー装備の状態で、火山地帯に発生する有毒ガスの影響を受けるのだろうか。

分からなかったのでステータス画面を開いてみたが、毒状態にはなっていなかった。

「……うーん。とりあえず、今は大丈夫、っぽい？」

しかし長く吸っていたい空気ではないし、埃っぽい空気が含む細かな塵も気になる。

そこで、ナビに言って装備に防塵ゴーグルと防塵マスクを追加した。

目を保護するゴーグルは思ったより大きいが、それでもかなり視界が狭くなる。

けれど『心眼』が見えなくなった部分もカバーしてくれるので、さほど気にならなかった。

防塵マスクは口元まで覆うネックガードの中にゴツいマスクが現れて、埃っぽくて異臭のする空気がだいぶマシになる。

装備を二つ追加することで、目も痛くならないし、息をするのも楽になった。

ちゃんと対策すれば大丈夫そうだな、とホッとする。

ステータスもチェックしてみたら、防具スキルに『防塵』と『防毒』レベル1が追加されていた。

『防塵』はレベルが無いから、塵を防ぐことに関しては信用して良さそうだ。

『防毒』についてはレベル1だから、あまり期待しすぎるのは危険だろう。

体調の異常には気を付けておいた方が良さそうだ。

とりあえずこのダンジョンを攻略するための装備はこれで決定。

あと一つは。

「中ボス倒したら炎魔法がゲットできそうなダンジョンだけど、布とワタでできた傀儡は相性悪そうだなぁ。燃やされてしまう……」

雷耐性付きの布のように、『良質』シリーズの中に炎耐性付きの布も売られていたはずだ。

帰ったらそれを買って、このダンジョン用のぬいぐるみを量産しよう。

一通り決めたら、現在地をナビに登録し、陸上型と飛行型、アイテム収集役の傀儡三グループを取り出して放つ。

私は『跳躍』で空に上がり、草原ダンジョンと同じく『天駆』で火山地帯を駆け抜けてゆく。

ここのモンスターは地上から弾丸並みのスピードで石を投げてきたり、炎の球を放って攻撃してくる。

移動速度は緩めにして、こちらからも狙撃や『跳弾』で応戦して仕留めていった。

第五章　第四次侵攻と、知らない間に増えていく変なあだ名

Act．43　七月三日の攻防

〈全プレイヤーへ通達。侵略者《インベーダー》の一斉攻撃により、ゲート耐久値が急激に低下。残存耐久値三％。ゲート破壊後、第四次侵攻が開始されます〉

火山ダンジョンの探索を始めて数日経ち、七月に入った。

いつも唐突にそれを告げるナビが、緑色のルームランプとなって言う。

〈ゲート崩壊。封印が破られました。モンスター多数出現、インベーダーが侵略を開始〉

その時、私は午前のダンジョン探索を終え、昼食休憩をとって午後の『傀儡作成』中だった。

すぐさま針とハサミを片付け、雪柳のご飯皿にカリカリを山盛りにしてから準備を整える。

プレイヤー装備に変更して、火山ダンジョン対策で装備に追加していた防塵ゴーグルと防塵マスクを外す。

〈第四次侵攻の発生を宣言する。全プレイヤーはこれを阻止せよ〉

宣言を終えたナビに浅葱駅前ゲートの近くにある建物の屋上へ『転送』してもらい、構えたライフルのスコープ越しに湧きポイントから出現したモンスターを捉えてトリガーを引く。

私が早かったのか、担当プレイヤーが遅いのか。

今の浅葱駅前ゲートには、武装しているとはいえモンスターを相手にするのは難しい、非プレイヤーの自衛隊員と警察官、慌てて逃げていく政府職員しかいない。

前にダンジョン探索中だったところを吹き飛ばされ、外に放り出されたことを考えると、今回はこのダンジョンを攻略中のプレイヤーもいなかったのだろう。

どれだけ倒しても砕け散る半透明の破片の向こうから無限に湧き出るモンスターを一人で撃ち続けるのが、私の第四次侵攻の始まりとなった。


――二〇ＸＸ年七月三日。

『幻想侵蝕《ファンタジー・イクリプス》』第四次侵攻、発生。

ゲート警備勤務中の警察官から、ゲートの軋み音を感知、表面に亀裂が入り、それが徐々に広がりつつある、との報告。

同時にプレイヤーがナビゲーターからの警告を受け、これを報告。

第一級警報が発令され、国民への避難命令が出されるのと同時に、機動隊、自衛隊、プレイヤーとチェスマンが出動。

破壊されたゲートから出現したモンスターへの対処に当たる。

ライフル狙撃を続けながら、『思念操作』で陸上型と飛行型の傀儡を出し、すべてに『隠蔽対象指定』を付けて放つ。

姿の見えないものがモンスターと戦い始めたことに地上の人々が驚いているようだが、こっちはそれどころではない。

地上攻撃部隊迎撃戦の時に出てくるモンスターより弱いとはいえ、数は脅威だ。

今は地上にプレイヤーがいない状態だし、小型でも群れとなって押し寄せたら、警備の人達は抵抗する間もなく瞬殺されるだろう。

自分が陣取るビルの真下で虐殺される人達がいる、というのはさすがに寝覚めが悪い。

私はライフル狙撃で大型と中型を撃ち砕き、傀儡達には小型を任せる。

傀儡はそのままだと『巨大化』でゾウ並みの体躯になって出てきてしまうので、サイズ変更で大きさ調整。

ライオンくらいの大きさで放たれた傀儡達は、命令を受けるとすぐに小型のモンスターを狩りはじめる。

自分は狙撃を続けながらそれらの操作や指示ができるのだから、ナビのサポート機能、『思念操作』が解放されていて助かった。

それから数分して、プレイヤーとチェスマン達が『転送』で到着。

彼らが近接戦闘タイプと遠距離攻撃タイプに分かれて配置につくのに合わせ、交代するように私の傀儡達を退かせる。

が、近接攻撃タイプのプレイヤーとチェスマンが複数いても人数が足りず、全方位をカバーすることができない。

結局、完全に傀儡を引き上げることはできず、プレイヤー達の一回り後ろで討ち漏らしを片付ける、殲滅要員として残した。

その後はしばらく大型と中型のモンスターに集中してライフルを撃ち続け、増援のプレイヤーとチェスマン達が到着したところで手を止めた。

今のところゲート近くですべてのモンスターを仕留め、討ち漏らしは出していない。

加勢も来たし、傀儡達はそのままにして、他のゲートの様子を見に行くことにする。

ナビに頼んだ転送先は、藍市のツインタワー前ゲート。

ここはすでに複数のプレイヤーとチェスマン達が防衛線を構築して対応している。

が、対空戦力が弱いように見えたので、性格「戦闘狂」の飛行型傀儡を五体出して『隠蔽対象指定』付きで放っておく。

次に『転送』してもらったのは、菫市の大型ディスカウントストア前ゲート。

何組かのプレイヤーとチェスマン達がどうにか応戦していたが、モンスターの数に押され気味の状態だった。

私は陸上型と飛行型、両方の傀儡を出して、これも『隠蔽対象指定』付きで放つ。

そして自分もライフル狙撃で加勢したが、傀儡達が展開してモンスターを狩りはじめ、戦況が安定してきたところで手を引いた。

次の『転送』は、紅梅市の市民公園モニュメント前ゲート。

ここはプレイヤーとチェスマンが少なく、ゲートを包囲するどころか逆に彼らがモンスターに取り囲まれている。

すぐに陸上型と飛行型の傀儡を多めに出し、『隠蔽対象指定』付きで放つのと同時に自分もライフルを構えてトリガーを引いた。

飛行系モンスターの大型と中型を叩き落とし、撃ち砕き、プレイヤーとチェスマンを取り囲む地上型モンスターの輪を崩す。

一度勢いを取り戻せば、ゲート周りの一角は彼らが守ってくれる。

そのうち増援のプレイヤーとチェスマン達が次々に到着し、その防衛線に加わったので、傀儡達の獲物が減った。

何体か傀儡をアイテムボックスに戻し、狙撃を続けながら様子を見る。

増援のおかげで、プレイヤーとチェスマン達が構築した防衛線はそれなりに堅固だ。

おそらくここは飛行型の傀儡をそのまま残しておけば、どうにかなるだろう。

あとは私が加勢に来るまでに辺りに散ったモンスターの掃討を、別に出した傀儡達に命じて『隠蔽対象指定』付きで放っておく。

最後の『転送』は、常盤市の植物園前ゲート。

なぜかここにはそれなりの数のプレイヤーとチェスマン達がいて、完全にゲートを包囲し殲滅戦をしていたので、私は何もせず立ち去った。

ナビにまた『転送』を頼み、浅葱駅前ゲートに戻る。

ここは我が家に一番近いゲートだというのに、いまだプレイヤーとチェスマン達が足りておらず、彼らの討ち漏らしを傀儡達がカバーしていた。

私もライフルを構えて戦闘に加わる。

数発撃っては場所を移動し、また数発撃って移動する。

『天駆』で空中を駆ける一瞬、『冥道視眼』が発動して大型モンスターの崩壊点が視え、『滞空延長』でその場に留まり強引に体勢を作ってそれを撃ち抜く。

一発で砕け散る大型モンスターの向こうに、中型モンスターが三体出現。

『縮地』で近くの建物の屋上に着地し、そこから攻撃できるモンスターの急所を狙ってトリガーを引いた。

Act. 44　第四次侵攻の後

昼過ぎに始まった侵攻が残党狩りも含めて終わった時、太陽はもう完全に沈み、明るい月が白々と輝いていた。

前回と同じく二十体の戦闘狂な飛行型傀儡を野良モンスター狩り用に『隠蔽対象指定』付きで放

ち、それ以外の傀儡をアイテムボックスに収納する。

その間ずっと、地上から何やら叫ぶ声が聞こえたが、全スルーして帰宅した。

自宅近くのゲートだから参戦しただけで、誰に何と言われようと政府の名簿に登録する気はない。

私はただの無職で引きこもりなソロプレイヤーでいい。

ダンジョンに通ってモンスターを狩り、得たEで食材や日用消耗品が買える今の生活が、その肩書きに合っているのかどうか分からないが。

未登録プレイヤーだし、誰とも接触していない、という点では合っている気がする。

「ただいま、雪姉さん」

部屋の隅に敷いたビニールシートの上に立ったまま、プレイヤー装備を解除して声をかける。

窓から入る月明かりの中、キャットタワーの上にちょこんと座っていた雪柳は、ぶらりと尻尾を揺らして「にゃあ」と鳴いた。


侵攻の翌日は、一日休む。

テレビもインターネットも無し。

雪柳とのんびりごろごろ、寝っ転がって休憩。

次の日にようやくちょっと動く気力が出てくるから、のそのそと起き上がる。

今回はいまだに野良モンスター討伐アナウンスがちょいちょい流れるので、戦闘狂な飛行型傀儡達はそのまま放置。

コタツの布団は干して片付けたので、今はただの座卓になった元コタツに焼きチョコとカフェオレを並べ、ぼーっとテレビを見る。

どのチャンネルにしてもやっているニュースでは、今回の侵攻時に発生したとある問題を、すべてのテレビ局がいっせいに取り上げている。

それは第四次侵攻が起きた時、間の悪いことに登録プレイヤーとチェスマン達がそれぞれ別の場所で会議を行っていたせいで、どこのゲートでも到着が遅れてしまった、という問題だ。

ある程度プレイヤーの近くにいないと、チェスマンはナビゲーターの『転送』対象から外れてしまうため、一緒に移動するには集合しなければいけない。

しかし会議が行われていたせいで、それに手間取ってしまった。

結果、被害の大きい所と多少はマシだった所、未登録プレイヤーが先に来て凌いだ所があるようで、とくに被害の大きいゲート近辺はまだ残党狩りが終わらず、大変なことになった。

当然マスコミが「どうしてこんな最悪なタイミングで会議なんてしてたんだ！」と大騒ぎ、という流れだ。

そのおかげでというか何というか、うちの子達が各地で野良モンスターを狩っていることについては、テレビでは前回ほど話題になっていなかった。

けれど、なぜかネットでは謎のプレイヤー、通称『シャドウ・マスター』探しが白熱している。

最初、誰だその変なあだ名のプレイヤー、と思って眺めていたら、私だった。

ネット上ではいつの間にか、モンスターを狩る正体不明の何かを『シャドウ』、そしてそれを放ったプレイヤーを『シャドウ・マスター』と呼ぶようになっていたらしい。

そしてネットで一部の人達が前回と今回の目撃情報を合わせ、目撃された時間やその位置から『シャドウ』が日本のどの辺りにいるのか、特定しようとしているのだ。

「えええぇぇー……？　なんでそうなった……。ていうか、探してどうするの……？」

思わずそんな声が出てしまったくらい、疑問しかない。

そして探すのも変なあだ名付けるのも、わりとマジでやめてほしい。

一番目は『ノイザー』、次に『シャドウ』ときて、今度は『シャドウ・マスター』とか。

単騎《ソロ》でひっそりやっているはずなのに、なんで変なあだ名が増え続けるんだ……

あと、ネットにたまに出没する、やたら有能な人って、何なんだろう。

そんなに有能なのに暇なの？　おかしくない？？？

特定班とか呼ばれてるのを、今までは完全他人事で「すごいなー」と思ってたけど、特定されようとしている側になるとたまったものじゃない。

というか、〝モンスターを狩る正体不明の何か〟が謎のプレイヤーが〝放ったもの〟だということについて、なぜかもうみんな確定っぽく話しているのだが、なんで分かったんだろう？

それにその『シャドウ・マスター』の所在地を特定して、それからどうするんだこの人達？

その辺、みんな言ってることがバラバラで統一されてないんだが。

そんなこんなで「ヤメテー」と思いながら様子を見ていたら、「たぶん侵攻が起きると浅葱駅前ゲートの防衛戦に参加してくれる未登録プレイヤーが『シャドウ・マスター』っぽい」というのはわりとすぐに判明したが、その後はバラけて自然解散っぽくなった。

浅葱駅前ゲートのところまでは分かっても、さすがにそれ以上は特定できず、「俺そっちに引っ越すわ」とか「それだけ強いプレイヤーなら登録すべき」とか、まあネットでよくあるその場のノリと勢いでみんながバラバラなことを書き込んで散らばった感じだ。

私としては浅葱駅前ゲートまで特定されたところで「嘘でしょマジで?・?・?」となったし、「その未登録プレイヤー、一部では『守護神』って呼ばれてて有名ですよ」と書き込んだ人に「誰？一部で有名の〝一部〟ってどこ??:」と色々驚きだったけど。

あと、二回目だけど変なあだ名を勝手に付けないでほしいと思う。

私は自分と雪柳と自宅を守ってるだけで、『守護神』なんて呼ばれるようなものじゃないし。

「言いたいことはいっぱいあるけど、とくに気にすることなかったな……」

はぁ、とため息をついてつぶやく。

謎のプレイヤー『シャドウ・マスター』の所在地を「ここだ！」と見つけても、その先に何がしたいのかとか、とくに無かったし。

ただの祭りのネタに使われただけだった……

そうしたネットでのことは、精神的に無駄に疲れたものの私的には実害無くてありがたかったけど、現実としてはあんまり良くない状況だ。

ちなみに私の暮らしている地域はモンスター掃討済みの地域に入っていて、外出禁止にはなっていない。

ただ、そういう地域でも侵攻から三日間はできるだけ出歩かないように、とニュースで繰り返しアナウンサーが呼びかけている。

どこからモンスターが入り込んでくるか、誰にも予測できないし、非プレイヤーでは小型のモンスターでも危ないからだ。

ザクザク食感が楽しい焼きチョコをかじりながら、ぼーっとニュースを眺めていてふと思った。

――もしかしてこの国、プレイヤー少ないのでは？

昨日、私が回ったゲートは五ヶ所だが、十分な数のプレイヤーとチェスマン達がいたのは一ヶ所だけだった。

残りはギリギリというか、明らかに戦力の足りない状態で、配置されたプレイヤーとチェスマン達が頑張っていた。

うーん、キッツイわー……

湧きポイントからモンスターは全方位に無限湧きするのに。

まともに包囲もできない数で対応しろとか、政府は鬼か。

浅葱駅前ゲートだって、未登録プレイヤーの私が一番乗りだったしなぁ……

プレイヤーとチェスマンを分散させて会議をしていたことを責めるより、プレイヤーの少なさに危機感を持ったほうがいい気がする……

うちの近くは政府から見た重要拠点が無いから登録プレイヤーの配置が手薄な地域なんだろうけど、それでもちょっと、これはなぁ……

遠い目になりつつ、カフェオレを飲む。

地上攻撃部隊迎撃戦の時は、かなりの数のプレイヤーとチェスマンがいるように見えた。が、国籍を気にしたことはなかったので、今この国に何人のプレイヤーがいるのかさっぱり分からない。

登録プレイヤーの人数を公開している国は、今のところ一つも無いし。

この〝異次元からの侵略〟がいつ終わるのかも分からないし、大丈夫なのかなぁ、と。

不安と問題ばかりが積みあがるが、個人でどうにかできる規模の話ではない。

まあ、私が考えても無意味なことだ。

それに、結局はなるようにしかならないだろう。

んん～、と伸びをしてからモソモソ動いてテレビの前に行き、ＤＶＤを観ることにした。

暗いニュースばかり見ていては気が滅入る。

母がコレクションしていたお気に入りの映画ＤＶＤを、引っ越しの時に丸ごと持ってきてテレビ台に詰め込んであるので、選び放題だ。

今日は何にしようかなー、といくつか取り出して迷った末、田舎に引っ越した姉妹がお隣さんになった不思議生物と仲良くなったり、入院中のお母さんに「とうもころし」を届けに行ったりする長編アニメ映画に決めた。

第四次侵攻の後、休みを入れて気分転換。

討伐アナウンスがようやく流れなくなったので、放置していた戦闘狂な飛行型傀儡達をアイテムボックスに収納して、火山ダンジョンの探索を再開。

侵攻戦の時に外した火山対策用の装備を再度追加して、午前はダンジョン探索、午後は炎耐性付きの布で『傀儡作成』をする。

そうしている間に、いくつかスキルのレベルが上がった。

まず『裁縫』と『傀儡作成』がレベル10になり、作れる傀儡の基礎能力値が高くなった。

加えて『仮想人格憑依』がレベル8になり、『傀儡管理』もレベル7になった。

『仮想人格憑依』レベル8で増えた性格は二つ。

「聡明」は状況に合わせて命令遂行のために最も効率的な行動を取る。

「酔狂」は遊び好き。モンスターをからかって追いかけさせ、逃げ回って遊んだり、穴を掘ってみたり、木に登ってみたりする。

たまに変わったアイテムを拾ってくる。

どちらも使えそうな性格なので、いくつかのぬいぐるみに設定した。

レベル7になった『傀儡管理』は、傀儡の耐久値が残り1になった時、自動で『傀儡の欠片』を使って耐久値を回復させる設定が、個々でできるようになった。

その他、鳴き声設定ができるようにもなった。

これは咆哮で威嚇、哨戒役が警戒鳴きで敵接近を警告、一対多になった時に呼び鳴きで援護要請、などができる機能だ。

一括操作も可能だが、個々でも設定できるので、モンスターと戦う傀儡はオンにして、鳴き声が不要なアイテム収集役傀儡はオフにしておく、ということもできる。

あと、エキス抽出・調合もレベル4まで上がった。

そしてポーションが傀儡にも効くと気付いてからは、完成品を入れる小瓶を空けるためにも、ダンジョンへ行くとせっせと傀儡達にかけまくって空き瓶を増やしている。

綺麗な色水作りにもちょっと慣れてきて、今は五種類のエキス調合に挑戦中だ。

ほんの少しでも量が多すぎたりすると失敗して消えてしまうから、慎重に組み合わせて調合実験をしている。

地道な作業だが、綺麗な色のオリジナルポーションができると嬉しい。

やっぱり私は、一人でコツコツ何かを作る、というのが性に合っているようだ。

Act. 45　火山ダンジョンの踏破

七月中旬。

攻略中の火山ダンジョンで中ボスとエンカウント。

炎で造られたかのように真っ赤に燃える毛並みをした、フレイムベア。

力が強いうえに動きが素早かったが、こちらは『水魔法Ⅱ』を習得済み。

『ウォーターカッターⅡ』で切り裂き、『ウォーターフィールドⅡ』で水没させ、『テラー・フロム・ザ・シー』で即死はさせられなかったが大ダメージを与えた。

魔法はあまり使っていないのでレベルは低いのだが、炎系モンスターに水は効果抜群だ。

あとはライフル狙撃と炎耐性付きの傀儡で攻撃して仕留めた。

ちなみに、ちょっとドキドキしながら使った『テラー・フロム・ザ・シー』。

幸いなことに言葉にできない系の古の混沌が這い出てきたりはせず、普通に巨大サメ、ガルプシャークが出てきて燃えるクマに食らいつき、海の中に引きずり込んでいった。

即死判定にならなかったので、炎のクマは大ダメージを負いながらも海から戻ってきたが。

そうして倒したフレイムベアからドロップした素材と魔法書。

さっそく魔法書を使い、『炎魔法』を取得する。

手に入れた初期魔法は、いつもと同じように三つだ。

『ファイヤーボール』は火球を一つ放つ魔法で、当たると派手に燃えあがる。

『ファイヤーウォール』は炎の壁を作る魔法で、触れたものを容赦なく燃やすが、地面には焦げ跡すら付かない。

『レッドフィールド』は使用者を中心に半径十mが炎の海となり、その場にあるものすべてを焼き尽くす。

使うかどうかは分からないが、ステータス画面に表示される魔法の種類が増えたことに満足を感じた。

初めての中ボスとのエンカウントから一週間も経たないうちに、ラスボス戦がきた。

『天駆』で道をあまり気にせず駆け抜けてきたせいか、巨大化した傀儡達にモンスターを片っ端から狩らせてきたからか。

草原ダンジョンと進み方は同じだったはずだが、ラスボスが来るタイミングがずいぶん早い。

いまだにラスボス戦が発生する条件がよく分からないが、せっかく出てきてくれるというのだから、是非とも相手になってもらいたい。

頭にあるのは相変わらず、

――ボス素材きた！

――魔法書きた！

の二つだが。

ともかくすべての傀儡をアイテムボックスに収納し、一人で真白の濃霧の中を歩いてゆく。

そうして辿り着いたのは、あちこちに溶岩の小川が流れ、時おり小規模な噴火を起こす火山群地帯。

溶岩が冷えて固まった足場は黒々として脆く、一歩踏み込んだだけで細かな土埃が舞い上がった。

そこへ轟く、足元から響いてきて腹の奥までビリビリと震わせるような重低音の咆哮。

「おー、デカい的だねぇ」

火山ダンジョンのラスボスは、甲羅の天辺に噴火する火山を背負った巨大なカメだ。

背の火山口からドロドロと流れ落ちるマグマが真っ赤に光り、黒い岩で造られたようなカメの威容をぼんやりと照らす。

その姿は怪獣映画のポスターみたいで、重厚な迫力があった。

(ナビ、『身体能力制限解除《ギアス・リリース》』)

今回もＥはじゅうぶん貯まっている。

エリクサー使っちゃうタイプな私は出し惜しみとかしないので、初手から全力で狩りにいく。

『ウォーターカッターⅡ』で切り刻み、『ウォーターフィールドⅡ』で水没させたところに『サンダーレインⅡ』で追加攻撃。

自分は『ウォーターフィールドⅡ』や『テラー・フロム・ザ・シー』を発動する時以外は地面に降りず、『天駆』で常に巨大カメの死角をキープ。

『跳弾』で急所を狙ってライフルのトリガーを引く。

そうして十分もかからずラスボス戦は終了した。

半透明の破片となって砕け散る巨大カメを見おろしてスタンッと着地。

視界の端を流れていくアナウンスを眺める。

――ドロップアイテム『マグマタートルの甲羅の欠片』取得
――ドロップアイテム『マグマタートルの核』取得
――ドロップアイテム『マグマタートルの肉・上』取得
――ドロップアイテム『魔法書「炎魔法・中級編」』取得
――７８００Ｅ取得

次いで、どこからともなくふわふわ落ちてきた赤い宝石を手のひらで受け止めた。

――ダンジョン『ガーネットの塵路《じんろ》』踏破の証『ガーネットの紋章』取得

燃える炎の形をした宝石を、またもや腹パカしてきたナビの、同じ形の凹みに嵌め込む。

これで踏破したダンジョンは四つ。

次に行くダンジョンはもう決まっている。

常盤市の植物園前ゲート。

次はどんなところかなぁと楽しみにしながら、ナビの『転送』で帰宅した。

家に帰ってから使った魔法書で取得した新魔法は一つ。
『ファイヤー・トルネード』は使用者の前に巨大な炎の渦を発生させる魔法。
近くにいるものは次々と吸い込まれ、逃れられない渦の中で骨まで焼き尽くされる。
炎が尽きるまで生きのびられるものは少ない。
という魔法。
即死系ではないがそれに近い、これまた凶悪な魔法だった。
そうして新魔法をチェックするついでに、現在のステータスを見る。

プレイヤー名：Rx
ランク：4
武器：第9段階　タイプ『ライフル／黒』
防具：第9段階　タイプ『敏捷・ステルス・防毒優先／黒』
◆武器スキル
●『ライフル』レベル10　↓『鷹の目』レベル10
↓『追尾』レベル3
↓『跳弾』レベル6
◆防具スキル
●『消音』レベル10　↓『隠蔽』レベル10

↓『静寂迷彩』レベル8
●『高速移動』レベル9
●『防塵』
●『防毒』レベル7
◆装備品
・空色羽兎のイヤーカフ（跳躍高度アップ［大］）
・蒼風のペンダント（移動抵抗軽減［大］）
・妖精の腕輪（『隠密』と『隠蔽』消費精神力80％軽減）
・破砕の指輪（攻撃力アップ［特大］）
・鏡迷宮のアンクレット（被ダメージ反射［発動確率・大］）
◆特殊スキル
●『冥道視眼』レベル6
●『縮地』レベル3
●『氷魔法』レベル5
↓『アイスアロー』レベル4
↓『アイスウォール』レベル5
↓『アイスフィールド』レベル4
●『緑魔法Ⅱ』レベル4
↓『チェーンシードアローⅡ』レベル4
↓『ドレインフラワーⅡ』レベル4

↓『グラスフィールドⅡ』レベル2
↓『ガーデン・オブ・ジ・エンド』

●『水魔法Ⅱ』レベル3
↓『ウォーターカッターⅡ』レベル3
↓『ウォーターシールドⅡ』レベル2
↓『ウォーターフィールドⅡ』レベル2
↓『テラー・フロム・ザ・シー』

●『雷魔法Ⅱ』レベル1
↓『サンダーアローⅡ』レベル1
↓『サンダーチェインⅡ』レベル1
↓『サンダーレインⅡ』レベル1
↓『ダンス・イン・ザ・スカイ』

●『炎魔法Ⅱ』レベル1
↓『ファイヤーボールⅡ』レベル1
↓『ファイヤーウォールⅡ』レベル1
↓『レッドフィールドⅡ』レベル1
↓『ファイヤー・トルネード』

◆補助スキル

●『隠密』レベル10
↓『心眼』レベル10
↓『遁行』レベル10
↓『鑑定』
↓『隠蔽』レベル10
↓『分身作成』レベル1

●『跳躍』レベル10
↓『透過』レベル3
↓『隠蔽対象指定』レベル7
↓『二段跳躍』レベル9
↓『天駆』レベル8
↓『滞空延長』レベル10

●『硬化』レベル1

●『スキル探知』レベル6

●『危険察知』レベル4

●『裁縫』レベル10
↓『傀儡作成』レベル10
↓『仮想人格憑依』レベル8
↓『傀儡管理』レベル7
↓『巨大化』レベル10
↓『縮小』レベル1
↓『能力付加』レベル9
↓『護符作成』レベル1
↓『アイテムドロップ率アップ』レベル10

●『調理』レベル10
↓『特殊効果付与』レベル9
↓『アイテムドロップ率アップ』レベル10
↓『エキス抽出』レベル4

↓『エキス調合』レベル4

火山ダンジョンを駆けまわっていただけでレベル7まで上がった『防毒』に、目が丸くなる。

「えっ……？　あれ……？　ナビ、『防毒』のスキルって発動してるだけでレベルアップしてく系か、毒攻撃を防いだ時にレベルアップしてくやつか、どっちなの？」

　発動しているだけでレベルアップしていく系なら、毒素がない場所で活動していてもレベルが上がるだろう。

　けれど、もし毒攻撃を防いだ時にレベルアップしていく系なら、『防毒』がレベル7にまで上がったのは、気付かないうちに凄まじい回数の毒攻撃を受けていたから、ということになる。

〈その情報は当機のデータベースには存在しません〉

　ビックリして思わずナビに聞いたが、答えはいつものやつだった。

「知ってたー……」

　はぁ、とため息をついて意識を切り替える。

　どちらであろうと、過ぎたことだ。

　とりあえず気にしないことにして、防塵ゴーグルは外すが、防塵マスクは今後も装備しておこう、と思う。

　知らない間に攻撃されているのが毒の怖いところ。

　これからも頑張って防いでいってほしい。

Act. 46　新ダンジョンと初めて見るアナウンス

七月下旬。

ダンジョン踏破から二日ほど休みを入れ、次のダンジョンに向かう。

五つ目に行くダンジョンは、常盤市の植物園前ゲートから入るところだ。

いつものように部屋の隅にビニールシートを敷いて、プレイヤー装備に変更すると、『隠密』を発動させてからナビの『転送』で移動する。

破壊されたままの植物園の中にある建物。

その屋上からゲートを見おろし、近くにプレイヤーもチェスマンもいないことを確認する。

ゲートの警備はレベルマックスの『隠密』と『隠蔽』で抜けるので、思っていたより簡単に扉を開けてダンジョンに入ることができた。

毎回起きる背後での騒ぎを聞き流し、私はダンジョンに入るのと同時に流れたアナウンスを読むことに集中する。

――『翡翠の紋章』認識

――分類《カテゴリー》：緑、第一層のクリアを認証

――対象プレイヤーを第二層へ転送

初めて見るアナウンスだし、ダンジョンにカテゴリーがあることも、第一層、第二層という違いがあることも知らなかった。

しかし、思い当たることがある。

即死魔法が効いた中ボスだ。

たぶん第一層というのは初心者用ダンジョンで、あの中ボスは後にザコ敵化する系のモンスターだったんだろう。

だから即死魔法が効いたんだな、と納得した。

そして第二層ということは、当然、初心者から次のステップに入ったプレイヤー用のダンジョンということになる。

そこまで考えて、一応、ナビに質問してみた。

（「ナビ。ダンジョンの第一層、第二層っていうのは何？」）

〈その情報は当機のデータベースには存在しません〉

ナビはいつだって安定のナビ。

アナウンスも一通り流れたあとは何もなし。

「……攻略本、欲しいなぁ」

期待はしていなかったし、予想通りなのだが、思わず遠い目になってつぶやいてしまった。

まあ、しょうがない。

無い物は無いのだ。

今回のダンジョンは水晶洞窟。

様々なグラデーションの緑でできた水晶柱が、一本道の左右に林立し、天井からもポツポツ生えている。

水晶柱が淡く光っているので明かりに問題はないのだが、開けたダンジョンを連続して探索していたせいか、空間の狭さが気になる。

飛行型の傀儡には、ここはいささか狭そうだ。

陸上型とアイテム収集役、哨戒役の飛行型の傀儡達をアイテムボックスから取り出し、それぞれに命令を出して放つ。

ダンジョンの第二層、という場所に来たのは初めてだ。

ひとまず徒歩で進み、様子を見ることにする。

そうしてナビの一時間アラームまでダンジョン探索をして分かったことは、二つ。

一つは第一層よりモンスターが強いこと。

もう一つは、第二層にはトラップがあること。

モンスターの強さが上がっていることは予想の範囲内だったが、トラップには少し驚いた。

ごく単純な落とし穴にハマったり、ネバネバしたもので足を取られたり、頭上から水晶柱が槍のように降ってきたのを回避しきれず、直撃は避けたものの傷つく傀儡が続出した。

傀儡があって良かった、と心から思った。

ダンジョンの探索は楽しいが、トラップにハマるのは嫌だ。

今のところ即死系トラップは無いが、これから先、トラップも難易度が上がっていくだろう。

落とし穴の底に無数の鋭い棘が、とかよく見るやつだけど、自分で体験したいとは思わない。

十分間の休憩中。

ナビの『結界』の中、ハンモックチェアに座って感覚を閉じ、休ませながら息をつく。

モンスターの強さが上がったこともあって、傀儡達の耐久値もじりじりと削られている。

しばらくは無理せず徒歩で進んで、私も積極的にモンスター狩りをしていこう。


帰宅して休憩した後、ステータスやアイテムなどを確認していたら、ナビのサポート機能である特殊スキル取得に『トラップ探知』が増えていることに気付いた。

第二層に入ったことで増えたのか、私の傀儡がトラップにかかったことで出てきたのか。

出現条件は不明だが、取得条件は簡単だ。

『心眼』レベル3と『危険察知』レベル3で、あとはEを支払えば取得。

トラップは『心眼』では分からなかったので、即取得した。

「はー、良かった。これでとりあえず、トラップに対抗できるスキルが手に入ったし。あとはやっぱり、ぬいぐるみの量産だなー。できるだけ私がハマる前にトラップに引っかかってほしい……」

我ながら鬼畜なこと言ってるなと思うけど、ぬいぐるみは幾らでも作れるが、私には残機とか無いのでしょうがない。

ゲームみたいにリセットやコンテニューができたり、強くてニューゲーム、みたいなのができるなら別だけど、そうじゃないなら何かを犠牲にするしかない。

「『傀儡作成』のスキルがあって助かったな……」

ぬいぐるみは布と糸とワタで作った道具だ。

トラップ回避用に使うのに、罪悪感をあまり持たずに済むのはありがたい。

なので、午後はせっせと『傀儡作成』に励み、雪柳が背中にのぼってきたところで中断。

今日は小さなネズミが付いた釣り竿みたいな手作り猫じゃらしで、ダイナミックに遊ぶ。

「よーし、雪姉さん、ジャンプ！」

床をチョロチョロと動き回る小さなネズミに興奮した雪柳は、ぴょーんと飛び上がったネズミにつられて大ジャンプ。

なんと空中でネズミをキャッチして、シュタッと見事に着地した。

「すっごいな！　今のめっちゃカッコ良かった!!　うちの雪姉さん、天才では?!」

親バカならぬ飼い主バカと呼ばれてもかまわない。

大興奮した私は思わず大騒ぎしたが、雪柳の方は大ジャンプ&キャッチで満足したらしい。

急に静かになってネズミを放し、窓辺の陽だまりへ行って毛づくろいを始めたので、猫じゃらし遊びは唐突に終了となった。

猫って自由だよね……

大騒ぎした私のテンション、持って行き場が無いんですが、これは一体どうすればいいのか……

はふぅ、とため息をついて肩を落とし、のそのそと座ってアイテムボックスを開く。

取り出すのは紅茶にレモン汁を垂らした、さっぱり味のレモンティーと、桃のドライフルーツを刻んで入れたパウンドケーキだ。

パウンドケーキを頬張り、噛めば噛むほどじわじわと奥深い甘みが出てくる桃のドライフルーツをモグモグしながら、レモンティーを飲む。

雪柳が窓辺でくつろいでいるので、テレビはつけずにインターネットを開いた。

ニュースサイトやSNSを見て回り、気になったサイトを辿って情報収集。

「おおー、『修復』スキル持ちのプレイヤーと『改造』スキル持ちのプレイヤーのタッグで、空き家を最速リフォーム。へぇ、こんなことできるんだ」

今、モンスターの被害が大きい地区から、ライフラインが無事な地域への移住者が増えており、そこでこの二人のプレイヤーが活躍しているらしい。

「だいぶ前から、空き家が増えてる、ってニュースあったもんなぁ。この人達が最速リフォームして暮らせるようにしてくれたら、避難所から引っ越したい人達は助かるし、空き家で困ってる人達も助かるし、うん、良いことだねぇ」

最近はこういう対策というか、前向きに現状に対応する人達が目立つようになってきた。

他にも「モンスターに遭遇したけど、こうしたら助かりました！」という体験談をまとめたサイトが複数あったり、避難所生活での「こういう工夫をすると、ちょっと楽になるよ」という知恵を集めたサイトがあったり。

　モンスター対策の体験談サイトは、「この人の場合は助かったかもしれないけど、この方法で絶対に助かる訳じゃないと思うよ」というような話も多いけど、暮らしの知恵サイトは『幻想侵蝕《ファンタジー・イクリプス》』が始まった頃から開設されていて、コメント数も多く、実際にちゃんと役立つ知恵が集まっていて凄い。

「ん？　なんだこれ、『今日のプレイヤー発見』？」

　役に立ったり立たなかったりするサイトの中で、プレイヤーを応援しよう、的なサイトを見て回っていたら、変わった人を見つけた。

　どうもＳＮＳでプレイヤーの情報収集を呼びかけているらしく、それに応じて寄せられた情報を『今日のプレイヤー発見！』というタイトルで紹介しているようだ。

　日本はいまだにプレイヤーが個人で発信をしていないので、こういう人達もそれを配慮してか、プレイヤーの紹介はするけど、個人特定されそうなところまでは情報を出さない。戦闘スタイルとか、助けてもらったエピソードを書いて、感謝と応援の言葉を送るのみにとどめている。

　海外では強いプレイヤーはへたな芸能人より有名になってちやほやされているのに、日本では今のところまったくそんな状況になりそうにない。

「海外の流行って数週間遅れで日本にも入ってくると思ってたけど。こういうところは、国民性というか、お国柄ってやつなのかなぁ？」

　首を傾げつつＳＮＳを眺め、パウンドケーキを食べ終わったところで『傀儡作成』に戻った。

八月上旬。

緑色のルームランプになったナビが言った。

〈全プレイヤーへ通達。侵略者《インベーダー》による地上攻撃部隊の接近を探知しました〉

お、来たな、と、いいかげん慣れてきたので静かに受け止める。

〈探知した『＊リ＊＊ルト』により、現在敵出現予測地点に結界を構築中。これより五分後、ランダムにプレイヤーの転送を行う〉

今回は昼に起きてくれて助かった。

迎撃戦に強制投入されることには慣れてきたけど、真夜中に叩き起こされるのは辛いのだ。

私は訓練された職業軍人でもない、ただの引きこもりなのだから、二十四時間戦えたりしない。

〈現在構築中の結界は、現実に存在するものを完璧に複製した異空間であり、プレイヤー以外の生物は存在せず、破壊されたものは現実に影響しない。転送されたプレイヤーは、使用言語にかかわらず、結界内での他プレイヤーとの対話が可能となる。

この地上攻撃部隊迎撃戦では、モンスター討伐によりランクポイントの取得が可能。

結界は敵部隊の殲滅によって解除され、解放されたプレイヤーは再度別の結界へランダムに転送される。全敵部隊の殲滅完了をもって、地上攻撃部隊迎撃戦の完了とし、プレイヤーを元の地点へ帰還させる。

なお、契約しているチェスマンはプレイヤーとともに転送されるが、結界内で契約が解除された場合、単独で元の地点へ送還される。

同じくナビゲーターが戦闘続行不能と判断したプレイヤーも、元の地点へ送還される〉

雪柳のご飯の用意と、丁寧なストレッチをして戦闘に備える。

淡々と説明してるけど、ナビ、お前が言ってること最悪だからな、と今回も思いつつ。

〈時間です、Ｒｘ〉

青いルームランプに戻ったナビが言った。

私はプレイヤー装備に変更し、オリジナルポーションをいくつか体にかけて効果付与しながら、スキル『隠密』を発動させる。

〈カウント開始。五、四、三、二、一、……〇。転送完了〉

ナビがカウントを終えるのと同時に、また海外の街っぽいところに立っていた。

今回もさっさと高いところに上り、地形の把握と他のプレイヤーの様子見。

〈敵部隊の出現は、プレイヤー転送から一分後と推測されています〉

他のプレイヤーもチェスマン達も、もう慣れてきているのだろう。

悲壮感や過度な緊張はなく、どちらかというとプレイヤー名を公表される上位五名に入ってやろうという意気込みでソワソワしている感じがする。

リーダーのプレイヤーが「一匹でも多く倒せ」的な声掛けをしているところもあるし。

みんな慣れてきたなぁ。

〈敵部隊、出現します。カウント開始。五、四、三、二、一、〇〉

そうして始まった、第四回地上攻撃部隊迎撃戦。

今回出現した特殊モンスターは、おそろしく防御力の高い移動砲台、といった感じの岩石カエル。

ピョンピョン飛んで移動して、建物の壁などにペタリと張り付くと、パカッと大きく口を開き、レーザービームみたいな一直線の貫通攻撃をしてくる。

四つ足の獣より動きが変則的で攻撃が当たりにくく、単体でも面倒なのに、さらに厄介なのがこの岩石カエル、飛行系モンスターの背に乗って空中砲台と化す。

前回から出てくるようになったコウモリモンスターによってパワーアップしたドラゴンにこの岩石カエルが乗ると、物凄く大変な敵になる。

しかし岩石カエルも無敵というわけではなく、『緑魔法』が効果抜群。

なので私の行動は、蜘蛛モンスターを『ファイヤーボールⅡ』で焼き払い、コウモリモンスターをライフル狙撃で撃ち砕き、岩石カエルに『ドレインフラワーⅡ』を放つ。

という三つを中心に、あとは臨機応変に対応、という感じになった。

パワーアップ版モンスターが厄介なので、コウモリモンスターを最優先で狩り。

死角からの貫通レーザービームで巻き込み事故されるのが怖いので、岩石カエルも見つけ次第『ドレインフラワーⅡ』を放つ。

こうなると蜘蛛モンスターなんて、地上型モンスターの足場になる巣を張ったらあとは固まっているだけなんだから、可愛いものだと思えてくる。

そんなこんなで厄介な特殊モンスターを狩り続け、一つの結界内のモンスターを殲滅したら次の結界へ強制転送される。

何回も、何回も、何回も。

さすがに今回、多くない……？

げっそりしつつも、どうにか片付けたところでようやく終了。

いつものようにフラフラの状態でプレイヤー装備を解除して、倒れこむようにベッドに沈んだ。


……はずだった。

Act.?? 遊戯盤を見おろす者達

「中層第二領域、接続切断完了」

円卓に座した三人の枢機卿が、目の前に浮かぶ複数の画面を次々と操作していく。

「主が深層から完全に離脱されたようだ。……中層、第七領域まで切断許可が出た」

「了解。中層の処理を加速する」

「収穫する駒の回収状況は？」

アングレイヴィス卿が問うのに、険しい表情をしたエクルーズローダー卿が言う。

「九十二％まできているが、予定より進みが遅い。リソースをもう少しこちらに寄越せ」

まだリソースが要るのか、と呆れた様子でグリンデルト卿が口を出した。

「駒の保護にリソースを使い過ぎではないか？　事前予測から算出した分に加えて、主から予備としてかなりのリソースを用意されていたはずだろう。これ以上はこの拠点の維持にも影響が出てしまうよ」

彼女の言葉に少年がさらに表情を険しくしたことに気付いたアングレイヴィス卿が、忙しい時に面倒な争いごとが起きないよう、素早く対応する。

「今回は特例だ。仕方あるまい。あと少しなのだから、どうにか都合を付けよう。……エクルーズローダー卿、これで足りるか」

「ああ……、こちらでも最小限のリソースで損傷なく回収できるよう計算していたのだが、これでどうにか、……よし、完了した」

ふ、と息をついたエクルーズローダー卿に、グリンデルト卿が言う。

「できるだけ疲れさせて意識の無い状態での回収を狙ったというのに、結局ギリギリだったね。こちらも廃棄領域の処理、完了したよ」

その後も淡々と話しながら忙しなく作業を続け、数分後。

「主が遊戯盤を閉じられるぞ」

慌ただしい空気が一瞬で止まり、静寂の中、どこかで「パタン……」と、本を閉じた時のような音が響く。

円卓の上に浮かんでいたものが、いっせいに消えた。

「今回の収穫は駒二つか。ずいぶんと少なかったな」

　一番に静寂を破ったのはグリンデルト卿だった。

　アングレイヴィス卿が席から立ち上がりながら応じる。

「適性者はなかなか見つからんものだ。今回は二つでも見つかっただけ僥倖。しかも一つは特異な性質を持った駒だ。かの駒を任されたエクルーズローダー卿に期待しよう」

「貴殿も群れ型の駒を一つ任されたではないか、アングレイヴィス卿。収穫がなかったのは私だけだ。ずいぶんと長く拘束されたというのに、割に合わない」

　ぼやいたグリンデルト卿に、エクルーズローダー卿が口を開いた。

「ならば報酬として、以前貴殿が分からないと言っていたことの答えを教えよう」

　グリンデルト卿が目を見開き、部屋を出ていこうとしていたアングレイヴィス卿もぴたりと足を止めて振り向いた。

「へぇ。何を教えてくれる？　エクルーズローダー卿」

　円卓の一席に座したまま、少年は淡々とした口調で言った。

「かの駒の、尽きることなき精神力について――」

　以前、主はこう仰られた。

　あの欠落は侵蝕されて戻らぬ永遠の虚。これは『ありえない残骸』だ、と。

　〝欠落〟とは欠けて失われたもの。〝虚〟とは何も存在しない虚無。

　僕はそう考えていた。

だがその異常な状態に適応し、生きのびたあの駒にとって、それは〝己の一部〟となった。ゆえにあの駒には精神力の限界が〝欠落〟し、ただひたすらに何もない〝虚〟のごとく、消費されていく精神力が〝無い〟のだ」

アングレイヴィス卿が「ありえん」と咄嗟に口にし、しかし続ける言葉は無かった。

エクルーズローダー卿が頷く。

「そう、『ありえない残骸』。主が仰った、あれはその通りの存在なのだろう」

そして、小さくため息をついて席を立つ。

その背にグリンデルト卿が声をかけた。

「厄介な駒を抱えることになったな、坊や。何か面白いことが起きそうであれば教えてくれ。枢機卿の一人として、その時は尽力するよ」

「断る」

即答して、少年は女を睨む。

「愉快犯は黙っていろ。ただでさえ単独型は癖が強いのだ。貴殿のような群れ型の扱いしか知らぬ悪戯好きに、余計なことをされるのは迷惑だ」

取り付く島もないその言いように、グリンデルト卿は楽しげな顔でくつくつ笑う。

エクルーズローダー卿がそのまま部屋を出ていこうとすると、足を止めていたアングレイヴィス卿が言った。

「抱え込みすぎるな、エクルーズローダー卿」

ちらりと視線をやって、少年は男に頷いた。

「僕はこれを『侵蝕者《イナニス》』について知るための好機であると考えている。だが気遣いには感謝しよう、アングレイヴィス卿」

そのまま部屋を出ていった小柄な背中を見送り、グリンデルト卿が言う。

「我らの中で最も若くも第一位に君臨する枢機卿が、ずいぶんと気を張っていたな」

「たとえ資質があろうとも、あまりに若すぎる。からかいすぎることなきよう、自重することだ、グリンデルト卿。枢機卿同士の衝突は、主の好むところではない」

「ふふ。ご忠告をどうも、アングレイヴィス卿」

男は小さくため息をついて、諦めたように口を閉じると部屋を出ていった。

一人円卓に残った女は、小さくため息をついてつぶやいた。

「あれだけヒントをあげているのに、誰も気付いてくれないなんて、寂しいものだねぇ」

一瞬、女の輪郭が歪み、床に落ちる影がゆらいだ。

「『侵蝕者《イナニス》』が人に偽装する可能性については、これでも結構ドキドキしながら話したのに。二人ともまるで気にせず聞き流してしまったし。アングレイヴィス卿はともかく、エクルーズローダー卿はまだ子供なのだから、もっと柔軟に考えてくれてもいいのに」

自分の普段の行いゆえに二人の対応がそうなったことについては棚に上げ、はぁ、ともう一度、深くため息をついて「つまらないなぁ」とぼやく。

けれどふと顔を上げ、女は妖しく微笑んだ。

「でも、これからはそう簡単には聞き流せまい。あれほど『侵蝕者《イナニス》』に近い子が、同じ拠点に召集されたのだから……。ふ、ふふふ……。面白いね。本当に、楽しいことになりそうだ。……けれど、あの子はかなり特殊な形で遷移《せんい》したらしい。私とは違う性質を持っているのはそのせいか、あるいはまた別の要因か……」

考え込むように目を伏せながら、ひらりと手をのばす。

「できればその存在を教えておいてほしかったのだけれど。それができないほど、君達にとってもイレギュラーだったということかな？　でも、本人にその自覚はなくとも、あの子は私の妹みたいなものだろう。先に遷移した姉に少しばかり情報提供してくれてもいいと思うのだが、ねぇ？」

一人きりの部屋で誰にともなく呼びかけながら、のばした手をひらりと踊らせれば、呼びかけに応じるようにその指先の空間がぐにゃりと歪んだ。

女の瞳の奥に、歪みの向こうに現れた虚無と同じものが宿る。

指先で空間を歪ませる虚無と戯れながら、女が言葉を続けた。

「教えておいてくれれば、同朋たる私の手元へ招いたのに。エクルーズローダー卿に持っていかれてしまったじゃないか。ああ、かわいそうに。あの子は自分が何者なのかを誰からも教えてもらえないまま、ガラスの棺の中の眠り姫でいることが決まってしまった」

悲劇を楽しむように、芝居がかった大仰な言い回しでわざとらしく嘆いてみせる。

細い指先と踊る虚無は返答をしないが、女がそれを気にすることは無い。

誰も知らないことを、ただ一人、知っている。

自分よりも強い力を持って遷移したらしき〝あの子〟でさえ、いまだ何も知らない。

そして何も知らないまま、『人間』というガラスの棺の中で「自分は人である」と夢見る〝あの子〟を「かわいそうに」と嘆いたばかりの唇が、愉《たの》しくてたまらない、というように弧を描く。

「ふ、ふふ」

こぼれるのは小さな笑み。

「まあ、いいか。何も知らず巻き込まれるあの子には気の毒だが、ゲームは少しばかり困難がある方が、愉しみも増すというもの。それに、あのハリネズミの坊やに、また悪戯好きの愉快犯と怒られるのも、悪くはない」

やわらかな笑い声がひっそりと響く。

しかし次の瞬間、女の姿ごと、その場にあったすべてが消える。

後には静寂だけが残った。

Act.47 突然の幕切れからの

歴史上初の特殊な災禍、異次元からの侵攻『幻想侵蝕《ファンタジー・イクリプス》』。

それは何の前触れもなく唐突に始まり、また何の前触れもなく唐突に終わった。

……らしい。

〈お疲れ様でした、Ｒｘ。遊戯盤《ゲームボード》は閉じられ、侵略者《インベーダー》の侵攻は終了しました〉

第四回地上攻撃部隊迎撃戦の翌日。

いつも通り雪柳にご飯を用意し、自分は作り溜めた料理をアイテムボックスから取り出して食べ、食後のお茶を飲みながらぼーっとしていたら、ナビがふよふよと近づいてきてそう言った。

「……ふぁ？」

あまりにも突然すぎる言葉に、すぐには理解できず。

ポカンとして青いルームランプを見上げる。

「え？　なに？　どういう意味？」

訳が分からず聞いた私に、ナビはいつもと同じ淡々とした口調で答える。

〈遊戯盤が閉じられたことにより、Ｒｘが存在していた世界で行われていた侵略が終了しました〉

「遊戯盤って何？　イクリプスはマジで誰かの遊びだったってこと？」

〈遊戯盤と呼称されるのは、遊びである、という意味ではありません。閉じられた後、遊戯盤の上で起きたすべてが〝あったけれど、なかったこと〟になる、という意味で使われている言葉です〉

「あったけれど、なかったこと……？」

なんだその謎かけみたいなのは。

首を傾げると、ナビが説明を続けた。

〈遊戯盤で起きたすべては、盤が開かれた時点で分岐した並行世界での出来事です。盤が閉じられれば分岐自体が〝なかったこと〟となり、盤上の並行世界は消滅します〉

「ふぅん……？」

すべてが理解できたわけではないけれど、言われたことはなんとなく分かった。

そうして脳裏に蘇るのは、読経の声と、すすり泣く人の声、瓦礫の中に流れる赤いもの。

おそらくその犠牲はすべて〝なかったこと〟になったのだろう。

なんとなくほっとして、力が抜ける。

けれど、『幻想侵蝕《ファンタジー・イクリプス》』が〝あった〟ままの状態でいる私がここに存在するのだが、それはいったいどうなるのか。

「ナビ。その遊戯盤とかいうのが閉じられて、並行世界とかいうのが消滅したって言われても、私は覚えてるから〝なかったこと〟になってないんだけど？」

〈Ｒｘは駒として選出され、召し上げられました。今、Ｒｘの記憶があり、盤上での時間の中で手に入れた物がそのままになっているのは、今後、駒として立ち回る際にそれらが必要となるためです〉

「駒？」

また変な言葉が出てきたな？

〈Ｒｘ、ここはすでにあなたがいた世界ではありません〉

色々と言いたいことはあったが、現状確認を優先した。

まずテレビをつけたが、どのチャンネルにしても番組は映らない。

インターネットも繋がらない。

ベランダには出られたけれど、いつも通りに見える街並みに向かって手を伸ばせば、空中で透明な壁に当たってそれ以上は進めない。

最後に、念のためプレイヤー装備に変更して玄関を少し開け、そっと外の様子をうかがってみれば、見たこともない、石造りの長い回廊だけがあった。

「……ナビ。ここはどこ？」

プレイヤー装備を解除して、キャットタワーの上でまどろんでいた雪柳を抱き上げ、腕に抱っこして数分。

少し気分が落ち着いたところで、雪柳のやわらかな毛並みを撫でながら聞く。

〈主様が『＊＊＊』と戦う者を集めるために造られた拠点の一つです〉

今度は聞き取れない言葉が出てきたが、後回しだ。

もう一つ、聞く。

「遊戯盤が閉じられた世界で、私達はどうなってるの？」

〈遊戯盤が開かれた時刻に死亡したことになっています〉

「戻れないんだね」

〈当機には異世界間を転移するサポート機能はありません〉

なんか面白そうだから。

楽しかったから。

最初は自衛の為だったけど、続けていくうちにそんな理由で色々と遊んでいた結果、とんでもないことになってしまった。

いつだかふと頭に浮かんだ〝異世界転移フラグ〟に、いらんところで仕事しやがって、と現実逃避気味に思う。

「意味分からん……。マジかこれ……」

腕の中でじっとしてくれていた雪柳を膝におろして解放すると、そのままそこで丸くなった。

私に巻き込まれた命は、あたたかい。

「……ありがと、雪姉さん」

雪柳が膝の上で丸くなってくれたおかげで、その毛並みを撫でているうちにゆっくりと気持ちが落ち着いてきた。

狭くなっていた視野が元に戻って、思考が通常運転に戻っていく。

深く息をついて、つぶやいた。

「はー……。ビックリした」

そうして落ち着けば、現状はさほど最悪なものではないと思う。

いや、元の世界で死んだことにされた件については「なに勝手なことしてんの」と言いたいし、突然見知らぬ所へ連れてこられた件についても「まず同意取ろうか。ナビいるんだから、説明と確認くらいできるでしょ?」と言いたいが。

それはそれとして。

住んでいた部屋ごと連れてこられたから雪柳もいるし、いまだ直視できないけれど、キャビネットの上の小さな仏壇も無事にそこにあると分かる。

あの仏壇には両親がずっとはめていた結婚指輪が入れてあるから、失くしたくないのだ。

部屋ごと一緒に連れてこられたのは幸運だった。

そんなふうに私の執着対象がすべて揃っているから、雪柳が撫でさせてくれていることもあって、ほぼいつもの自分の状態に近くなったことを感じた。

とはいえ、異常事態であることには変わりないので、ある程度の緊張感は持っている。

緊張しすぎると疲れるだけなので、適度にそれを保ちつつ、現状の把握に入る。

まずは情報収集だ。

「ねぇ、ナビ。他のプレイヤーもこっちに来てるの？」

〈Ｒｘの世界から選ばれたプレイヤーは二名です。もう一名のプレイヤーについての情報は、当機のデータベースに存在しません〉

「ナビは安定のナビだねぇ」

思わず笑った時、ピンポーン、と。

玄関のチャイムが鳴った。

〈Ｒｘを担当される枢機卿がいらっしゃいました〉

反射的に腰を浮かせてプレイヤー装備になった私の膝から雪柳が逃げ、ナビだけが変わらず淡々と言った。

私を担当する、すーききょー？

すーききょー、って何だ？　あ、枢機卿、か？

すごくうろ覚えだけど、確かコンクラーベで教皇決める人のことだっけ？

いやでも今の状況だとなんか違うっぽいな。

とりあえず偉い人、ってとこか？

数秒の内にそんな思考が走ったが、当人が玄関先にいるのだから見てみればいい。

担当者だというのなら、最初から敵対行動を取ってくる可能性は低いはずだ。

できればもう少しナビから情報収集をしておきたかったが、まあしょうがない。

私はプレイヤー装備のまま、いつもの習慣で足音を立てずに玄関まで行くと、普通に鍵を外してドアを開ける。

「状況への適応能力が高いな。こちらに来てすぐは、動けず籠城する者も多いのだが。君はなかなかに豪胆なようだ」

まだ声変わりもしていない少年が、長い回廊を背にぽつんと立ち、そう言った。

私は目を細めてソレを観察しながら、喋りにくいので防塵マスクを装備から外し、口を開く。

「私のプレイヤー名はＲｘ。あなたは？」

「君のように集められたプレイヤー達を束ねる枢機卿の一人だ。エクルーズローダー卿、と呼ばれている」

答える唇が、笑みの形に歪んだ。

「早いな。君は気付いている。僕が分からないということに」

そうだ。

目の前にいるのが、少年である、ということは分かる。

だが、分かることはそれだけだ。

それだけなのだ。

髪の色は？　長さは？

目の色は？　形は？

顔立ちに特徴はあるか？

銀の縁取りのある黒のローブを羽織った小柄な彼は、その一切が不明の、まるで〝少年〟という記号のようだった。

「勝手をしてすまないが、少し話がある。僕の執務室に移動しよう」

彼がすっと右手を上げ、パチン、と指を鳴らした瞬間。

私と雪柳とナビは、見知らぬ部屋に転移させられていた。

トトッと走ってきた雪柳が、周囲を警戒する私の体をのぼって肩に立つ。

ナビはいつもの、ぶつからない程度に距離を取りながらも、私のすぐ近くに浮かんでいる。

本棚に囲まれ、大きくてどっしりとした執務机の置かれた広い部屋で、少年はその一角にある応接セットを示した。

「座って話そう。君にとって今の状況は分からないことだらけだろう。その中でも優先して知りたいことがあるのではないか？　僕に可能な範囲であれば、答えよう」

少年が先にソファに座ったので、ライフルを抱えたまま私もその対面のソファに座った。

Act. 48　次の遊びのステージへ

「私達は本当にもう元の世界には戻れないの？」

私から枢機卿、エクルーズローダーへの最初の質問はそれだった。

少年は私を観察する眼差しで眺め、問い返した。

「戻りたいのか？」

返す言葉が、無い。

けれどそれで気付いた。

私は生まれ育ったあの世界に未練が無い。

だからこんな事態になっても「ビックリした」だけで、誰に対しても何に対しても、怒りや恨みといった感情が出てこない。

そう気付いたことに対する認識は「ああ、そうか。私はそういう人間だったな」という納得で、元々の自己認識とも合致していたから葛藤は無かった。

この事態に対する自分のスタンスが理解できたことで、色々なものがすとんと腹落ちする。

そんな私の反応を見て、少年は頷いた。

「そういう者が駒として収穫される。僕もそうだった」

「あなたも？」

「僕以外の枢機卿も、元はただの駒だ。戦功を積み、階位を上って今がある。君が現状についてもっと深く知りたいと望むなら、僕達のように枢機卿になるといい。少なくとも駒でいるより多くの情報が手に入るようになる。それを理解できるか否かは、また別の話だが」

「理解できるかどうか？」

意味が分からない私に、少年が薄く笑って言った。

「＊は君＊＊＊＊て＊＊＊。それ＊＊が＊＊＊＊＊＊＊か＊だ」

エクルーズローダー卿は間違いなく、ごく普通に喋っていた。

聞き取れなかったのは、私が〝駒〟だから。

納得して、頷いた。

「ほとんど聞き取れなかったし、推測もできなかった。これは、〝足りない〟から？」

「君は本当に適応能力が高い」

何色か分からない瞳が私をじっと見つめ、すっと指差した。

「そんな君に〝それは猫ではない〟と言ったら、どうする？」

彼が示す先には、私の肩に乗ったままの雪柳。

意味が分からず、問い返す。

「猫じゃなければ何だと？」

「君の親は猫など飼っていなかった。君の母親が存命だった時に世話していたのは、鉢植えの雪柳。つまり、植物だ」

「しょくぶつ……？」

「だが今、君のもとにいるそれは猫の姿をして、猫として在る。もう一度、問う」

一拍、間をおいてエクルーズローダー卿が口を開く。

「それは本当に、猫なのか？」

えええええええ……？？？

「うちの雪柳はずっと猫だったし、今も猫だし、これからも猫ですけど？？　……というか、なんで私の親が猫飼ってなかったって断言できるの？」

言いながら胡乱《うろん》なものを見る目になってしまう。

「まさか、覗き見……？」

「いや待て」

初めて焦ったように早口で少年が言った。

「確認をとるために見ただけだ。それでも鉢植えの植物が動物の猫になった瞬間も、君が『＊＊＊』に＊わ＊＊ところも見つけられなかったが」

「私が何って？」

またもや聞き取れなかった言葉が出てきたのが気になり、聞いてみたが、エクルーズローダー卿は首を横に振った。

「何度聞こうと意味はない。今はまだ、君は足りない。ただ、君はある時、第三者の介入によって生きのびたのだということだけ、覚えておくといい」

そして、話を戻した。

「ときに、観測者の認識によって事象が固定されてしまうことがある」

その視線は、私の肩に乗ったままの雪柳に向けられている。

「君がそれを猫だと認識しているのであれば、それは猫として在るだろう」

再度その存在について言われ、改めて考えてみたが、雪柳を引き取ったのは両親が亡くなった直後のことで、一番記憶が曖昧な時期。

葬式も諸々の手続きも、引っ越しから荷解きまで、手伝ってもらえるところは全部、そういうサービスを提供している人達に代金を支払って頼んだ。

彼らが雪柳を植物として扱っていたか、動物として扱っていたかなど、まったく覚えていない。ならば両親が亡くなる前のことを思い出せばいいのだろうが、その記憶はキャビネットの上で扉を閉ざされたままの小さな仏壇と同じように、今はまだ触れることができない。

というわけで、私は開き直って質問した。

「雪柳が猫だと、何か困るの？」

エクルーズローダー卿は「それは難しい質問だ」と言い、私達の話し合いはいったんそこで終わりとなった。

聞きたいことはまだあるような気がするが、もう少しこの状況に慣れて、ちゃんと質問したいことを考えられるようになってからにしたいので、私としても異論はない。

ちなみに、彼の部下となった私は今後その指示に従って動かなければならないらしいが、拒否権もあるという。

そのあたりはナビが仲介して調整してくれるらしい。

「ナビゲーターは生活面から我々との調整まで、幅広くサポートする。活用するといい」

そう言ったエクルーズローダー卿がパチンと指を鳴らすと、私達は見慣れたマンションの部屋に戻ってきていた。


「道具屋の商品数が増えてる……」

これからここで生活していく、ということをとりあえず受け入れた私は、プレイヤー装備を解除すると、座卓の前に座って甘いカフェオレを飲みながら道具屋の商品を確認し、思わずつぶやいた。

こちらに来る前は無かったはずの商品が、当たり前のように増えて並んでいる。

これなら生活にも娯楽にも困ることはなさそうで、ありがたい、とは思うのだが。

生活を侵蝕してくる系道具屋の、最終形態……

「……便利だし、まあ、いいか」

深くは考えずに、意識を切り替えた。

生活の場であるマンションの部屋ごと連れてこられたから寝床はあるし、道具屋には暮らしていくのに必要な物が揃っている。

次に重要なのはこの部屋のセキュリティだ。

「ナビ、この部屋って安全？　雪姉さん置いていっても大丈夫なくらい安全？」

とくに二番目の質問が、私にとって最重要点だ。

ナビはいつも通り淡々と答えた。

〈この部屋に干渉することが可能なのは所有者、Ｒｘだけです。主様は例外として、Ｒｘが許可したもののみが入室可能です〉

「主様……？　ああ、さっき聞いたな。そもそもここはその主様とかいうのが何かと戦うための拠点なんだっけ。ここ、一つの世界っていうより、何か変な所にある特殊空間っぽいよね。秘密基地的な感じなのかな？　……まあ、今はそれはいいや。それで、その例外の主様っていうのは、前触れ無しにプレイヤーに干渉してきたりする？」

〈主様がプレイヤーに直接干渉したという前例はありません〉

「ふーん？」

なんとも微妙な言い回しの答えだけど、たぶんプレイヤーを束ねる枢機卿の上にいるのが主様っていう存在っぽいから、プレイヤーに干渉する時は枢機卿を通すんだろう。

となると、ひとまずこの部屋は安全地帯と考えてよさそうだ。

それが確認できたなら、次に考えることは一つ。

ダンジョン攻略の続き。

「ナビ。私まだダンジョン探索してる途中だったんだけど、あの続きって行けるの？」

〈当機のサポート機能である『転送』に登録された地点は、すべてリセットされています。続き、という地点への『転送』は不可能です。代替案として、希望されるダンジョンへの扉までご案内することが可能です〉

「ダンジョンへの扉？」

〈はい、Ｒｘ。希望されるダンジョンのカテゴリーを指示してください。指定されたカテゴリーのダンジョンへ入るための扉までご案内いたします〉

ナビがそう言うのと同時に、目の前にボタンが並ぶ半透明のボードが浮かぶ。

ボタンに書かれているのは「緑」「土」「水」「炎」「風」「雷」「氷」の七種だ。

「ああ、これ、ダンジョンで取得できる魔法の種類？」

〈はい、Ｒｘ〉

「全部取得したら、特殊スキルが手に入れられるようになったりする？」

〈現在表示されているダンジョンのカテゴリーは、Ｒｘのランクに応じたものです。ランクアップによって入ることができるダンジョンは増えます〉

「ふむ、そっちか。なるほど？　あのヒトも階位を上げろって言ってたし、まずはランクアップが優先ってことね。じゃあ、ランクはどう上げるの？　もう侵攻も迎撃戦も無いでしょ？」

〈ステータス画面の左上に『ミッション』が追加されています。タップするとランクポイントを得られるミッションの一覧が表示されます〉

「へー」

相槌を打ちながら、ナビが「侵攻も迎撃戦も無いでしょ？」という質問に答えなかったことを頭の片隅に置いておく。

ひとまずミッションのチェックが先だ。

「いろんなミッションがある。ダンジョンに出てくるモンスターを狩ったり、素材を集めて納品するのでもランクポイントが入るんだ。こっちでもゲーム仕様なんだねぇ……。ん？　モンスター狩りやら素材納品でランクポイントが入る？　ってことは、ダンジョンはただのプレイヤーの鍛錬の場っていうのじゃなさそう……？」

首を傾げて数秒。

試しに聞いてみる。

「ねえ、ナビ。そもそもランクって何？」

〈その情報は当機のデータベースには存在しません〉

「じゃあ、ダンジョンって何？　誰が造ったの？」

〈その情報は当機のデータベースには存在しません〉

「モンスターはどうしてプレイヤーと敵対してるの？」

〈その情報は当機のデータベースには存在しません〉

「モンスターを狩って得られるEが、通貨として認められるのはどういう価値から？」

〈その情報は当機のデータベースには存在しません〉

ふぅん、と頷いて、少し考える。

「今までナビがそう言うのは、プレイヤーに与える情報の選別をしてるせいなのかなぁと思ったりしてたけど。あのヒトと話した後だと、別の考えが浮かぶんだよね。……私のランクが〝足りない〟から、言われても聞き取れないし、理解できない情報。与える意味が無いから、ナビのデータベースに入ってない」

マグカップを持ち上げて、コクリと甘いカフェオレを飲む。

「あのヒトのことが個として認識できないのも、私じゃまだ〝足りない〟からなのかなぁ。それとも、ソレが駒から枢機卿にランクアップするための代償とか……？　……ふーむ。これは他の枢機卿と会ってみないと分かんないな」

つぶやいてカフェオレを飲み干し、立ち上がる。

「とりあえず今分かるのは、ダンジョンでモンスターを狩るのは無意味なことじゃない、っていうことくらいか」

マグカップを洗い、振り向くとキャットタワーの上でちょこんと座った雪柳と目が合った。

エクルーズローダー卿から色々言われたが、今も私はその黄金の瞳を世界で一番美しいものだと思っている。

雪柳は、どう考えているのだろう。

黄金の瞳でこちらを眺め、ぴんと立てた耳を私に向けている。

そしてぶらんと垂れた尻尾の先だけを、ゆらゆらと遊ぶように揺らしていた。

雪柳が何なのかも、今どうしてそういう仕草をするのかも分からない。

けれどそれでもかまわないと私は思う。

三年前の、あの辛くて悲しくて苦しくてどうしようもない時間をともに過ごし、私をここまで生きさせてくれた雪柳はもう、大事な家族だから。

「行ってきます、雪姉さん」

だから私はそう言って、まずは自宅の定位置をリセットされたナビの『転送』帰還ポイントに登録。それからカテゴリー「緑」のダンジョンの扉へ案内を頼み、防塵マスクを追加したプレイヤー装備でマンションの部屋から回廊へ出た。

どこに居ようと、何を言われようと。

私は私にできることしかできない。

ならばそれを楽しもう。

さあ、次の遊びの始まりだ。

後日。

「主は君に興味を持っておられる。それは君が『ありえない残骸』だからだ」

〝少年〟、エクルーズローダー卿が初対面の時に告げたものの、当時の私では理解できなかった言葉を聞き取れるようになるのは思ったよりも早く。

そのせいでまた次のステージに強制突入することになるのだが。

今はまだ、誰もそれを知らない――

特別ページ

キャラクターガイド

『幻想侵蝕　~引きこもりな私の単騎探遊~』に
登場する主なキャラクターを、
SNC 氏のデザイン画とともにご紹介！

Rx（レクス）

引きこもり歴三年の無職、二十六歳。突然現れたナビと契約してプレイヤーとなる。『隠密』スキルを常時発動。メイン武器はライフル。

キャラクターデザイン　SNC

ナビ

Rxのナビゲーター。青く光る謎の物体。ふよふよと空中浮遊する。

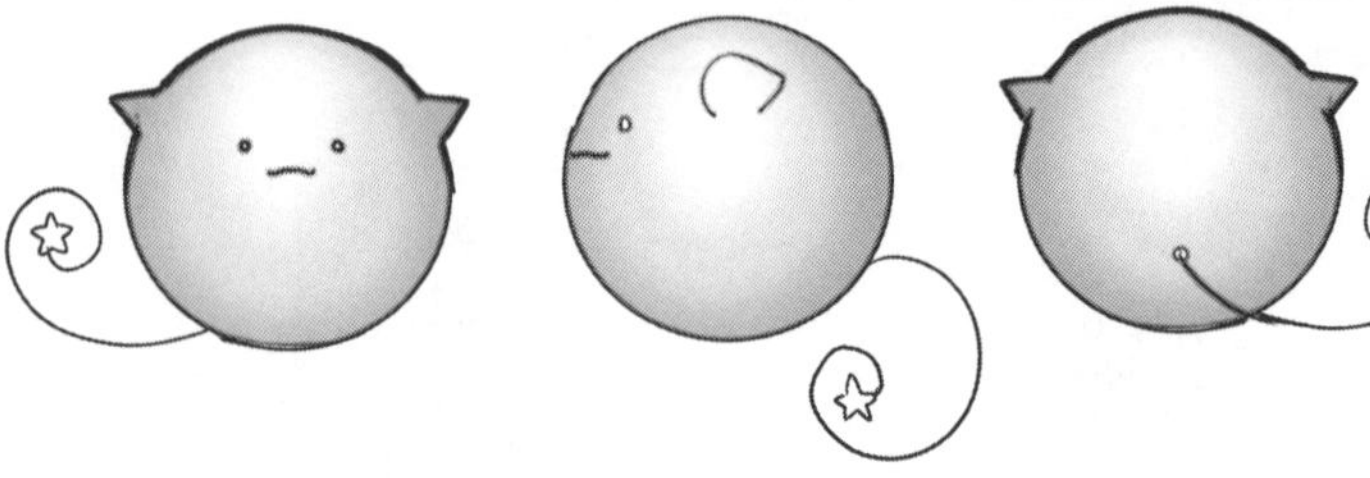

ぬいぐるみ

Rxが傀儡作成スキルで作った動くぬいぐるみ。

雪柳（ゆきやなぎ）

Rxが暮らす2LDKのマンションで同居する白猫。Rxは「雪姉さん」と呼ぶ。

エクルーズローダー

枢機卿。小柄な少年。

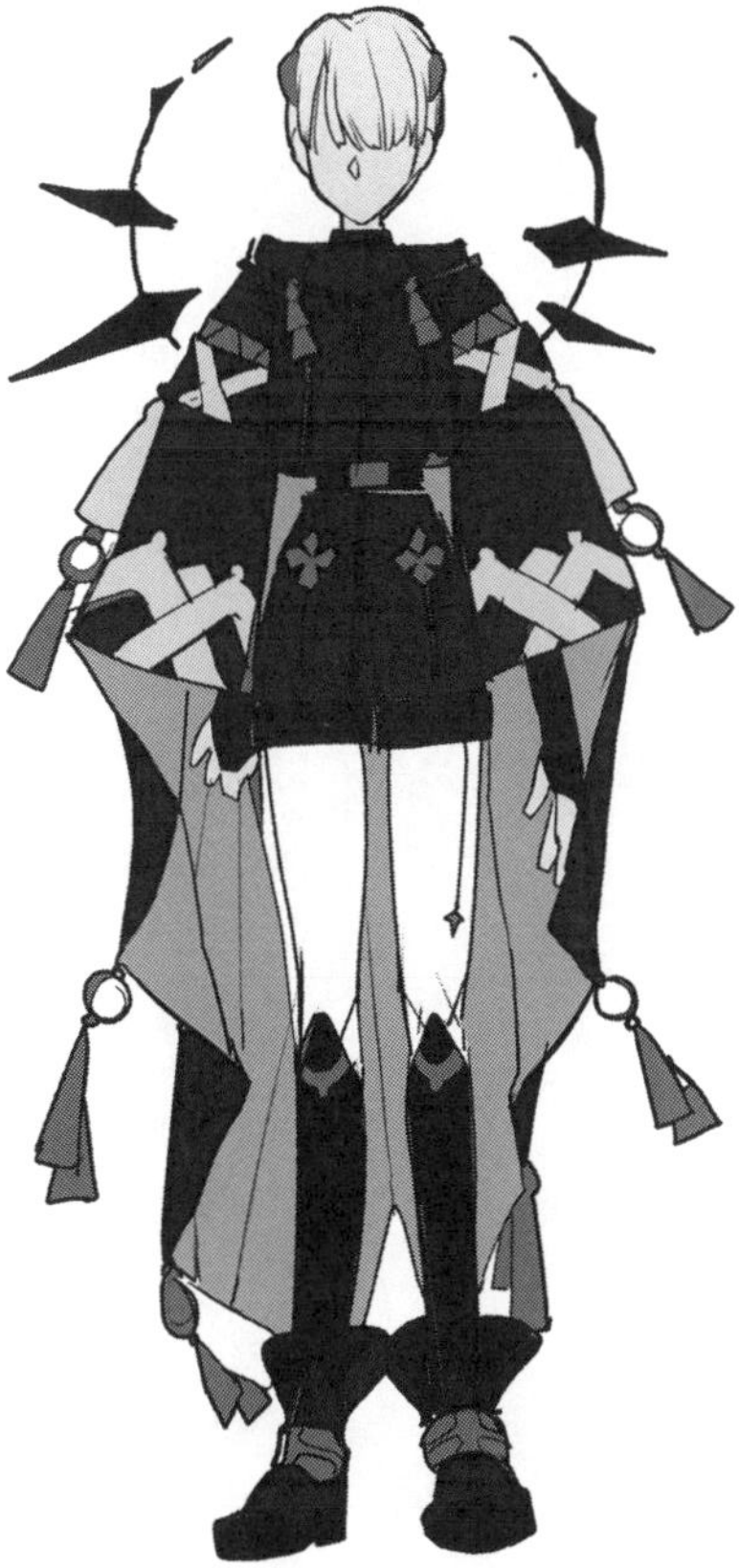

グリンデルト

枢機卿。長い髪の女。

アングレイヴィス

枢機卿。長身の男。

あとがき

はじめまして、縞白と申します。

この度は『幻想侵蝕～引きこもりな私の単騎探遊～』を手に取ってくださって、ありがとうございます。こちらはネットに投稿したことがきっかけで、書籍化のお声がけをいただき、ウェブ版を加筆修正したものです。

正直なところ、書籍化のお声がけをいただいた時は、「えっ？　これ夢？」という状態でした。キーワードは「女主人公」「ソロプレイヤー」。主人公以外、ほぼ人が出てこない、自由気ままなソロプレイ。人間関係のいざこざは無いけれど仲間もいないし、表舞台に出て行かないから分かりやすい形では有名にもならず、称賛もされない。ただ静かに一人遊び、自由に思考し、たまに外を眺めては、また自分の生活に戻る――。私は好きなのですが、この物語を読んでくれる人は、それほど多くはないだろうと思っていたからです。

それでもただ自分が読みたくて書きました。「こういう話が読みたい。でも、無い。あるかもしれないけれど、探しても見つけられない。それならもう、自分で書くしかない」という流れです。

ちなみにこれを書いた後も、「こういうのもっと読みたいので、誰か書いてください……！　見つけられたら大喜びで読みに行きます……！」と熱望しております。ネットに投稿したのも、私と同じような趣味の方には楽しんでいただけるのでは、と思ったことの他に、こういう小説が少しでも増えてくれないだろうか、という願望があります。とても他力本願なのですが、誰か他の人が書いてくださった物語からしか得られない栄養素があるので、どうぞお許しいただきたく願います。
そんなこんなでウェブ版は私欲と願望の塊だったのですが、投稿後、驚くほどたくさんの方に読んでいただけて、書籍化までしていただけまして、感謝の気持ちでいっぱいです。

はじめにネットで読んでくださった方々、あたたかい感想で応援してくださった方々に、心から感謝申し上げます。そしてこの物語を本にするため、声をかけてくださった編集様方、この本の出版に関わってくださった皆様にも、心から御礼申し上げます。

とくに加筆修正の際、何をどうすればいいのだろうか、と悩む私に素早く的確なアドバイスをくださった編集さんには、本当にたくさん助けていただきました。おかげさまでウェブ版よりも、より世界観が出せるように、主人公の姿が、よりはっきりと見えるように、加筆できたのではないかと思います。ありがとうございます。

そしてイラストレーターのＳＮＣ様のおかげで、この物語をさらに開かれた、奥行きのあるものにしていただけました。文字だけでは表現しきれなかったこの世界の空気を、素晴らしいイラストが一目で肌に感じさせてくれます。ＳＮＣ様、ラフの段階から話し合い、何度も修正していただだいて、その末に素敵なイラストでこの本を彩って下さったこと、心より感謝申し上げます。

最後になりますが、ウェブ上の文字データだったものが、様々な方の尽力のおかげで一冊の本となり、今、こうして手に取って読んでいただけることがとても嬉しいです。王道作品とは異なる、ちょっと変わった物語ですが、楽しんでいただけましたら幸いです。

縞白

幻想侵蝕
～引きこもりな私の単騎探遊～

2024年4月29日 初版発行

【著　者】縞白

【イラスト】SNC
【編集】株式会社 桜雲社／新紀元社編集部
【デザイン・DTP】株式会社明昌堂

【発行者】福本皇祐
【発行所】株式会社新紀元社
〒101-0054　東京都千代田区神田錦町1-7　錦町一丁目ビル2F
TEL 03-3219-0921 ／ FAX 03-3219-0922
http://www.shinkigensha.co.jp/
郵便振替　00110-4-27618

【印刷・製本】中央精版印刷株式会社

ISBN978-4-7753-2135-5

本書の無断複写・複製・転載は固くお断りいたします。
乱丁・落丁本はお取り替えいたします。
定価はカバーに表示してあります。

Printed in Japan
©2024 shimashiro,SNC / Shinkigensha

※本書は、「小説家になろう」（https://syosetu.com/）に掲載されていたものを、改稿のうえ書籍化したものです。